莫泊桑短篇小说精选

教育部《**语文新课程标准**》推荐篇目

(法) 莫泊桑 / 著
徐萍 / 译

吉林大学出版社

前言

Introduction/

语文素养的提高必须通过阅读，这一点家长和教师是有深刻认识的。而阅读名著，对于成长中的青少年，其作用、意义之重大和无可替代，是中外有识之士的共识。经典名著的阅读，不仅可以达到呼唤心灵、启迪智慧和激发情感的目的，而且通过对名著的感悟从而达到良好的语言与文字直觉能力的飞跃。

正是基于此，国家教育部颁布的《语文新课程标准》中对名著提出了必读的要求。

对名著进行了市场上的综合考察以及对家长和教师进行调研之后，我们发现，只有将阅读与写作以及语文知识的积累结合起来，才能真正达到既能应付学生的考试需要，同时又能提高学生整体的语文素养的目的。本套书的制作，正是基于这个宗旨，具体特色如下：

1．完全满足新课标的要求

第一辑80本中涵盖了国家教育部最新推荐的50多种中外名著。

2．权威翻译版本

本套书精选了最权威的翻译版本，在力争保持文学名著原汁原味的基础上做了极细微的删减，以利于中小学生在尽量短的时间内快速理解掌握名著的精髓。

3．编写体例新颖

本丛书采用全包围式的编排方式。章节前有导读，以引领全章，激发学生阅读兴趣；章节侧面有旁批旁注，随时解读学生在阅读过程中遇到的各类问题，包括文学常识、字词句段解析、语文知识、写作技巧、含义解读等等；章节后有对整章作品的立意、布局、谋篇的全局性的赏析等。

4．栏目设计全面

为了使读者对名著的思想内容、谋篇布局、艺术特色有更深刻的领会，本书设计栏目全面，既有作者简介、创作背景、思想内容、艺术成就、阅读要旨、故事梗概、人物点评（多角度）等的综合鉴赏、深度分析，也有阅读指南、导读、旁批旁注、注释、名师鉴赏、读后感、真题回放、新题预测等栏目，即使没有家长陪伴，孩子照常可以轻松地阅读理解名著。

5．一线优秀语文教师直接编写

本书作者都是每年参加中考、高考命题的教学名师，对名著的阅读、写作、考题设计有独到的见解，同时小学部分编写的教师都是省市重点小学的特级、高级教师。

6．真题回放、新题预测等栏目为备考充电

此栏目主要针对中考、高考考生，内容涵盖了全国各个省市最近几年的中考、高考语文试题中名著阅读部分的各种题型，并在此基础上预测未来名著考查的趋势和命题方式。

7．卡通插图

本书配有生动有趣的卡通插图，加深学生对名著的理解，减少阅读疲劳感，激发阅读乐趣。

8．大字清晰版，不伤害视力

无论小学、初中还是高中的版本，采用的都是5号以上的字，尤其对于小学生的版本，均是4号以上的字体，而且采用稀疏的排版方式，以利于孩子的视力。尤其对于老年读者，阅读更加便捷轻松。

编　者

2013．6

阅读指南

走近作者

伊·德·莫泊桑（1850—1893）出生在法国一个没落的贵族家庭。1859年全家迁居巴黎，但是父亲的婚外情导致父母分居，母亲又带着莫泊桑兄弟俩回到家乡埃特勒塔镇去了。这里地处海滨，莫泊桑在大自然的美景中长大，也熟悉了农村的人情世态。1863年，他被送到伊沃托的教会学校去读书。他从小受到颇有文学修养的母亲的熏陶，无法忍受学校里的阴郁气氛，于是开始练习写诗。1868年，他因为写了一首爱情诗而被教会学校开除，就到勒阿弗尔公立中学去读书，得到了帕尔纳斯派诗人路易·布耶的指导。1869年中学毕业后，他到巴黎攻读法律，第二年普法战争爆发，他应征入伍，担任文书和通讯工作。1871年9月退伍后，他先后在海军部和公共教育部担任小职员。莫泊桑在母亲童年时的朋友、文学大师福楼拜的精心指导下开始文学创作，并且通过福楼拜的介绍结识了左拉。左拉是法国自然主义文学流派的领袖，他于1879年同于斯芒斯、都德、龚古尔兄弟以及俄国的屠格涅夫等人组成了自然主义的文学团体，莫泊桑是其中的重要成员。1880年，由该团体成员合作的短篇小说集《梅塘之夜》问世，莫泊桑以其代表作《羊脂球》一举成名，从此专门从事创作，成为法国文坛上的一颗耀眼的明星。

莫泊桑终身未婚，在小职员空虚无聊的生活中，他继承了父亲的放荡习气，早在1877年就身患梅毒，加上滥用麻醉药，使健康受到越来越严重的影响，以致发展到偏头痛、视力受损，出现幻觉和精神错乱而企图自杀，最终在1893年7月6日过早去世，年仅43岁。然而莫泊桑是一位极其勤奋和富有天才的作家，他的创作生涯虽然只有短短的十年，但是硕果累累，一共发表了《漂亮朋友》等6部长篇小说、3部游记和306篇中短篇小说，其中短篇小说的成就最为突出，它们精湛的艺术技巧使莫泊桑获得了“短篇小说之王”的美誉，与契诃夫和欧·亨利一样被公认为世界短篇小说的大师。

诺曼底的农民和乡绅、普法战争以及巴黎小职员单调沉闷的生活成为了他的主要创作源泉，莫泊桑正是利用这些平淡无奇的生活素材，给读者描绘了一幅幅丰满生动的社会风俗画，特别是出色地勾画了这个社会中为数众多的小人物的群像，比如：农民、铁匠、船工、修椅垫的女人、穷公务员、流浪汉、乞丐、妓女、俗不可耐的小资产者……都是他着意观察和描绘的对象。

莫泊桑认为："如果昨日的小说家是选择和描述生活的巨变、灵魂和感情的激烈状态，今天的小说家则是描写处于常态的感情、灵魂和理智的发展。"所以他听任他的人物目光短浅、举止平庸，从里到外毫无出众之处，即使其中某些人完成了哪件英雄壮举，那也多半来自他们淳朴的天性，乃至是非常原始的本能，却不是由于具备何等的英雄气质。这个芸芸众生的世界，这个成为莫泊桑创作的特殊领域，带给他作品的无穷新意。如果缺少了他所描绘的这个世界，19 世纪的社会风俗画就不够完整，特别是无法充分反映 19 世纪后期的法国社会特征。

使莫泊桑在 19 世纪文坛上大放异彩的是短篇小说，那些多以凡人小事为题材的作品。过去，这种文学体裁在法国不十分受人重视，直到莫泊桑的作品问世，短篇小说才充分施展其魅力，显示出巨大的能量，承担起描绘社会风貌的重任。莫泊桑的作品像一幅幅小巧的素描，表面上似乎彼此毫无联系，组合起来却成为了 19 世纪后期的社会风俗写真。

以凡人小事为题材，以短篇小说为主要创作形式，是莫泊桑在文学题材和体裁上的突破，也是其个人独创性的主要表现。莫泊桑曾将法兰西语言比作"一泓清水"。清新流畅、朴素自然，优美而流于柔弱，精确洗炼而不乏幽默机智是莫泊桑的语言风格，所以法国的教科书纷纷选取莫泊桑的作品作为范文。

阅读导航

高超的技巧　冷峻的幽默

——《莫泊桑短篇小说精选》导读

莫泊桑一生著作颇丰，有不少脍炙人口的名篇佳作。根据他的小说题材，大致可以归纳为三大类型。

第一大类型是以普法战争为大背景，反映法国人民爱国主义精神的小说。

在关于普法战争的短篇小说中，内容最丰富、意义最深刻的作品，则是莫泊桑的成名作《羊脂球》。这篇小说以普法战争为背景。一辆马车从被占领的鲁昂城出发，到法军还据守着的勒阿弗尔港去。车中的乘客是一对工业家、一对贵族、一对商人、两个修女、一个民主党政客和一个绰号叫羊脂球的妓女。他们途经一个小镇，占据该镇的普鲁士军官因羊脂球拒绝陪他过夜，不许他们继续前行。一开始，同车的所有旅伴都对羊脂球表示同情，似乎与她同仇敌忾。但随着行程的延误，工业家、贵族、商人的态度一天天地变了，他们先是婉言劝诱，继而旁敲侧击，最后大举进攻，迫使羊脂球答应了敌军官的无理要求。可是事后他们却对羊脂球倍加冷漠，显示自己的"高洁"。小说以一个羞于委身敌寇的妓女做对照，淋漓尽致地刻画出只顾私利而不顾民族尊严的贵族资产者们的寡廉鲜耻。

莫泊桑的第二类小说是描写资产阶级风尚习俗的。这是莫泊桑短篇小说中相当有意义的部分。其中一部分是描写小资产阶级爱慕虚荣、羡慕荣华的风气。另一部分是揭露资产阶级腐化堕落、拜金主义等丑恶风尚。在那个金钱至上的社会里，人们追求享乐，道德水平日趋低落，伤风败俗，荒淫无耻成风，人人尔虞我诈，为了金钱干出伤天害理、灭绝人性的勾当，真是一个彻底的物欲横流、充满罪恶的世界。代表作品有《项链》、《我的叔叔于勒》等等。

《项链》讲述的是一个公务员的妻子为了在一个晚会上出风头，竟付出了十年辛劳和贫苦生活。那串假钻石项链仿佛也成了表面上辉煌耀眼的法国社会的象征。小说深刻地反映了法国资产阶级社会豪华的表面和它的虚假本质。

《我的叔叔于勒》是读者非常熟悉的一个短篇小说。说的是"我"的一家人过着很拮据的生活，每天都眺望着大海中过往的船只，热切期盼着发了财的叔叔归来，然而终于有一天一艘船把叔叔于勒带回来了，可他并没有发财，只是一个老流浪汉，一个在船上卖牡蛎的穷光蛋。这一家人由希望到失望，继而避之惟恐不及。这个短篇小说，莫泊桑是从人性的角度来写作的，重点在于写小人物艰难的生存状态，而这种艰难的生存状态，又使得人情淡化、亲情淡化。这又是一个被金钱割断了手足之情的鲜明例子。

莫泊桑的第三类小说题材是描写穷苦人民悲惨命运和歌颂劳动人民优秀品质的。在此类小说里，莫泊桑描写了劳苦人民的不幸和痛苦，对他们的悲惨遭遇深表同情。其代表作品有《穷鬼》等等，在《穷鬼》里，莫泊桑以震撼心灵的艺术力量描写了一个失去双腿的残废人由于长期乞讨遭到邻里的怨恨，他乞讨不到任何东西，两天多没有吃过饭，已经完全没有人再施舍给他了，终于因打死希盖老板的一只鸡而被人打得半死，后被宪兵关进监狱。当第二天要提他过堂审问时，他已经死了。

这部小说有力地批判了人与人之间的冷漠关系，揭露了人性丑恶的一面。

莫泊桑的小说来源于平凡的日常生活，通过截取其中一个非常普通平常自然而又具典型意义的片断来反映出深刻的社会现象，尽管篇幅不长。作者善于不直接表态而是通过故事本身来表明自己的态度，尽力做到客观、冷静，不直接从自己嘴里说出对人物是同情还是厌恶。小说的激情隐藏在内容之中，外在的形式表现为不动声色，客观而冷峻。

莫泊桑还善于运用巧妙的情节布局来引人入胜，无论是紧张尖锐、富有戏剧性的故事，还是相对平稳没有尖锐矛盾冲突的情节，他均能游刃有余、应付自如，使之生动并富有吸引力。他的许多小说一开始是平稳地展开，然而情节又突然转折，往往最后出现一个出人意料的结果，却完全符合生活的真实逻辑，十分耐人寻味。

莫泊桑小说里的准确、明晰而又生动的语言曾使托尔斯泰和法朗士赞叹不已。在他的小说里蕴含着朴素简洁与精致优美紧密结合的独特风格，并对世界许多作家都有影响。

莫泊桑不是哲人，也不是历史家，他缺乏巴尔扎克那种深邃的历史洞察力，更不像他的老师福楼拜那样缜密细腻，也不如左拉的视野宽广。可他却有一种非凡的捕捉生活的本领，善于在一般人视而不见的凡人小事中，发掘出带有本质意义和美学价值的内容，使得自己作品中的文学题材大大丰富了。

莫泊桑短篇小说的整体风格是幽默的。这种幽默，不仅仅表现在对一些丑陋东西的讽刺与嘲笑，还表现在他对现实社会，尤其是那些社会底层小人物的清醒而冷峻的认识。这是一种较高层次的幽默，犹如所有人笑了而他自己却没笑，所有人哭了而他自己却没哭一样。正如林语堂所说的：“幽默只是一位冷静超远的旁观者，常于笑中带泪，常于泪中带笑。”

莫泊桑的作品里充满了对统治者的憎恨，对弱者所寄予的无限同情，常常表现为对下层人民身上的那种淳朴善良的品质发出由衷的赞叹。然而他那超脱一切的冷漠态度，使文学孤立于社会政治之外的这种企图，不知不觉使它的视野缩小，从而不能广泛地和全面地研究并认识社会，因此他不可能看见代表人类前途和希望的先进阶级。

对于很少有乐观向上、鼓舞人心的作品的莫泊桑来说，他的经历、健康状况和所处的历史背景都对他的创作起着直接或间接的作用。莫泊桑的这种充斥着悲观色彩的作品为什么一直受到普遍的欢迎和赞赏呢？这其中有两点决定性因素：其一是作品内容和人物形象的真实；其二是描写手法的精妙。

莫泊桑并不主张用“奇遇”来作为小说的焦点，因此他始终坚持取材于平凡而真实的生活，让读者能够感同身受。他在写作技巧方面的锤炼也以精确为准则。依照福楼拜的谆谆教诲，去掉浮夸和造作，力求选择那个唯一适合的名词、动词和形容词。福楼拜强调“才能就是持久的耐性”，在他的要求下莫泊桑通过长期不懈的努力，获得了自己的独创性。这位勤奋而听话的学生最终没有辜负老师的期望，孜孜不倦，所作习作数以百计，因此莫泊桑是我们学习和实践写作的最佳典范之一。

特色人物

羊脂球（《羊脂球》）

“羊脂球”是位心地非常善良的姑娘，富有同情心与宽容精神。马车上她对别人的恶意侮辱和蔑视不予计较，反而以德报怨，主动请他们吃东西，这又显露出其可贵的助人为乐的品质。而更重要的则是她身上的那种强烈的爱国情感与民族自尊心。她之所以离开鲁昂，是因为在抗拒普鲁士士兵的蹂躏时拼死反抗，几乎掐断了那人的脖子，为免遭逮捕而不得已外出躲避的。她坚持拒绝普鲁士军官逼她“过夜”的无理要求，是因为在她看来，委身于自己民族的敌人，便意味着对祖国的背叛。

那些身为伯爵、议员、工厂主、商人、修女等代表着社会体面的所谓“上等人”，在普鲁士侵略者面前卑躬屈膝、贪生怕死、出卖同胞；而被世人视为最下贱的“社会耻辱”的妓女羊脂球却能舍己为人，表现出强烈的爱国气节和民族尊严。只有下贱人——妓女羊脂球才更配得上称之为“高尚的人”。

玛蒂尔德（《项链》）

玛蒂尔德是一个极具虚荣心的妇女形象。为了在晚会上出风头，从朋友福蕾斯蒂埃太太那里借来项链，结果她在晚会上十分风光，她的虚荣心得到了极大的满足。不料，项链的丢失使她陷入了极大的痛苦之中。在经过了数年穷苦生活之后，玛蒂尔德成了她最不想成为的人——丑陋的穷苦女人，最后朋友说明了项链的真实价值，这个戏剧性十足而又回味无穷的结尾把爱慕虚荣的女主人公玛蒂尔德的形象刻画得栩栩如生的同时，也将小人物在金钱至上的社会环境下艰辛又无奈生活的现实揭示得淋漓尽致。

目录

Contents/

导 读

《羊脂球》是莫泊桑的成名作，也是他的代表作之一，普法战争期间，一辆法国马车在离开敌战区时，被一名普鲁士军官扣留。普鲁士军官因车上的一名妓女羊脂球拒绝陪他过夜，不允许通行。在车上其他乘客的苦苦哀求下，羊脂球出于无奈作了让步。但当第二天马车出发时，那些乘客突然换了一副嘴脸，不屑与她讲话，她的悲惨遭遇反衬了资本主义制度下的丑恶肮脏的灵魂。

羊脂球

接连好几天，溃败下来的队伍零零落落地穿城而过，他们已经不能算作什么军队，简直是一帮一帮散乱的乌合之众（像暂时聚合的一群乌鸦。比喻临时杂凑的、毫无组织纪律的一群人）。那些人脸上是又脏又长的胡子，身上是又破又烂的制服，他们既没有军旗，也不分什么团队，懒洋洋地往前走着。所有的人都像是十分颓丧，十分疲惫，再也不能想什么念头，再也不能拿什么主意，只是出于习惯不知不觉地往前走着；只要一站住，便会累得倒下来。人们看见的，最多的是被动员令征召入伍的人，都是些爱好和平的人，安静度日的领取年金者，现在被枪支压得直不起腰来；还有的是年轻灵活的国民别动队，他们很容易害怕，也能很快地慷慨激昂，他们随时都准备进攻，也随时准备逃跑；再就是夹在他们中间的几个穿红裤子的正规步兵，一场大战役里被粉碎的一个师团的残余；还有和这些各种步兵排在一起的、穿着深色军服的炮兵；有时也看得见一个戴着亮晶晶钢盔的轻骑兵，他拖着笨重的脚步，很吃力地随着步兵比较轻松的步伐走着。

游击队的队伍也过去了，每一队都各自起了英勇的称号，如“战败复仇队”、“墓中公民队”、“誓死如归队”等等，他们的神气很像土匪。

他们的那些首领，有的从前是布商或粮商，有的以往是油脂商或肥皂商，现在暂时当了军人；他们所以被任命为军官，有的是因为金币多，有的是因为胡子长。他们上下穿的都是法兰绒衣服，全身佩挂着武器，镶着金线；说起话来声高震耳，经常讨论作战计划，自以为垂危的法国是靠了他们这群大言不惭（说大话不感到难为情）的人的肩膀才得以维持；不过他们有时候也惧怕自己的兵士，因为那原是一些亡命之徒，勇猛起来常常超出常规，但是惯于打家劫舍，荒淫纵欲。

据说普鲁士军队就要开进鲁昂①城。

两个月来，本地的国民自卫军一直在附近森林里小心谨慎地侦察敌人，有时开枪打死自己的哨兵；即使一只小兔子在荆棘丛中动一动，他们便立刻准备作战，可是现在他们却都逃回自己的家里。

最后一批法国士兵总算渡过了塞纳河，预备从圣赛威尔和阿沙镇转到奥特玛桥去；走在最后的是将军，他已经不抱任何希望；带着这些一盘散沙似的败兵残将，实在也无能为力；一个惯于打胜仗的民族竟遭遇了这样的大溃败，英勇昭著的民族竟败得不可收拾，将军身处其中也是张皇失措（举止失去常态，惊慌得不知怎么办才好）；他由两个副官左右陪伴徒步走着。

此后，城里便出现一种沉闷的平静气氛和一种静悄悄的惊慌不安的等待状态。许多做生意的、大腹便（pián）便的小市民，忧心忡忡地在等待着战胜者，他们战战兢（jīng）兢（形容非常害怕而微微发抖或小心谨慎的样子），惟恐敌人把他们烤肉的铁钎或厨下的菜刀也当作武器来处分。

生活好像是停止了；店铺都关着门，街上鸦雀无声。偶尔有一个居民被这种沉寂吓倒，急急匆匆贴着墙边溜过。

等候期间的这种焦躁不安竟使人们希望敌人早点来。

法国军队走后的第二天下午，不知从哪儿钻出来几个轻骑兵，很快地穿城而过。随后，过了不大工夫，从圣卡特琳的山坡上就下来了黑乎乎一大片人，同时在通往达纳塔尔和布瓦纪尧姆的两条公路上也潮水般涌来了两股侵略军。这三支队伍的先遣队正好同时到达市政府广场会师；于是从附近的各条街巷，德国军队都开了过来，一营跟着一营，步伐沉重且整齐。

沿着那些好像无人居住、死气沉沉的房子，升起一片陌生的、喉音很重②的口令声；同时在关着的百叶窗后面，有许多只眼睛在那里偷偷地瞧着这些战胜者，他们依据“战时法”，现在是本城的主人，是财产和生命的主宰了。本城的住户，都留在他们遮得乌黑的屋子里，非常惊慌，就仿佛碰到了洪水泛滥和毁灭性的大地震；不管你是多么聪明，多么强壮，都毫无用处了。因为，每逢事物的旧秩序遭遇毁灭，安全不再存在，人为的法律或自然法则所保护的一切东西都得听凭一种凶残的无意识的暴力来摆布的时候，人们就不免要有这种同样的感觉。地震把整整一个民族压死在倒塌的房屋下；江河泛滥之后，淹死的乡民、牛尸和房上倒下来的梁柱

---

① 鲁昂：法国古诺曼底省省会，在巴黎西北方，现为塞纳滨海省省会。

② 德国人说话喉音很重。

就一起顺流而下；打胜仗的军队一到，便要屠杀自卫的人，带走被俘虏的人，以腰刀的名义大肆抢劫，以大炮的声音来向某一个神祇（zhī）（地神）表示谢意；所有这一切都是极可怕的大灾害，使我们无法再相信上帝的公道正义，也不能如人们教导我们那样，再信赖上天的保佑和人类的理性。

各家门口都有零星队伍去敲门，跟着就钻进去住了下来。这就是侵略之后的占领行为。战败者的义务从此开始，此后对战胜者必须和蔼驯顺。

过了一些时候，第一阵恐怖过去之后，又出现了一种新的平静气氛。在好多的家庭里，普鲁士军官都和这家人在一桌上吃饭。有的军官也颇有教养；为了礼貌，常常对法国表示同情；并且说，尽管参加了这场战争，对战争却十分厌恶。人们当然很感激他有这种情感；何况不知哪一天也许还要依靠他的保护呢。把他敷（fū）衍（yǎn）（做事不负责或待人不肯切，只做表面上的应付）好了，也许可以少负担几个兵士的供养。既然一切都要听凭这个人的摆布，又何必得罪他呢？真要那样办的话，也无非显得大胆冒险，而不能算是勇敢。这时的鲁昂市民们已没有那种大胆冒险的毛病，不是当年使本城身价百倍的英勇保卫城池的时代了。[①] 最后他们又从法国人自己处世的礼法中得出了一条至高无上的理由，那就是只要不在公共场所跟外国兵表示亲近，在自己家里客客气气是被允许的。于是到了外面，彼此都变成不相识，可是到了家里，却很高兴说说笑笑，而住在家里的德国军官呢，每晚待在壁炉旁边跟大家一起烤火取暖的时间也就更长了。

慢慢地城市本身渐渐恢复了平常的面貌。法国人还不大出门，可是普鲁士兵士却已挤满了街道。此外，穿蓝军服的德国骑兵军官虽然盛气凌人地挎着他们的军刀在街上走来走去，可是对普通市民的那种蔑视神情，也并不比去年在这些咖啡馆喝酒的那些法国步兵军官厉害。

不过在空气中却添了一种东西，一种难于捉摸的、陌生的东西，一种令人不能忍受的外来的气氛；仿佛有一种气味散布开来了，那就是侵略的气味。这种气味充塞了各住户和各广场，改变了饮食的滋味，使人有种在遥远的、野蛮可怕的部落里做客的感觉。

战胜者老是要钱，并且要得很多。居民们总是如数照付。他们原本也很有钱。不过一个诺曼底省的大商人，钱越挣得多，当他忍受牺牲、看见自己的财产一点一点地转移到别人手里时，他的苦痛也越大。

可是在城外，顺着河流往下两三法里，到了克鲁瓦塞、第厄普达尔或比普沙尔附近，船夫和渔人便常常从水底捞上德国人的尸体来。这些尸体都穿着军服，被水

① 指十五世纪初叶鲁昂人民英勇反抗英王亨利五世统治的光荣时代。

泡得肿胀，有一刀砍死的，有一脚踢死的，也有头被石头砸开的，也有从桥上被人一下子推下水的。这条河底的污泥里，埋葬着不少这样暗暗的、野蛮的、不合法的复仇行为，那是不为人知的一些英勇举动，一种无声的袭击，这远比白天打仗要危险，但享不到光荣的盛名。

要知道，对外国人的仇恨永远鼓励着几个不怕死的人，他们是随时可以为理想牺牲生命的。

后来，因为侵略者虽然做到全城都已屈从在他们极严格的纪律之下，但是大家传说的那些他们在乘胜挺进途中所干的凶恶勾当，他们在这里却一样都未干过；于是大家的胆子就壮起来；做买卖的需要在本地大商人的心中又活动起来。那时法国军队还据守着勒阿弗尔港，本地有几个大商人在那里是有大笔投资的，他们很想从陆地先到第厄普，然后再乘船到那个港口。

他们利用了几个相熟的德国军官的势力，居然从总司令那里弄来了一张准许离境的证书。

有十个人在车行里订了座位，订好了一辆四匹马拉的公共马车送他们走这一趟；他们决定在一个星期二的清晨，天不亮就动身，以免招惹许多人赶来看热闹。

几天来，地面已经冻得很硬；到了星期一那天，下午三点钟光景，从北方吹过来大片大片的乌云，雪纷纷降下来，不停地下了一个下午和一整夜。

清晨四点半，旅客们已聚齐在诺曼底旅店的院子里，他们要在那里上车。

他们都还睡眼惺（xīng）忪（形容因刚醒而眼睛模糊不清），虽然披着毯子，还是冻得直哆嗦。在黑暗之中，彼此也看不大清楚；这些人身上都穿着层层叠叠的厚冬衣，望过去好像是一群穿着长袍的肥胖神父。不过有两个男人终于互相认出来了，紧跟着第三个人走了过来，他们聊起天来。一个说：“我把我的妻子也带了去。”另一个说：“我也一样。”还有一个说：“我也如此。”第一个又说：“我们不再回鲁昂来了，如果普鲁士军队到勒阿弗尔，那我们就到英国去。”他们都有这种计划，因为他们气质原是相同的。

不过始终没有人来套车。一个马夫提了一盏小灯不时地在几个黑洞洞的小门之间钻来钻去。可以听见马蹄踢地的声音，声音不大，因为地下垫了厩草，从马房的紧里头传来一个男子骂骂咧咧跟马说话的声音。一阵轻微的铜铃声说明有人在套马具；轻微的铃声不久变成了一种清脆的、不断的铜铃颤动声，这个声响是随着马的动作而变化的，时而声息全无，时而突然一动又响起来，同时发出一只钉了马掌的马蹄踏在地上的沉闷声音。

门又突然关上。什么声音也听不见了。这些冻僵了的绅士们早已不说话；他们一动不动僵直地站在那里。

鹅毛大雪组成一幅绵延不断的大帏幕从天上放下来，一面放，一面闪闪发光：万物的形象都看不清楚了，一切事物都蒙上了一层薄冰。在这座严冬笼罩着的安静的城市的沉寂中，只听见雪片下降时那种模糊的、无以名状（不能说出事物的状态）的、不可捉摸的窸（xī）窣（sū）之声，但这种窸窣之声又不能真正算作一种声响，只好说是我们感觉到有这种声响，因为那不过是一些轻飘飘的微屑掺混在一起，充塞了空间，填满了世界。

刚才那个人又提着灯出现了，他拉着一匹垂头丧气丝毫不想出来的马。他把马拉到车辕旁边，系上了缰绳，在马的前后左右转了半天，才把马具收拾妥当，因为他只能用一只手干活，另一只手拿着灯。当他正预备走去拉第二匹马的时候，他看见了这几位一动不动的旅客，他们已经满身是雪，成了白人了，他对他们说："你们为什么不上车去待着，至少雪不会下在你们身上了。"

毫无疑问他们原先没想到上车子，一听这话于是急急忙忙都奔了过去。那三个男子先把各人的太太安置在车厢最前头，然后自己才上去；随后另外几个模模糊糊、看不清楚的人影也爬了上去，坐在剩下的空位子上，彼此谁也没跟谁说一句话。

车厢的底板上铺着稻草，各人的脚都埋在草里。坐在车厢最前头的那几位太太，都随手带着烧化学炭的小铜脚炉；她们立刻都把炭点燃起来，并且低声地列举这种脚炉的优点，说了好大半天，其实彼此告诉的事情，谁都早已知道。

最后公共马车总算套好了，本应套四匹马，现在却套了六匹，因为车重路滑不容易拉。这时车外有人问道："大家都上车了吗？"车厢里有个人回答："都上来了。"于是车出发了。

车子走得很慢，很慢，一小步一小步地走着。车轮陷在雪里；整个车身发着低沉的咯吱咯吱的响声；那六匹马一步一滑，呼呼喘着气，全身冒着热气；车夫的那条大鞭四面八方地飞舞，不停地啪啪响着，一会儿卷起来，一会儿伸展开，活像一条细蛇；有时鞭子突然抽到一个滚圆的马屁股上，那匹马就猛地一用力，把屁股高高地一耸。

谁也没有觉察，天已经渐渐亮起来。轻飘飘的鹅毛雪片，也就是车里一位地道的鲁昂土著旅客把它比做天上降下的棉花的雪，也不下了。野地里忽而出现一行蒙着白霜的大树，忽而出现一所顶着雪的茅屋；天上覆着大块的黑而浓的云使得大地更显得白茫茫地耀眼，这时候从云间透出了一片模糊的光亮。

在车厢里，借着这种黎明时的凄凉的光亮，人们互相好奇地打量着。

车厢最前头最好的位子上，坐的是住在大桥街的葡萄酒批发商人鸟先生夫妇，他们正面对面地坐着打瞌睡。鸟先生从前给人当伙计，老板买卖破产以后，他就把铺底抵了过来，发了财。他做的买卖是以很低的价格把很坏的葡萄酒批发给乡间的小贩，因此认识他的人以及他的朋友都认为他是个花招最多的奸商，是个诡计多端、爱说爱笑的真正诺曼底人。

他这种奸商的名声已是十分昭著，因此本地的闻人杜尔奈先生，一位文笔尖刻而细致、专编寓言和歌谣的名家，一天晚上在省政府的晚会上，看见太太们都有睡意，便向她们提议玩鸟飞①的游戏，马上这个双关语就飞遍了省长的各个客厅，后来又飞向全城的各个客厅，有一个月之久使得全省的人都咧着嘴笑个不住。

鸟先生出名还有另外一个缘故，那就是他善于恶作剧，爱开玩笑，不管是恶毒的或是无伤大雅的玩笑，在他都无所谓，所以任何人一谈到他，就立刻要加上这样一句话："这个鸟，真是有钱也买不到的宝贝。"

他的身量很矮小，挺着一个大皮球似的肚子，肩上是一张通红的脸，蓄着灰白色的颊须。

他的妻子是一个高大、强壮、意志坚强的妇人；说话总提高了嗓门，主意来得特别快；她在铺子里是秩序和算术的化身，有了她店里才显得有生气。

在这对夫妇旁边的是属于更高一个阶层，道貌岸然的卡雷·拉玛东先生，他是一个非常了不起的人物，在棉纺业里有很高的地位，开着三座纺织厂，得过四级荣誉勋章，是省议会的议员。在整个帝国时期②，他一直是友好的反对派的首领，他之所以当这反对派的首领，唯一的目的是他先攻击对方，照他自己的说法是，用钝头武器先攻击对方，然后再附和对方，可以得到更高的报酬。卡雷·拉玛东太太比丈夫年轻得多，那些派到鲁昂来驻扎的好人家出身的军官们常常在她身上找到安慰。

她此刻面对着丈夫坐着，蜷缩在皮大衣里，又小巧，又娇憨，又漂亮，睁着一对沮丧的眼睛看着车厢的令人愁惨的景象。

坐在她旁边的是于贝尔·德·布雷维尔伯爵和夫人。他们的姓氏是诺曼底省最古老、最高贵的姓氏。伯爵本人是一位气派很大的老绅士，他用尽心机在服装上修饰摆弄，好突出他和国王亨利四世天生的相似之处。按照一种对他的家族大有光荣的传说，亨利四世曾使布雷维尔家族中一个女子怀了身孕，这女子的丈夫因此晋封伯爵并荣任了省长。

于贝尔伯爵也在省议会，和卡雷·拉玛东先生是同僚。他在省里代表着奥尔良

---

① 法文voler有"偷窃"和"飞翔"两个意义。所以"鸟飞"也可以当作"鸟偷"，这里是强调"偷"的意义。

② 指拿破仑三世的第二帝国（1852—1870）。

派[①]。他为什么会和南特城一个小船主的女儿结婚，这一直是个谜。不过伯爵夫人气派很雍容，待人接物比谁都能干，并且社会上还认为她曾被路易·菲力普[②]的某一王子爱过，整个贵族阶级都殷勤招待她，她的客厅在本地首屈一指，只有她的客厅里还保持着旧日的风流情调，因此很不容易踏进去做座上客。

德·布雷维尔家里的产业全是不动产，据说每年的收入达到五十万法郎。

上述的六个人算是车上的基本队伍，是社会上每年有可靠的收入、生活安定、势力雄厚一方的人，同时也是信奉宗教、服从原则、有权威的上等人。

凑巧得出奇的是三位太太同坐在一条长凳上。伯爵夫人旁边却还坐着两位修女，她们手掐着长串念珠，口里嘟哝着圣父经和圣母经。其中的一个年纪已老，满脸都是麻子，仿佛就近中了儿发霰弹似的。另一个身子很瘦小，一张好看而带病容的脸长在一个痨病胸部的上面；这个胸部正被一股使人甘心殉教、超凡入圣的贪婪的信心蚕食着。

在这两位修女的对面，坐着一男一女，大家的眼光都注意着他们。

男的，大家都认识，是别号“民主党”的高尼岱，他是一切有身份的人最怕碰见的人。二十年来，他那黄褐色大胡子在一切有民主风味的咖啡馆的啤酒杯里拂过来拂过去。他的父亲当年是个糖果商，给他留下一份相当不错的产业，他和弟兄朋友们把它吃了个精光，迫不及待地等候共和国降生，以便获得他为革命喝了这么多杯啤酒之后所应得的地位。在9月4日[③]那天，也许是有人跟他开玩笑，他以为自己已被任命为本省的省长；可是等他上任就职时，办公室的侍役们，那时是办公室的唯一主人，却拒绝承认他这项资格，他只好悄悄退了出来。好在他本是个好好先生，平常与人无争，最喜帮助别人，因此他又鼓起无比的热忱，从事本地的军事防卫工作。他叫人在平原上挖了许多坑，把附近树林中的小树一齐砍倒，在公路上密密麻麻埋伏下许多陷阱；他很满意自己这些准备工作，所以等敌人快开到的时候，他就很快地回到城里。现在他以为到勒阿弗尔去更可以为国效劳，在那个地方新的防御工事会成为迫切需要的东西。

那个女的是一个妓女。因为身体过早发胖而出了名，外号叫“羊脂球”。她身量矮小，浑身到处都是圆圆的，肥得要滴出油来，十个手指头也都是肉鼓鼓的，只有骨节周围才凹进去，好像箍着一个圈圈，颇像是几串短短的香肠；她的肉皮绷得紧紧的发着光，极丰满的胸脯隔着衣服向前高耸着；不过尽管如此，大家对她却都

---

① 这一派代表法国大资产阶级的利益，主张拥立奥尔良公爵为法国国王。

② 七月王朝时期（1830～1848）的法国国王。原为奥尔良公爵。

③ 1870年普法战争开始，9月4日巴黎爆发革命，推翻拿破仑三世的第二帝国，资产阶级窃取政权，成立第三共和国。

垂涎（xián）三尺，趋之若鹜（像鸭子一样成群地跑过去，多比喻许多人争着去追逐不好的事物），因为她那种鲜艳的气色实在叫人看了喜欢。她的脸庞儿好像一个红苹果，又像一朵含苞待放的芍药；在这张脸蛋儿的上部睁着两只非常美的黑眼睛，四周遮着一圈长而浓的睫毛，睫毛的阴影一直映在眼睛里；下部是一张窄窄的妩媚的嘴，嘴唇是那么湿润，正好亲吻，嘴里是两排细小光亮的牙齿。

据说，她还具有许多无法估计的本领。

当大家一认出她是什么人之后，在那几位正经妇人之间便起了一阵耳语，什么“婊子”啦，“社会耻辱”啦等等，尽管是低声说的，却是那么响，她不禁抬起头来。她来回看了同车人一遍，眼光含着那么多的挑战意味，并且是毫无畏惧之意，立刻大家都不再声响，低下了头；只有鸟先生还偷偷看着她，神气颇为轻佻。

可是过了不大一会儿，那三位太太之间谈话又开始了，由于车里有了这个妓女，她们突然间彼此成了朋友，几乎是知己之交了。在她们看来，好像在这个无耻的卖淫女人面前，她们必须把她们为人妻的尊严拧成一股劲，因为合法的爱情总是看不起不合法的自由爱情的。

那三个男的，也因为有高尼岱在面前，一种保守派的本能使他们彼此更为靠拢，他们现在正用一种看不起穷人的口气谈论着金钱。于贝尔伯爵谈的是普鲁士军队给他带来的损害以及将来牲畜被抢走，庄稼收不了等等可能造成的损失，说话的时候显出千百万家财的封建地主满不在乎的神情，好像这种损害也不过给他带来一年半载的不方便罢了。卡雷·拉玛东先生在棉纺业方面受到过很大的损失，因此曾经留心往英国汇了六十万法郎以备不时之需。至于鸟先生呢，他已安排妥当，把酒窖里剩下的普通酒一古脑儿卖给了法国后勤部，这样一来政府欠下了他一笔惊人的巨款，他现在准备到勒阿弗尔去领取。

这三位都用颇有友情的眼光一瞥一瞥地互相看着。他们虽然彼此社会地位不同，可是借了金钱的牵引，他们感到彼此都是弟兄，都是将双手插进裤袋弄得金币丁当响的那一种人。

车子走得是那样慢，到了上午十点，他们还没走出四法里。男子们曾经三次下车，步行爬上坡的路。大家有点着急，因为原定在多特吃午饭，现在看来天黑以前到达那里都没有希望了。每个人都在注意，顶好在大路边上发现一个小酒馆，这时候驿车却陷进一个大雪堆里，费了两个钟头的时间才把它拖出来。

食欲在增长，弄得大家心慌意乱；可是看不见一个小饭馆，看不见一个卖酒的小店，因为普鲁士军队越来越近，饿着肚子的法国队伍不断经过，所有的买卖都吓得停止了。

车里的先生们都跑到路旁那些农庄里去找吃的东西，可是他们连面包都找不到，因为多疑多惧的农民生怕挨抢，早把存储的物品隐藏起来，那些没有吃的兵士们是发现什么都要硬拿走的。

下午一点钟左右，鸟先生公开表示，他确确实实感觉到胃里空得发慌。其实大家也都跟他一样早就难受得要命；想吃东西的强烈需要一直在增长，连谈话的劲头也没有了。

时常有人打哈欠；一个人打完，马上就有另一个人跟着打；并且人人轮流着都打起来，按照各人的性情、礼貌和社会地位，各有各的打法：有的张着嘴大声打，有的很谦虚地赶紧拿手挡住往外冒热气、张大了的嘴打。

羊脂球好几次弯下腰去，仿佛在裙子底下找什么似的。每次她都踌（chóu）躇（chú）（犹豫）一下，看一看旁边那些人，然后又若无其事地直起腰来。那些人的脸都是苍白的、皱紧的。鸟先生表示他肯出一千法郎买一只肘子。他的妻子动了一下，好像表示反对，可是马上就安静下去。她一听见说浪费金钱，心里总要难受，甚至于对这方面开玩笑的话，也会信以为真。伯爵说："说实话，我也觉得很不舒服，我怎么会没想到带点吃的来呢？"于是每个人都这样埋怨自己为什么没带吃的东西。

不过高尼岱带着满满一壶朗姆酒，他请大家喝一点，大家都冷冰冰拒绝了。只有鸟先生接受这番好意喝了一点点，他退还酒壶的时候还道谢说："倒是不错，也暖和了，也忘了饿了。"酒一下肚，他高兴了，他提议跟歌谣里唱的小船上一样，吃那个最肥胖的旅客。这是暗射羊脂球，那几位有教养的人听了是刺耳的。谁也不回答他，只有高尼岱微微地笑了一笑。那两位修女已停止念经，双手抄在肥袖管里，她们动也不动，低头看着地面，不用说是在默默忍受上天降给她们的苦痛，作为对上天的献礼。

三点钟，他们来到了一片四望无边的平原，眼前连一个小村落都没有了。羊脂球终于一弯腰从长凳底下抽出了一个上面蒙着一块白色饭巾的大篮子。

从篮里，她先拿出一只陶瓷碟子，一只小银杯，然后是一只大罐子，里面装着两只切碎的小鸡，上面盖着凝结的冻儿；大家看见篮里还有不少别的好东西，什么肉酱啊、水果啊、糖果啊等等，总之是为三天旅程预备下的食品，三天之内可以不沾旅馆厨房的任何东西。在那些食品包儿的中间还露着四个酒瓶的瓶颈。她拿起了一个鸡翅膀，仔细地吃着，一面就着一块小面包，就是在诺曼底省叫做“摄政时代”的那种小面包。

所有的眼睛都向她盯着。随后，香味一散开，大家的鼻翅就都张开，口里涌起了大量的口涎，耳朵下面那块颚骨也绷得直发痛。那几位太太对这个妓女的轻蔑现在更厉害了，她们恨不得把她杀死或把她扔下车去，抛到雪地里，连她的酒杯、篮子以及那些食品一齐丢下去。

不过鸟先生的眼睛盯着那罐鸡不放。他说：“真是妙不可言。这位太太比我们想得周到。有的人总是样样都想到。”她于是抬起头望着他说：“您吃一点吗，先生？从早上一直饿到现在可真不好受啊。”他点头打了招呼就说：“老实说，我还真不能拒绝，我实在支持不住了。到哪一步就得说哪一步，您说是不是，太太？”然后朝四周瞟一眼，他又接着说道：“遇到像现在这种时候，能够碰见好心肠帮忙的人，可真叫人痛快呀！”他身边有一张报纸，他把它摊开，免得弄脏裤子，随后从袋里掏出他永远掖着的一把小刀，用刀尖挑起一个满裹着冻儿的鸡腿，拿牙把它撕碎，然后津津有味地吃起来，在车里引起了一片失望的长叹声。

可是羊脂球这时又用谦逊而温和的声音邀请那两位善良的修女也参加她这顿便餐。这两位马上就答应，眼皮也不抬，嘟囔了几句道谢的话之后，很快地就吃起来。高尼岱也没有拒绝羊脂球的邀请；和修女一起，各人把报纸摊在膝上，就拼成了一张饭桌。

几张嘴不停地张开了闭拢，闭拢了张开，咽啊，嚼啊，吞啊，非常地凶猛。鸟先生在自己的角落里吃得十分起劲，并且低声劝他的妻子也这样做。她拒绝了好半天，后来五脏六腑都一齐抽筋似的痛起来，她也不坚持了。她的丈夫于是用极委婉的词句请求他们的“可爱的旅伴”是否允许他拿一小块鸡给鸟太太吃。羊脂球说：“可以，当然可以，先生。”她一面极和蔼地微笑着把罐子递了过来。

第一瓶红葡萄酒打开以后，出现了一个难题，因为只有一只酒杯。大家只好把杯子揩抹一下互相传递着喝。只有高尼岱一个人不揩抹酒杯，却故意找羊脂球唇迹未干的地方喝，毫无疑义他是有意向她献媚。

德·布雷维尔伯爵夫妇和卡雷·拉玛东夫妇周围的人都在吃东西，食物的香味把他们逼得喘不出气，他们受到的那种可怕的苦难是有名堂的，叫做“坦塔罗斯的苦难”①。忽然，那个棉纺厂厂主的年轻太太叹了一口长气，大家都不禁转过脸来；她的脸色跟车外的雪一般白；她眼皮一合，头一低，晕过去了。她的丈夫吓得不知怎样好，要求大家帮忙。人人束手无策，这时候那个年老的修女却扶起了病人的头，把羊脂球的酒杯轻轻放在她的唇边，喂了她几滴葡萄酒。那位美丽的太太这才微微一动，睁开了眼，面上显出了一丝微笑，有气无力地说她现在觉得很舒服了。不过，为避免再犯病，那位修女逼着她又满满地喝了一杯，并且说：“是因为饿极了，没有别的缘故。”

这时，羊脂球脸涨得通红，显出很为难的样子，眼睛看着那四位饿着肚子的旅客，吞吞吐吐地说道：“天啊，我要是不怕冒昧的话，真想请这两位先生和两位太太也……”她不再往下说，怕惹出一场无趣，白受侮辱。鸟先生说话了：“唉！在这种时候，四海之内皆兄弟，都应该互相帮助。来吧，太太们，别客气，凭什么还要拒绝！我们能否找到一个住处过夜，都还不知道呢。像这样的走法，明天正午以前决到不了多特。”他们还在犹疑不决，谁也不敢负责任说一声“好吧”。

后来还是伯爵解决了问题。他转过脸来对着那个不知所措的肥胖姑娘，摆出了一副老绅士高不可攀的架子说道：“好，我们只好领情了，夫人。”

迈第一步是很困难的。第一道关口一过，大家就毫不客气了。一篮子东西吃了个精光。这篮子里原来还装着鹅肝酱、肥云雀酱、熏牛舌、克拉桑的梨、主教桥镇出产的甜面包、细巧甜点心、满满一杯子醋泡的黄瓜和洋葱，羊脂球跟别的妇人一样最爱吃的生的蔬菜。

既然吃了这个姑娘的东西，就不能不和她说话。于是就聊起天来，一开始大家都很矜（jīn）持（庄重、严肃），可是她说话很知道分寸，大家也就不再拘束。德·布雷维尔太太和卡雷·拉玛东太太都是熟悉交际礼貌的人，知道怎样对她表示和气而又不失身份。特别是伯爵夫人，她显出最高贵的夫人不怕接触任何污秽的那种屈尊俯就的和蔼态度来，她对羊脂球显得格外和气。但是肥胖的鸟太太，她具有一种宪兵精神，仍旧是那么不可侵犯的样子，她说得少，吃得多。

---

① 希腊神话中主神宙斯之子，因泄露天机被罚永世站在有果树的水中，水深及下巴，口渴想喝水时水即减退，腹饥想吃果子时树枝即升高。“坦塔罗斯的苦难”指可望而不可及的难熬的苦痛。

他们谈起了战争，这是很自然的事。他们讲了许多普鲁士兵士的残暴行为和法国人的英雄事迹；这些人自己是在逃跑，却衷心钦佩着别人的勇敢。很快地各人讲到各人的经历，羊脂球把她怎样离开鲁昂的情形讲给他们听，她的愤慨是真实的，言词也非常激烈；妓女们发泄真实的愤怒时往往是这样激烈的。她说："我先以为我可以留下不走。我家里存着很多食品，供给几个兵士吃喝总比离乡背井乱跑乱奔好些。可是等到我真见着了他们，这些普鲁士兵，我可就控制不住自己了。他们把我的肚子都快气破了；我羞惭得哭了一整天。如果我是个男子的话，那当然就好办了！我从我的窗口望着他们，这些戴着尖顶钢盔的大肥猪，我真想把我屋里的家具丢下去砸他们，但我的女仆紧紧握着我的手，不让我动手。后来他们要住到我的家里来了。第一个走进我家大门的人就被我扑上去掐住了脖子。掐死他们这些人并不比掐死别人更费事。要不是他们拉住我的头发，这个家伙一定叫我给结果了。这样一来我只好藏起来，一找到机会，就离开，到了这辆车里。"

大家很夸奖了她一番。她的这些旅伴并没有表现得像她这么果敢大胆，在他们的眼里，她变得高大起来了。高尼岱一直是带着微笑听她讲，他的微笑是信徒脸上常有的那种表示赞许的、善意的微笑；一位神父听见了一个虔诚的教徒颂扬上帝，其表情也不过如此，因为爱国是这些留着长胡子的民主党人独家经营的专卖品，正如宗教是那些穿长袍的教士们的专卖品一样。最后他说了话，口吻是说教者的口吻，并且用了一大堆从每天张贴在墙壁上的宣言中学来的慷慨激昂的词句；最后他真的搬出了一段演说词，狠狠地把那个"无赖巴丹盖"① 痛骂了一顿。

可是羊脂球立刻勃然大怒，因为她是崇拜拿破仑皇帝的，她面色变得比野樱桃还红，气得说话也结巴了，她说："你们这些人，你们不妨坐到他的位子上去试试看。那可就不知成什么样子了！这个人，他是被你们给出卖了！要是你们这些光棍上台治理法国，我只好远离法国了。"高尼岱很镇静，面上还保留着一丝轻蔑的、自以为高人一等的微笑；但是大家却感到快要听见骂人的粗话了，这时伯爵挺身而出，用权威者的口气宣称一切真诚的意见都应该受到尊重，这才好不容易把这个义愤填膺（胸中充满义愤。膺，胸膛）的姑娘的气平了下去。可是伯爵夫人和那位棉纺厂厂主的太太在心里原本就抱着一切有身份人对共和国所抱的莫名其妙的憎恨，并且对一切讲究排场的专制政府天生就有爱慕之情，因此不由自主地觉得这个妓女颇有可爱之处：她是那么庄严自重，令人钦敬；她的情感和她们的情感又是那么彼此相像。

那一篮子东西是吃光了。十个人吃这一篮子东西毫不费力就把它打发干净，大

① 拿破仑三世的含有讥笑意味的绰号，他曾在一次政治上冒险后化名为巴丹盖。

家视为遗憾的是篮子只有这么大而不更大一点。自从把东西吃完以后，谈话稍稍冷淡了一些，但还继续了一些时候。

夜来了，天色一点一点黑下来，一个人正在消化食物的时候，对寒气的感觉来得格外锐敏；羊脂球尽管身体肥胖也不免一阵一阵打寒战。德·布雷维尔太太愿意把脚炉借她烤一下，脚炉里的炭从早上起已经换过多少次；羊脂球立刻就接了过来，因为她觉得她的脚已冻得冰冷。卡雷·拉玛东太太和鸟太太也把各人的脚炉递给那两位修女。

车夫已经点上车灯。强烈的灯光照出辕马的屁股因出汗而冒出的一片热气，同时也照出大路两旁的积雪，在灯光闪耀之下滚滚地向后飞驰。

在车厢里是什么也看不清楚，不过在羊脂球和高尼岱之间突然有一个动作；鸟先生的两眼在黑暗里搜索，他好像看见那位长着大胡子的人急忙向旁边一闪，似乎挨了不声不响打过来的很结实的一拳。

在大路前方出现星星点点的小火光。多特到了。整整走了十二小时，加上四次停下来休息和让马吃燕麦的两小时，一共是十四小时。车开进了镇市，在商务旅馆前停了下来。

车门开了。一种很耳熟的声音使所有的旅客都不由得一惊；他们听见的是腰刀皮鞘触到地面的声音。紧跟着是一个德国人在高声喊叫。

车虽然已经停住不动，可是没有一个人下车，好像预料到一走出去就会被屠杀似的。这时车夫出现了，手里提了一盏车灯，灯光一直射到车厢尽头，照出了车厢里那两行惊恐万状的脸，都张着嘴，睁着又惊又怕的眼睛。在车夫身旁，灯光里站着一位德国军官，他是一个大高个子的青年，身材过分瘦长，头发金黄，上身紧紧裹在军服里，好像女子裹在紧身胸衣里一样；他歪戴着漆布的平顶遮檐军帽，颇有点像英国旅馆里的侍役；嘴上两撇长得出奇的胡子，一根根胡子毛又长又直向两旁伸展，越来越稀，稀到尖上只剩了一根金黄色的细丝，长到简直令人无法看出它到哪儿为止。这两撇胡子好像很有分量，垂在嘴角，把脸蛋坠得往下耷拉着，嘴唇便成了两头向下的一道弧线。

他用阿尔萨斯人说的法国话①请旅客下车，口气很不客气："先生们和代代（太太）们，里（你）们还扑（不）下来吗？"

两位修女首先服从命令，她们是惯于依从一切命令的圣洁女子，所以非常驯顺。伯爵和伯爵夫人也走了出来，后面跟着的是棉纺厂厂主和他的妻子，再便是鸟先生和被他从后面推着的他的大个子老婆。他脚一挨地就对那军官来了一个："你

① 阿尔萨斯在法国西北部，这个地区人说的法国话，德国音颇重。

好！先生！”与其说是表示礼貌，不如说是出于谨慎。有权有势的人总是傲慢无礼的，对方也不例外，看了他一眼并不答礼。

高尼岱和羊脂球虽然坐在车门口却最后下来；在敌人面前，他们显示出严肃高傲的气概。那位胖姑娘竭力控制着自己，使自己保持冷静；那位民主党人不住地用手揉搓着自己黄褐色的长胡子，手有点哆嗦，颇有点悲剧的意味。他们两人的意图是要保持自己的尊严，他们知道在这种场合下，每个人多多少少代表着自己的祖国；看见旅伴们的那种恭顺态度，他们心里起着同样的反感；她呢，竭力要比那些同行的正经妇人显得更有自尊心；他呢，感到自己应该树立榜样，于是在整个态度中都显出他仍在继续当初大路上挖洞刨沟时所开始的抗敌任务。

他们走进了旅馆的宽阔的厨房，遵照那个德国军官的吩咐呈验了总司令签发的离境准许证；每人的姓名、相貌、职业，证件上都注得明明白白，那个德国人于是一面看证件，一面看本人，把这批人端详了好大半天。然后他突然说道：“号（好）了。”说完他就走了。

大家这才透了一口气。因为肚子还感到饿，赶紧叫旅馆准备晚餐。准备晚餐，半小时是不能少的，于是，两个女侍在那里忙碌的时候，他们就去参观一下各人的住室。他们的住室都集中在一条长廊里，廊子的尽头有一扇玻璃门，门上写着“一百号”。①

最后到了要坐下吃饭的时候，旅馆的老板出现了。他从前是马贩子，后来改了业。他是个有哮喘病的胖子，喉咙里不停地发出嘶嘶声、呼噜呼噜声和痰声。他的姓是弗朗维。他问道：

“谁是伊丽莎白·鲁塞小姐？”

羊脂球不由得一惊，转身答道：

“我就是。”

“小姐，普鲁士军官要马上跟您谈话。”

“跟我？”

“是的，如果您就是伊丽莎白·鲁塞小姐。”

她先是一阵为难，但考虑了一秒钟，就断然地回答：

“也许是找我，但是我不去。”

在她四周引起了一阵骚动；大家议论纷纷，研究发出这个命令的理由是什么。伯爵走了过来：

“您这样做是不妥当的，夫人；因为您这样一拒绝，可能引起很大的麻烦，不

① 一百号是厕所的隐语。

仅对您本人不利，也对您所有的旅伴们不利。遇到最强大的人是永远不应反抗的。他这种举动不会包含什么危险，一定是有什么手续忘记办了。”

大家也都附和着帮伯爵说话，又央求，又催逼，又讲大道理；因为大家都害怕她这种轻举妄动会引起麻烦。后来终于把她说服了。她说了这样一句话：

“好，我去，这可是为了你们大家我才去的。”

伯爵夫人赶紧握住她的手：

“所以我们都很感激您呀。”

她出去了。大家先不吃饭等着她。每人心里都有点懊丧，懊丧的是为什么偏偏请这位脾气暴、性子躁的姑娘上去而不请自己，都默默在准备一些老生常谈的话题，以便轮着自己被请时好说。

可是过了十分钟，她回来了，喘着气，脸涨得通红，好像要窒息过去，怒气填胸，嘴里不停地嘟哝：“噢，这个浑蛋！这个浑蛋！”

大家都急于要知道底细，可是她什么也不说；伯爵再三追问，她于是无比严肃地回答：“不，这和你们不相干，我不能说。”

大家围了一个大汤盆落了坐，盆里冒着白菜香味。虽然经过了那场惊慌，这顿饭还是吃得很高兴。苹果酒很好，鸟先生夫妇和两位修女为了省钱都喝苹果酒。其他各位都要了葡萄酒；高尼岱要了啤酒；他喝啤酒，有他自己的一套特别方法，怎样开瓶子，怎样让酒起泡沫，怎样把杯子歪举着仔细端详，都和别人不同；最后他把杯子高举到灯和自己之间，好好鉴赏一番酒的颜色以后，这才喝下去。喝的时候，他那跟他所喜爱的饮料颜色相仿的大胡子仿佛也会感动得颤动起来；他的一双眼睛斜盯着啤酒杯一刻也不肯放松；他生在世上唯一的职责好像就在此，而他现在就在完成这个职责。简直可以说，他在脑海里使浅色啤酒和革命这两种伟大的爱好互相接近，甚至合成一个；因此他细尝这一个滋味的时候就不能不想到那一个。

弗朗维先生和他的妻子在桌子的一头用饭。男的像一个破火车头那样呼哧呼哧喘着，胸膛里抽进抽出这么多的气，是无法边吃边说话的；可是女的，话却没个停止的时候。先讲普鲁士人一到本地时，她对他们所发生的感想，随后讲他们都干了些什么，说了些什么；她所以恨他们，首先是因为他们害她花了不少钱，其次是因为她有两个孩子在军队里打仗。她特别爱跟伯爵夫人谈天，跟一位有身份的贵妇人说话，她感到荣幸。

后来她把嗓子放低，谈起一些不能随便说的事，她的丈夫不时地阻拦她：“弗朗维太太，你最好还是少开口。”不过她一点也不理会，仍旧说下去：

“是的，太太，这些家伙，他们不吃别的东西，不是土豆和猪肉，就是猪肉和土豆。可别以为他们多么洁净。他们才不洁净呢。恕我冒昧，他们到处拉屎撒尿。

幸亏您没看见过他们下操，一操就是整整几小时甚至几天，全都待在大空地里：老是向前走，向后走，向这边转，向那边转。这些人如果去种地，或者回到家乡去修路，那至少还算不错呀！可是不，太太，这些军人，谁也得不到他们的好处！可怜的老百姓养着他们，就为了叫他们可以什么也不学，光学会大批杀人！不错，我只是个没受过教育的老婆子，可是看见他们从早到晚老是踏来踏去，一个个都踏得个精疲力竭，我心里就不免这样想了：有些人发明这么多的东西，为的是对人有益，可是另一批人呢，吃尽辛苦却只是为了损害旁人利益，这难道是应该的吗？杀人总是丑恶可憎的事，不管杀的是普鲁士人，或是英国人，或是波兰人，或是法国人。别人损害了你，你就报复，这当然是不对的，所以你要受刑事处分；可是拿着枪大批屠杀我们的小伙子，跟杀飞禽走兽似的那么杀，那就对了吗？如果说不对，那么为什么还要把勋章奖给杀人最多的人呢？这是怎么回事，我简直弄不明白。”

高尼岱提高了嗓子说话了：

“如果是攻击一个与世无争的邻国，那么战争是野蛮行为；如果是保卫自己的祖国，那战争就是一种神圣的职责。”

那个老婆子低下了头，然后说：

“是的，要是为了自卫，那是另一回事；不过那些专为寻欢作乐而打仗的帝王，是不是应该把他们都杀个干净呢？”

高尼岱的眼里闪出了火光，他说：

“说的真好，女公民！”

卡雷·拉玛东先生不禁沉思起来。虽然他一向狂热地崇拜那些名将，但这个乡下女人的常识却使他想到这样一件事，就是这么多的人手，废而不用，任他们耗费国家的财富，这么大的力量被弃置在不生产之地，如果一旦把他们用到几百年才能完成的大工业上去，那给国家该带来多大的财富。

这时鸟先生已离了座，走过去低声和旅店老板谈话。那个胖子又笑，又咳嗽，又吐痰；听了对方打诨（hùn）（戏曲演出时演员即兴说些可笑的话逗乐）逗趣的话，他的大肚子快活得一起一伏不住地跳动；他向鸟先生订购了六大桶红葡萄酒，等春天普鲁士人走了再交货。

晚饭刚一吃完，大家因为已经累得腰酸背痛，就立刻都去就寝了。

可是有些事，鸟先生却已看在眼里，他把太太服侍上床以后，便一会儿把耳朵贴在锁孔上听，一会儿又用眼贴着锁孔望，想发现他所谓的“走廊上的秘密”。

差不多一个钟头之后，他听见一阵窸（xī）窸窣（sū）窣（形容细小的摩擦声音）的声音，赶快一看，看见了羊脂球穿着一件四周镶白色花边的蓝开司米长睡衣，样子显得格外肥胖，手里端着一个蜡台，向走廊尽头那个大号码的房门走去。

离她不远却有一扇门推开了一条缝。等过了几分钟羊脂球回来，高尼岱跟在她后面，上身只穿着衬衫。他们说话声音很低，后来停下不走了。羊脂球好像是在坚决阻止他进她的屋子。该死的是鸟先生听不见他们说什么话；不过到最后他们声音高了起来，他总算耳边听着了几句。高尼岱是一个劲儿地央求，他说：

“瞧，您多么傻，对您来说，这有什么关系？”

她显然是生气了，回答：

“不行，我的亲爱的，有些时候，这种事是做不得的；再说，在这儿，简直是件可耻的事。”

他大概是一点也不明白其中的道理，还在问什么缘故。她于是大发雷霆，嗓子也提得更高了：

“什么缘故？您不知道是什么缘故吗？普鲁士人不就在这所房子里吗？也许就在隔壁屋子里呢。”

他不再说话了。敌人在身旁，这个妓女便不肯接受男人的温存，这种爱国主义的节操在他心里唤醒了正在丢盔弃甲的自尊心；他只抱住她吻了一下，便蹑手蹑脚回到自己的房间。

鸟先生心里跟火烧一般，离开了锁孔，在屋子中央来了个击脚跳，戴上了他的棉布睡帽，掀起了盖着他妻子粗硬身躯的被子，吻了她一下，把她吵醒，低声说道：“亲爱的，你爱我吗？”

整所房子里于是声息全无了。但是不久以后，不知从哪儿，也说不清是从哪个方向，也许是从地窖里，也许是从阁楼里，传来一种有力的、单调的、有规则的鼾声，一种低沉的、拖长的声音，好像汽锅憋足了气在抖动。弗朗维先生睡着了。

原来决定的是第二天八点钟动身，所以到时候大家都已聚在厨房里；可是那辆车子却孤零零地停在院子中央，既没有马也没有车夫，篷布顶上盖着一层雪。马房里、草料房里、车房里都找过，哪儿也找不着车夫。于是所有的男子决定到镇上去搜寻这个人，他们一齐走了出去。他们来到了广场，广场的正面是一座教堂，两旁都是低矮的房子，里面都有普鲁士兵。他们看见的头一个兵士在削土豆皮。再过去一点，又看见一个兵士在那里替理发店洗刷屋子。还有一个满脸胡子的兵士正在亲一个哭着的小孩的面孔，把孩子放在膝上颠动摇晃，哄他别哭。那些胖胖的乡妇——男人们到军队打仗去了——正比着手势指挥那些驯顺的胜利者在那里做应该做的工作，比方劈柴，把热汤倒在面包片上，磨咖啡等等；有一个兵士竟在替他的房主人洗衣服，房主人是一个手脚不灵的老婆子。

伯爵大为吃惊。恰好一个教堂职员正从神父住宅出来，他于是请问了他。这个虔敬的老信徒回答：“噢！这些人可不是坏人；听人说，他们不是普鲁士人。他们

住得还要远些；我也说不清是什么地方，他们都把老婆孩子丢在家乡；战争对他们来说，并不是一件有趣的事。我敢断定，那边也在哭哭啼啼挂念男人；将来跟咱们这儿一样，也会穷得走投无路。这儿，目前还不算太倒霉，因为他们并不干坏事，他们跟在他们家里一样干活做事。看见没有？先生，穷苦人之间就应该互相帮助……要打仗的是那些大人物。”

高尼岱看见在战胜者和战败者之间会取得这样友好的谅解，感到非常气愤，马上走开；他宁愿回到旅馆里去一个人待着。鸟先生说了一句笑话：“他们正在补充人口。”卡雷·拉玛东先生也说了一句话，倒还严肃：“他们正在赔偿损失。”可是车夫还是找不着。最后才在镇上的咖啡馆里把他找到，他正和普鲁士军官的勤务兵亲如弟兄般的坐在一张桌上。

伯爵很不客气地问他：

“没吩咐你八点钟套车吗？”

“吩咐过，不过后来我又另外接到了一道命令。”

“什么命令？”

“叫我不要套车。”

“谁给你下的这道命令？”

“那还用问，是普鲁士指挥官。”

“为什么下这样的命令？”

“我不知道，你们去问他吧。他们不准我套车，因此我就不套车。事情就是这样。”

“是他亲自对你这样说的吗？”

“不，先生，是旅店老板替他向我传的命令。”

“什么时候？”

“昨天晚上，我正要去睡的时候。”

三个男子心里十分不安，回到旅馆。

他们找弗朗维先生，可是女仆回答说弗朗维先生有气喘病，十点钟以前是从来不起床的。他甚至明确地禁止提前把他叫醒，除非是发生火灾。

他们想见军官，但那是万万办不到的；尽管他就住在旅馆里，他却只允许弗朗维先生一个人和他谈老百姓的事情。只好等着吧。妇人们回到各自的房间，做一些无关紧要的琐事。

高尼岱在厨房里那座高大的壁炉下面坐下来，壁炉里烧着一大堆火。他叫人替他搬来了一张小方桌，外带一瓶啤酒，然后叼着烟斗抽他的烟。他那只烟斗在那些民主党人中间几乎和他本人一样受人敬重，倒好像它为高尼岱服务的同时也在为祖国服务。那是一只非常漂亮的海泡石烟斗，积了厚厚的烟垢，和主人的牙齿一般黑，不过烟斗香喷喷的、弯弯的、亮光光的，和主人的手已经混得很熟；有了这个烟斗在手，主人的神气才显得十足。高尼岱坐在那里一动也不动，两只眼一会儿盯住炉里的火苗，一会儿盯住杯中的酒沫；每喝一口，总要带着得意的神色伸出他又瘦又长的手指头掠一下油腻的头发，一面用嘴吸着唇髭（zī）（唇上边的胡子）上挂着的泡沫。

鸟先生借口活动活动腿脚，却跑到本地各家小酒店去推销他的葡萄酒。伯爵和棉纺厂主谈论政治。他们推测法兰西的前途。这一个把希望寄托在奥尔良党人身上，那一个指望出一个无名的大救星，一个在全盘无望的时候挺身而出的英雄。也许会出来一位杜·盖克兰[1]，一位贞德[2]吧？或者是另一位拿破仑一世呢？如果皇

---

① 杜·盖克兰是十四世纪的法国民族英雄，屡次击溃英军，收复很多失地。

② 英法“百年战争”中法国民族女英雄。

太子不是那么小，该有多么好！高尼岱听着他们说话，脸上带着一个懂得命运奥妙的人的微笑。他抽着烟斗把厨房熏得喷香。

敲十点钟的时候，弗朗维先生出现了。大家马上请教他；可是他只能把下面几句话一字不改地重复了两三遍："军官这样对我说的：'弗朗维先生，你必须告诉车夫，明天不准给这些旅客套车。没有我的命令，他们不能动身。你听明白了？好，行了。'"

他们要求见军官。伯爵拿出自己的名片，卡雷·拉玛东先生还在伯爵的名片上附上自己的姓名和所有头衔。普鲁士军官派人传话给他们，说他可以接见这两个人，可是得等他吃完午饭，也就是说午后一点左右。

太太们又下楼来，大家虽然都提心吊胆，还是胡乱吃了一点东西。羊脂球好像是病了，而且显得局促不安。

刚喝完咖啡，勤务兵就来找这两位先生。

鸟先生跟着两个人一起去了；他们也想把高尼岱拉了去，以便使他们的这番活动显得格外隆重，可是他很高傲地声称，他决心永远不和德国人发生任何交往；他又躲到壁炉下面，并且要了一瓶啤酒。

那三个人上了楼，被领到旅馆中最漂亮的那间房里，军官就在那里接见他们；他躺在一张靠背椅上，双脚蹬着壁炉，抽着一根长的瓷烟斗，穿着一件鲜艳夺目的睡衣，不用说，那是在一个趣味低级的市民的空房子里偷来的。他也不起来，也不打招呼，甚至连看也不看他们，完全是打胜仗的军人具有的那种蛮横无礼的极完好的样品。

过了好半天，他终于发了话：

"里（你）们有镇（什）么事？"

伯爵赶紧发言："我们想动身，先生。"

"不行。"

"我可以不可以请问一下，因为什么不让我们走？"

"因为额（我）不元（愿）意。"

"我以极大的敬意请您注意，先生，您的总司令曾经发给我们到第厄普去的通行证；我想我们也没有做什么错事，应该受到您的友好招待。"

"额（我）不元（愿）意……没有撇（别）的缘故……里（你）们格（可）以下去了。"

三个人都鞠了躬，退出来。

下午过得很愁惨。谁也不明白这个德国人为什么会有这样的怪念头；每个人的脑子里都产生了最离奇的想法。他们全都待在厨房里，想象出种种不近情理的情形来讨论个不休。也许要把他们留下做人质？——不过又是为的什么目的呢？——莫非要把他们当俘虏带走？更可能的是要向他们勒索一大笔赎金吧？一想到这个，他们都吓得发了疯。其中最有钱的人害怕得最厉害；他们好像已经看见自己为了赎命把一袋一袋的金钱倒在这个蛮横无礼的大兵手里。他们绞尽脑汁想出一些可以让人相信的谎言，来隐瞒他们的财富，或者冒充穷人，冒充很穷很穷的人。鸟先生还把表链摘下来藏在衣袋里。天色黑下来了，这更增加了他们的恐惧。灯已点上，但吃晚饭还要等两小时，鸟夫人提议打三十一点。这至少可以说是一种消遣解闷的好方法。大家都同意。甚至连高尼岱也出于礼貌，熄灭了烟斗，凑一把手。

伯爵洗牌、分牌；羊脂球一上来就得了三十一点；大家很快地都专心打牌，把各人心里盘据着的恐惧平息下去了。不过高尼岱发觉鸟先生夫妇俩串通好了作弊。

他们正要坐到桌上去吃饭，弗朗维先生又出现了，用他那痰堵着喉咙的声音说："普鲁士军官叫我来问伊丽莎白·鲁塞小姐，她是不是还没有改变主意？"

羊脂球一听这话，脸色煞白，立着不动；接着突然满脸通红，气得说不出话来。最后她才一下子嚷了出来："去对这个无赖，这个下流东西，这个普鲁士臭死尸说，我决不答应，你听清楚，我决不，决不，决不答应。"

胖老板一出去，大家就围住了羊脂球打听，要求她把她那趟去见军官的秘密说出来。她先是不肯说，可是过不多久，她心里的愤慨再也压不下去，她大声喊道："他想干什么？……他想干什么？他想跟我睡觉！"这样的粗话，竟没有人觉得刺耳，因为大家都是那样气愤填胸。高尼岱使劲把酒杯往桌上一掼，把酒杯都掼碎了。当时只听见一片谴责的呼声，一片暴怒的怨声；全体团结起来抵御敌人了，仿佛敌人要羊脂球作出牺牲的这件事里他们每个人也都有一份。伯爵愤慨地表示这些人的行为简直和古代野蛮民族一样。特别是那几位太太，更是对羊脂球显出十分怜惜爱护的样子。那两位修女是只有吃饭才下楼的，她们低下头，一言不发。

一阵狂怒过去之后，大家还照常用晚餐，不过不大说话，因为都在想心事。

妇人们很早就回到各人的房间；男人们抽着烟就把牌局组织起来，他们邀了弗朗维先生参加，他们想要巧妙地从他身上打听出有什么好方法来消除军官的对立态度。可是他一心只想着牌，什么也不听，什么也不答；他只是不停地说："打牌吧！先生们，打牌吧！"他是那么专心，连痰都忘了吐，使得他胸腔里有时候声音拉得很长。呼哧呼哧扇动着的肺叶发出哮喘病的种种声响，从浑厚的、深沉的音节起一直到小公鸡练习打鸣时的那种嘶哑的尖叫声，无一不有。

他的太太熬不住困，来找他去睡的时候，他竟拒绝上楼。太太只好一个人走了，因为她是"值早班的"，总是太阳一出就起床；而他呢，是"值晚班的"，随时都可以和朋友们熬夜。"你把我那罐牛奶熬蛋黄放在火边上煨着！"他说完又打起牌来。等大家看出从他身上什么也打听不出来，就宣布应该散局，各人都回去睡觉。

第二天他们还是老早都起了床，心里都抱着一种模糊的希望；想动身的欲望也更大，他们很怕在这丑恶的小旅馆里还要过一天。

唉！拉车的马还是留在马房里，车夫还是无影无踪。他们无事可做，就在车的周围绕来绕去。

那餐午饭吃得闷闷不乐；大家对羊脂球好像有点冷冰冰了，因为夜晚常常叫人深思，过了一夜，他们的看法改了样儿。他们现在几乎有点怨恨这个女人，为什么她不偷偷地跑去找那个普鲁士人？那样一来，她不就可以为她的旅伴们在第二天一觉醒来的时候，准备下一个意外的好消息吗？还有比这更简单的吗？并且又有谁知道呢？她的面子是可以顾全的，只要对军官说她是看了旅伴们苦恼，感到可怜，才答应的。对她说来，那种事没有什么了不起！

不过这些心里的想法，还没有人说出来。

下午，大家实在闷得要死，伯爵提议到镇子附近去散散步。各人都仔细地把身体包好裹好，这一小队人就出发了，只有高尼岱不去，他宁愿留在旅馆里烤火；那两位修女也不去，她们白天不是在教堂里就是在神父住宅里消磨光阴。

天气一天比一天冷得厉害，冻得耳朵和鼻子像针扎似的；两只脚很疼，每走一步简直就是受一次罪；等到看见了田野，望过去是无尽无休的一片白，那么凄怆悲凉，大家立刻感到寒入骨髓，愁上心头，马上掉转身子往回走，四个妇人走在前面，三个男人在不远的后面跟着。

鸟先生把情况看得很清楚，忽然发问说，这个“臭婊子”是不是要害得他们在这样一个地方长久地待下去。伯爵永远是彬彬有礼的，他说不能硬逼一个妇人作这样一种痛苦的牺牲，这种事只能听她自愿。卡雷·拉玛东先生也发表意见，他说如果法国人，真如大家所议论的那样，从第厄普攻过来，那么两军接触只能是在多特地方。另外那两个人听了他这种说法，心里可就有点着急。鸟先生说：“那咱们就徒步逃走吧。”伯爵耸了耸肩膀：“这样大的雪，又带着几位太太，那怎么行呢？他们马上会追上来，用不了十分钟就把我们抓住，当俘虏带回来，那就任凭这些大兵摆布了。”他的话说得合情合理，大家都不再做声。

太太们谈的是打扮；可是她们之间好像有些拘拘束束谈不热乎。

忽然在街口出现了那个普鲁士军官。在一望无边的雪地上的是他那穿着制服的、细腰蜂般的高高的身体，走起路来膝盖向两边撇开，这是怕弄脏刚擦亮的长靴的军人特有的走法。

他在妇人们面前经过时，哈了哈腰，可是对那些男子却十分轻蔑地看了一眼，好在这些人也颇知自爱，并没有脱帽，尽管鸟先生做了一种仿佛要摘帽的手势。

羊脂球脸红到耳根；那三位有丈夫的妇人则感觉到一种很大的耻辱，她们觉得可耻的是和妓女一起散步时偏偏让军官碰见；而这个妓女又是那个军人如此不客气地对待过的。

她们接着就谈起这个军官来，既谈他的身段又谈他的容貌。卡雷·拉玛东夫人结交过许多军官，对鉴别军官很有眼力；她认为这个军官很不错；她甚至惋惜他不是法国人，否则倒是一个很漂亮的轻骑兵，所有的女人都会对他入迷的。

回到了旅馆，大家都不知干什么才好。为了一些极其无关紧要的小事，言语都非常尖刻。晚饭不声不响地吃了，吃得很快；各人都上楼去睡觉，希望快快睡着把时间混过去。

第二天早上下楼，大家脸色都显得疲惫不堪，而且都怀着满腔的怒火。几位太太几乎不跟羊脂球说话了。

钟声响了。教堂里有孩子要做洗礼。这位胖姑娘生过一个孩子，寄养在依弗多的农民家里。她一年也不见得去看他一次，平常也从不想他；可是一想到这个马上要洗礼的小孩，心里忽然对自己孩子发生了一种强烈的母爱，她于是不顾一切，要去参加这个仪式。

她刚一走，大家先是你看看我，我看看你，然后把椅子往一块儿挪挪，因为他们都感到，已经到了应该决定个办法的时候了。鸟先生忽然灵机一动，他主张向军官建议，把羊脂球一个人留下，让别的人走路。

仍旧是弗朗维先生担任了这个传话的使命，可是他几乎马上就回到楼下。那个德国人是深知人类的本性的，所以把他赶了出来。他的意思是他的希望一天得不到满足，就必须把全部的人扣留一天。

鸟夫人的市井下流脾气一下子爆发出来：“我们总不能老死在这儿啊。跟所有的男子干这种事，原来就是这个娼妇的本行，我认为她就没有权利拒绝这个人或接受那个人。我倒要请问一下，在鲁昂碰着谁要谁，哪怕是马车夫，她也要！是的，太太，她接过省政府的马车夫！这个事，我知道得很清楚，那马车夫就在我们店里买葡萄酒。可是今天，要她帮我们解决困难了！她这个肮脏女人，倒假充起正经人来了！……这个军官，我觉得他的行为很正派。他也许好久没近女人了；我们这三个女人当然比羊脂球更对他的胃口。可是，不，他只想把这个人尽可夫的妇人弄到手就满意了。他对有丈夫的妇人是知道尊重的。请你们想一想，他可是此地的主人。他只要开口说一声：‘我要’，就可以在他那些大兵的帮助下把我们强奸的。”

那两个妇人打了一个小小的寒战。漂亮的卡雷·拉玛东夫人眼里闪出了光芒，并且面色有点发白，好像觉得自己已经被那个军官强施无礼似的。

男人们原在一旁商量，现在都走了过来。鸟先生怒气冲天主张把这个“贱货”连手带脚捆起来，交给敌人。不过伯爵出身于三代都做过外交大使的家庭，而且他自己又天生一副外交家的气派，他主张运用计谋，他说：“还是应该好好地劝她。”

于是他们秘密地商量起来。

妇人们挤得更紧一些，说话的声音放得很低，大家议论纷纷，各人发表各人意见，而且话说得都很体面。尤其是这些太太们寻出一些委婉曲折的说法和文雅可爱的措词来表达最猥（wěi）亵（xiè）（淫乱，下流的）的事。因为话都说得那么谨慎含蓄，局外人闯进来的话，一点也听不懂。不过一切上流社会的妇女披在身上的那层薄薄的廉耻心，只能掩盖外表，她们遇到这件猥亵下流的意外事故，却也止不住心花怒放，骨子里竟觉得异常散心解闷，简直可以说是如鱼得水。她们是抱了一种跃跃欲试的心在为别人从中撮合，正如一个馋嘴厨子垂涎欲滴地在为另一个人做晚餐。

到最后，这个故事在他们眼中，显得那么有趣，因此大家都不由自主地轻松愉快起来。伯爵想出了一些相当大胆的趣话妙语，但是他说得那么巧妙，并不刺耳而且引起了微笑。鸟先生说出了一些比较粗鲁的猥亵词句，大家听了也不觉得难听；他的太太于是直截了当表示了她的看法，得到所有在座人的同意，她说："既然是这个姑娘的本行，她为什么对别人不拒绝，却偏偏要拒绝这个人？"那位可爱的卡雷·拉玛东夫人似乎竟有这样的想法，就是，如果她是羊脂球，她是宁肯拒绝别人而不肯拒绝这个人的。

他们费了好半天的时间商量包围的办法，就好比对付一座被围困的要塞。每人都定好了自己应该担任的任务，应该讲的理由和应该玩的手段。大家共同决定了进攻的计划，应该施展的妙计和乘其不备的突然袭击，以便强迫这座活城堡开门迎接敌人。

不过高尼岱始终躲在一边，丝毫不过问这桩事。

大家的注意力都是那么集中，竟没有一个人听见羊脂球回来。幸亏伯爵轻轻地嘘了一声，大家才抬起头来。她已经到了跟前。他们突然闭上嘴，感到十分尴(gān)尬(gà)(神色、态度不自然)，一时无法和她搭话。伯爵夫人究竟比别人更惯于交际场中的两面派作风，就问她："这次洗礼好玩吗？"

胖姑娘心里的激动还没平息下去，于是把一切都讲给他们听：她都看见了什么样的人，那些人是什么态度，甚至教堂里的外观，她都讲到。最后她还补一句："偶尔祷告一次很有好处。"

一直到吃午饭，这几位太太都对她很和气，为的是取得她的信任，更容易听从她们的劝告。

等到一坐上饭桌，进攻就开始了。一开始是泛泛谈到献身精神。他们举了些古代的事例，先举犹底特和荷罗菲纳；又毫无理由地举了鲁克雷斯和塞克都斯，又谈起克娄巴特拉，说她曾把敌军所有的将领先后引到自己床上，使他们像奴隶似的俯首听命。于是一个无比荒诞的故事出现了，这个故事是从这些不学无术的百万富翁脑中产生的；在这个故事里，罗马的女公民们跑到加布，把汉尼拔搂在怀中哄他睡觉，不但搂他，还搂他那些将领和雇佣兵的所有官兵。凡是曾经阻挡过征服者，把自己的身体作为战场，作为支配工具，作为武器的女人，凡是用自己英勇的爱抚战胜丑恶可恨的败类的女人，凡是曾经为复仇与效忠而牺牲贞操的妇人，他们都一一举了出来。

他们甚至还用含蓄的词句谈到英国的一个名门闺秀，她故意染上一种可怕的传染病，准备传给拿破仑；靠天保佑，幸亏拿破仑在这次不幸的幽会时，突然感到虚弱无力，才算得救。

这一切都是用一种很得体、很有分寸的方式讲述出来，时不时还故意爆发出一片热烈赞赏，足以激发人去仿效。

听了他们说的，你最后简直会相信，妇女在世界上唯一的使命就是永远不断地牺牲自己的身体，无尽无休地听从丘八老粗们的任意摆布。

那两位修女好像陷入沉思之中，什么也没听见。羊脂球也一句话都没有说。

整个下午，他们都不打扰她，容她仔细考虑。不过，谁也说不出为什么，大家却都改了口，简单地叫她“小姐”，而不像以往那样称呼她“夫人”了，倒好像是要把她从她现已爬到的、颇受尊敬的地位往下拉一级，让她感觉出她所处的不体面的地位似的。

汤刚刚送上来，弗朗维先生又出现了，还是头天晚上那句话：“普鲁士军官叫我问伊丽莎白·鲁塞小姐，她是不是还没有改变主意。”

羊脂球冷冷地回道：“没有，先生。”

但是在这顿晚饭中间，同盟军的力量减弱了。鸟先生说了三句话，效果都很坏。每个人都想找新的例子，但是枉费心机，一点也找不出来。伯爵夫人也许并没有经过事先考虑，只是有点儿希望对教会表示敬意，向那位年长的修女打听圣人们都有什么丰功伟绩。哪知道许多圣人都曾经干过在我们看来可算是犯罪的事，不过这些罪如果是为了天主的光荣或是为了他人的利益，那么教会便会毫不困难地加以宽恕。这是一个有力的论据，伯爵夫人马上加以利用。也许是由于双方有了默契，或者是一方暗献殷勤，凡是身披教会法衣的人都善于干这一手，也许仅仅是由于正巧缺乏头脑，或者由于爱帮人忙的糊涂傻劲儿，总之这位老修女却给他们的阴谋帮了一个大忙。大家原以为她胆子小怕羞，哪知她很胆大，话也很多并且很激烈。这位修女从来不受决疑论者的那些探讨研究的影响，她主张的信仰有如铁打的一般；她的信念从来也没有动摇过；她的良心从来没有任何不安的时候。她觉得亚伯拉罕杀子祭天没有丝毫可惊奇的地方，因为只要上天有命令下来叫她杀父杀母，她也是立刻会动手的；依她看来，只要意图正当，做什么事也不会惹得天主不高兴。这位意想不到的同谋者是有神圣的权威的，伯爵夫人乘机加以利用，要引她对“但问结果不问手段”那句道德格言做一番大有教益的解释。她是这样问修女的：

“那么，我的姑奶奶，您认为，无论用什么方法，天主是允许的吗？只要动机纯洁，行为本身总是可以得到天主原谅的了？”

“有谁能怀疑这个呢，太太？本身应该受谴责的行为，常常因为启发行动的念头良好而变成可敬可佩。”

她们就这样继续谈下去，她们判断天主的意愿，估计天主的决定，迫使天主操心许多与他实在毫不相干的事情。

这一切都说得含而不露，既巧妙，又得体。不过这位戴元宝帽的圣女的每一句话，对那个妓女的愤怒的抗拒来说，都起着攻破缺口的作用。后来谈话稍稍离开了本题，手执念珠的女人谈到了她所属的修会的各个修道院，谈到她的院长，谈到她自己和那个娇小的同伴，那个亲爱的圣尼赛福尔修女。她们是应召到勒阿弗尔那些医院里去看护好几百身染天花的兵士的。她描绘了那些可怜人的情形，仔仔细细地讲述他们的病情。只因为这个普鲁士军官任性横行，她们被截在半路上。在这个时候很多法国人可能送了命，她们如果在那里，本来是可以把他们救活的。看护军人原是她的专长：克里米亚、意大利、奥地利她都到过；在她讲述她参加过的那些战役的时候，突然使人感到了她就是那些打着军鼓、吹着军号的修女队中的一位，这些修女好像天生就是为随着兵营奔走，在战争的漩涡中抢救伤兵的；她们比官长还能干，能够一句话便制服那些不守纪律的老兵。她可以算是一个真正随军的好修女，那一张被天花毁掉的、数不清有多少麻瘢痘痕的面孔，就好像是战争带来的破坏蹂（róu）躏（lìn）（践踏，比喻用暴力欺压、侮辱、侵害）的写照。

在她说完以后，因为效果是那么好，所以别人也就不再说什么了。

饭一吃完，大家都很快回到各人的房间，第二天早晨下来得相当晚。

午饭也平平静静地过去了。他们让头天晚上播下的种子有抽芽结果的时间。

午后，伯爵夫人提议大家出去散步；于是伯爵按照预定计划，挽着羊脂球的胳膊，和她一起走在最后面。

他跟她谈着话，用的是稳重的男人对卖笑女子说话的那种口气，亲热随便，慈祥和蔼，多少还带点儿轻蔑；他喊她“我的孩子”；他从高高在上的社会地位和无可争辩的崇高身份，屈尊俯就地对待她。他单刀直入，一下子就讲到了本题：

“这么说，您是宁愿让我们留在这里，和您一样等普鲁士军队吃败仗之后，冒遭受他们种种强暴对待的危险，而不肯随和一点，答应做您一生经常做的事？”

羊脂球什么话也不回答。

他亲切地对待她，和她说理，用感情打动她。他能够保持“伯爵先生”这个身份，同时在需要的时候又能殷勤献媚、恭维夸奖，表现得十分可爱。他竭力渲染她可以帮他们多么大的忙，也谈到他们将如何感激她；然后突然笑嘻嘻，亲密地改用“你”来称呼她，说道：“你知道，我亲爱的，他将来还可以夸耀，说他曾经尝过一个他们国内不多见的美女的滋味呢。”

羊脂球一语不答，她追上了其余的人。

一回到旅馆，她立刻上楼到自己的房间去，再也没有露面。大家都忧心忡

(chōng)忡(形容心事重重，非常忧愁。忡忡，忧愁的样子)。她倒是要怎么办呢？如果她还是抗拒，那可真糟糕！

吃晚饭的时间到了，大家没有等到她。后来弗朗维先生走了进来，通知大家说鲁塞小姐身体有点不舒服，大家可以先吃。人人都竖起耳朵听。伯爵走到老板身旁，低声问道："行了？"——"行了。"为了顾全面子，他对同伴们什么也没说，只是朝他们微微点了点头。立刻所有的人都如释重负，深深地叹了一口气，脸上露出轻松愉快的表情。鸟先生大声喊道："他奶奶的！我请大家喝香槟酒，这旅馆里不知有没有？"鸟太太却不免心惊肉跳，因为老板马上手里拿着四瓶酒重新走进来了。每一个人都突然间变得爱说爱笑，爱吵爱闹；各人心里都充满了一种不大正派的快乐。伯爵好像发现卡雷·拉玛东夫人丰韵十足，而那个棉纺厂厂主，卡雷·拉玛东先生则不住向伯爵夫人献殷勤。谈话活跃、愉快，有很多精彩的妙语趣话。

忽然鸟先生满面惊恐，高举双臂，嚷了起来："都别做声！"大家吃了一惊，甚至又有点害怕，果然停止了谈话。鸟先生这时支起耳朵听，一面双手拢着嘴发出一声"嘘！"抬起眼睛望望天花板；他又用心听了一会儿，恢复了本来的嗓音说道："放心吧，没事。"

最初大家有点莫名其妙，但是很快地都露出了微笑。

一刻钟之后这出滑稽剧他又重演了一次，并且这个晚上经常地重演；他还常常装出和楼上某个人打招呼的样子，把那些从他的市侩脑子里挖掘出来的语意双关的建议提给对方。有时他装作愁眉苦脸叹着气说："可怜的女孩子哟！"要不就怒气填胸地咬着牙嘟囔："混账的普鲁士人！"有时候，大家谁也不想这件事了，他却提高了嗓子连喊几次："够啦！够啦！"然后仿佛跟自己说话似的又说："但愿我们还能见到她的面，可别叫这个坏蛋给收拾死啊！"

虽然这些玩笑话趣味低级，不堪入耳，但是没有一个人感到生气，大家还都觉得好玩；原来气愤也和其他东西一样，是和环境有关的，而在这些人周围逐渐形成的气氛里，充满了猥亵的念头。

吃到点心水果时，妇人们也不免说了些很俏皮的、但是也很含蓄的影射话。大家的眼睛都亮闪闪的，因为酒喝了不少。伯爵即使在吃喝玩乐的时候也保持住他那庄重的外表，他打了一个颇为大家欣赏的比喻，说北极严冬已经过去，一群被困在冰冻中的难民看见通往南方的道路已经打开，因此快活异常。

鸟先生正在兴头上，他站了起来，手中举着一杯香槟，说道："为庆贺我们的解放，我喝这一杯！"大家都站了起来，向他欢呼。几位太太横劝竖劝，那两位修女也同意把嘴唇在这个她们从没尝过的起泡沫的酒里抿一抿。她们说有点像柠檬汽水，不过味道好得多。

鸟先生对当时的情况做了一个概括：

“可惜的是没有钢琴，不然倒可以跳它一场四对舞。”

高尼岱一直没有说话，也没有动一动；他好像深深地沉浸在严肃的思想中；有时他狠狠地扯着自己的大胡子，仿佛想把它拉得更长一些。末了，快到十二点的时候，大家要散了，喝得东倒西歪的鸟先生，忽然在高尼岱的肚子上轻轻拍了一下，口里含糊不清地说道：“您今晚话也不说，为什么不高兴，公民？”哪知高尼岱却突然抬起了头，两目凶光闪闪地把所有在座的人扫视了一周，说道：“告诉你们大家，你们刚才干的事无耻透顶。”说完就站起来，走到门口，又说了一遍“无耻透顶”！才走出去不见了。

大家都感到十分扫兴。鸟先生冷不防碰了这个钉子，也目瞪口呆，发了傻；可是他恢复镇静以后，突然弯了腰大笑起来，口里不住念叨：“葡萄太酸了，老伙计。太酸了。”大家不明白他这句话什么意思，他于是把“走廊里的秘密”讲给他们听。于是大家又兴高采烈起来。几位太太乐得跟疯子一样。伯爵和卡雷·拉玛东先生笑得直流泪。他们不相信会有这个事。

“怎么！您没弄错吗？他真想……”

“告诉你们，我是亲眼看见的。”

“她居然不答应……”

“那是因为普鲁士人就住在隔壁房间里。”

“哪儿会有这种事呢？”

“我向你们发誓。”

伯爵笑得喘不过气来。卡雷·拉玛东先生两手紧紧捧着肚子。鸟先生还不肯住口：

“你们明白了吧，今天晚上，他笑不出来，一点儿也笑不出来了。”

三个人又哈哈大笑，笑得肚子痛，笑得气都透不过来，笑得直咳嗽。

笑完大家也就散了。鸟太太的性情是从不饶人的；当夫妇一睡到床上，她就告诉她的丈夫，卡雷·拉玛东太太这个小泼妇整个晚上都在苦笑：“你知道，女人们要是看中了穿军服的，不管是法国人或普鲁士人，全都欢迎。这还不够丢人吗？我的天啊！”

这一整夜，在黑暗的走廊里，老像有轻微的颤动，轻得几乎听不见的、像喘息似的轻悄悄的响声；还有光着脚在地上走过的声音和不易觉察的咯咯声。当然大家都很晚才睡着，因为好久好久以后还有灯光从那些卧室的门缝透出来。这一切都是香槟酒的效果；据说香槟酒会打扰人的睡眠。

第二天，在明亮的冬日阳光照耀下白雪晶光耀眼。公共马车总算套上马，在门外等着了；大群白鸽子，粉红眼睛黑瞳孔，厚厚的羽毛，昂首挺胸，一本正经地在六匹马的腿底下绕来绕去，啄着还冒热气的马粪，寻找它们的食物。

车夫围着他那块羊皮，在座上抽着烟斗；旅客们都心花怒放，忙着叫人给他们包扎食物，以便在剩下的路程上吃。

只等羊脂球一人了。她露了面。她好像有点激动，有点羞惭；她怯生生地向旅伴们这边走过来，这些人一齐转过脸去，就像没看见她似的。伯爵昂然地挽着太太的胳膊，把她领到一边，躲开这种不干净的接触。

胖姑娘十分诧异，站住不再往前走；随后才鼓足勇气对那棉纺厂厂主的太太打招呼，很谦恭地轻轻说了一声："早安，太太。"对方只是极其傲慢地点了点头，同时像一个贞洁的女人受到了侮辱似的朝她望了一眼。人人都仿佛很忙碌，并且都离她远远的，仿佛她的裙子里带来了什么传染病。后来大家都急忙朝车子奔过去，把她丢在最后，她独自一人爬上车，一声不响地坐到前一段路程坐过的位子上。

大家仿佛没有看见她这个人，也不认识她；可是鸟太太满脸怒气，远远地望着她，低声对她的丈夫说："幸亏我不坐在她的旁边。"

笨重的马车晃动起来，旅行又开始了。

最初谁也不说话。羊脂球头也不敢抬。她对这些旅伴感到气愤，同时感到羞愧，羞愧的是没有坚持到底而让了步，被他们假仁假义地推到这个普鲁士人的怀中，被他所玷（diàn）污。

伯爵夫人很快地打破这种难堪的沉寂，她转过脸来向卡雷·拉玛东夫人问道：

"您大概认识德·哀特莱尔夫人吧？"

"认识的，还是我的朋友呢。"

"是个多么可爱的人啊！"

"太招人喜欢了！这才真是个顶儿尖儿的人物，学问好，多才多艺，唱得一口好歌，画得一手好画。"

棉纺厂厂主在和伯爵聊天，在车窗玻璃的格格声中，不时地可以听见像息票啦、到期啦、溢价啦、限期啦等等字眼儿。

鸟先生和他的太太在斗纸牌，牌是他从旅馆里偷来的，在抹得不干净的桌子上已经摩擦了五年，牌上满是油腻。

两位修女把腰带上挂着的长念珠取下来拿在手里，一同画了十字，突然嘴唇很快地动起来，并且越来越快，跟比赛念经似的叽里咕噜地念着，还不时地吻吻一块圣像牌，吻完又画十字，然后嘴唇又迅速不停地动起来。

高尼岱一动不动，他在想心事。

走了三个钟头以后，鸟先生收好纸牌。"肚子饿了！"他说。

他的太太伸手拿过来一个细绳捆好的纸包，从里面取出一块冷牛肉。她很利落地把它切成薄而整齐的片儿，两个人就吃起来。

“我们也吃，好不好?”伯爵夫人问。得到同意以后，她把给两家预备的食品都打开来。一个椭圆形的盆子，盆盖上有一个粗瓷野兔，表示盆里盛的是一只熟的野兔，那是一种滋味鲜美的熟肉，紫堂堂的兔肉上横着一排一排白色的肥猪肉丁，还拌着一种剁得很碎的肉。此外还有一大块瑞士出产的干酪，是用一张报纸包着的，报上的“社会琐闻”四个字也印在油汪汪的干酪上了。

两位修女从纸包里拿出了一截香肠，发出一阵大蒜的气味；高尼岱两手同时插进了他那件肥大的外套的大口袋里，从一只口袋里掏出四个带皮煮熟的鸡蛋，从另一只口袋里掏出一段面包。他剥掉了蛋壳，扔在脚下的稻草里，就咬起他的鸡蛋来，蛋黄的碎屑落在他的大胡子上，很像一颗一颗的星星。

羊脂球原是匆匆忙忙慌里慌张起的床，什么也没有想到；看见这些人若无其事地吃着东西，不觉气愤填胸，憋得喘不过气来。她先是一阵狂怒，她张开嘴已经预备把他们好好地教训一顿，一大堆辱骂的话已经涌到嘴边；可是她说不出来，怒火是那样强烈，竟锁住了她的嗓门。

没有一个人看她，没有一个人想到她。她觉得自己淹没在这些正直的恶棍的轻蔑里；他们先是把她当作牺牲品，然后又像抛弃一件肮脏无用的东西似的把她抛掉。她于是想起了她那只满满装着好东西的大篮子，他们是那样贪婪地把它吞个精光；她想起了她那两只冻得亮晶晶的小鸡，她那些肉酱、梨子，她那四瓶波尔多红葡萄酒；这时她的怒气，好像一根绳子绷得太紧绷断了似的，反倒平息下去；她觉得要哭出来。她拼命地忍住，跟孩子似的把呜咽硬咽下去，可是眼泪还是涌上来，亮晶晶地挂在眼圈边儿上，一忽儿工夫两颗大泪珠离开了眼睛，慢慢地顺着两颊流了下来。跟着又流下别的泪珠，流得更快，就好比岩石里渗出来的水珠，一滴一滴落在她的圆鼓鼓的胸膛上。她腰板笔挺，眼睛定着向前看，脸绷得紧紧的，脸色苍白，只希望别人不要看她。

可是伯爵夫人偏偏看出来了，并且递了个眼色通知她的丈夫。他耸了耸肩膀，仿佛说：“有什么法子呢？这不能怪我啊。”鸟夫人得意洋洋，不出声地笑了笑，嘟囔着说：“她在痛哭自己做了丢脸的事。”

两位修女把吃剩的香肠卷在一张纸里，又念起经来。

高尼岱正在消化刚吃下去的几个鸡蛋，把两条长腿伸到对面的长凳下面，向后一靠，两臂交叉放在胸前，好像刚刚找到了捉弄人的办法似的，脸上露出了微笑，随后用口哨吹起《马赛曲》的调子来。

所有的人都涨红了脸。毫无疑义，同车的那些人是不喜爱这个人的歌声的。他们都感觉心里烦躁、激怒，仿佛要大嚷大叫才好，就好比狗听见了手摇风琴的声音总要狂吠一样。

他看出了这种情形，再也不肯住嘴。有时候甚至把歌词也哼了出来：

对祖国的神圣的爱，
快来领导、支持我们复仇的手，
自由，最亲爱的自由，
快来跟保卫你的人们一道战斗！

雪地比较坚硬，车子也走得比较快了。在旅途的漫长的愁惨的这几小时内，在车子颠簸震动的声响中，不管是黄昏刚黑的那一刹那，也不管是车里已经漆黑乌暗的时候，一直到第厄普为止，他便是这样一直执拗顽固地继续吹着他那带复仇性的、单调的调子，逼得那些人，脑筋尽管非常疲乏，心情尽管十分愤怒，却也无法不从头至尾倾听着他的歌声，并且每听一拍，还不由得要把唱的每句歌词都记起来。

羊脂球一直在哭，有时候在两节歌声的中间，黑暗里送出一声呜咽，那是她没能忍住的一声悲啼。

名师鉴赏

这篇小说是莫泊桑探索新的艺术形式的典范之作，作者用一个不愿委身侵略者、地位卑微的妓女和当时一些上层人士作对比：以过关卡前羊脂球把提篮里的东西拿出来与大家一起分享和经过关卡后他们对她的不屑一顾做鲜明对比，这是人物性格的对比，也是爱国方式的对比。在资本主义统治下，法国人与人之间的地位隔阂和建立在金钱上的虚伪的友谊和亲密，在作者笔下都表现得淋漓尽致。

《羊脂球》把叙述故事内容、刻画人物、交代时代背景、组织矛盾冲突集中在几天的旅途中，围绕一个主要人物、一个中心事件进行纵横交错、细致入微的艺术描写，同时通过旅客对羊脂球前后截然不同的态度，用鲜明的对比手法把各种人物的本质特征充分地表现出来，收到了很好的艺术效果。

导读

勒费弗尔太太家夜里遭毛贼造访，生活十分节俭的她最终决定收养一只小狗看家，千挑万选后决定收养一只体型非常小的狗皮埃罗。尽管皮埃罗很讨人喜爱，但主人不愿为其纳税，将它扔到了一个泥灰岩坑，一个判处狗死刑的地方。虽然勒费弗尔太太也想救回小狗，却再次因为钱的问题作罢，小狗最终落得悲惨结局。

小狗皮埃罗

勒费弗尔太太是一位乡绅太太，是个寡妇。乡间确实有这样一种半城半乡的妇人，她们爱用缎带，爱戴荷叶边帽子，说起话来常犯联音错误，当着人面装出一副倨（jù）傲（ào）（骄傲）的神气，在打扮得花里胡哨的可笑的外表下隐藏着一个自命不凡的粗鄙的灵魂，正如她们用生丝的手套来遮盖一双又红又粗的手。勒费弗尔太太正是这样一个妇人。

她使唤着一个女仆，一个忠厚的乡下女子，心地纯朴，名字叫萝丝。

主仆二人住在诺曼底。沿着公路的有绿色百叶窗的小房子，那是她们的家。

因为住房的前面有一块狭长的园地，她们就在那儿种了些蔬菜。

可是一天夜里，有人偷走了她们十几颗洋葱。

萝丝发现了这桩小小的窃案，赶紧跑去报告太太，太太穿着呢裙子就下了楼。这真是一件令人又伤心又害怕的事。居然有人偷东西，偷了勒费弗尔太太的东西！这么说，当地有贼了，再说，贼既来过一次就有可能再来。

这两个惊惶失措的妇人察看脚印，唠唠叨叨地谈着，作出种种的揣测："看！他们是从这儿过来的。他们先爬上这座墙；从那儿一跳，跳到了花坛上。"

她们想到以后的日子就感到害怕。从今以后还怎么能够安安稳稳地睡觉呢！

失窃的消息马上传开了。邻居们都赶来，勘察了现场，纷纷议论；每来一个人，这两个妇人都要把她们看到和想到的重新说上一遍。

一个住在附近的农庄主给她们出了一个主意："你们应该养条狗。"

这倒是真的，她们的确应该养条狗，哪怕是有了什么情况叫两声也好。可是不能要大狗，天呀！那可使不得。一条大狗，她们怎么受得了！吃也要把她们吃穷了。只要一条小狗，（在诺曼底，人们管狗叫“干”）一条会汪汪叫的小“干”，那就行了。

等大家都走了以后，勒费弗尔太太立刻就商量养狗的问题，商量了好久。她考虑后，提出许多反对意见，她一想到盛得满满的狗食盆就吓得发呆；因为她是属于那种精打细算的乡绅太太一类的人，她们衣袋里老掖着几个小铜子，用来捐给教堂，剩下的好在路上当着众人的面施舍给穷人。

萝丝是喜欢猫狗的，她提出了种种理由，并且很狡猾地为这些理由作了辩护。最后决定养一条狗，一条小而又小的狗。

她们开始找狗了，不过遇到的尽是些大狗，吃起肉汤来能把人吓死的大狗。罗尔维尔的食品杂货店老板倒是有一条很小的狗，不过他要求付给他两个法郎作为饲养费。勒费弗尔太太说，她愿意养一条“干”，但决不花钱去买。

面包房老板知道了这件事，有一天早上他在他的车子里牵出来一只长了一身黄毛的小怪物：脚短得几乎跟没有一样，鳄鱼身子，狐狸头，一条向上翘的尾巴活像军帽上的翎饰，长度和整个身子相等。面包房的一个主顾不想要它了。这条看了叫人恶心的小狗，用不着花钱买，勒费弗尔太太却认为很美。萝丝抱起来吻了吻，打听它叫什么。面包房老板回答：“皮埃罗。”

它被安置在一只旧肥皂箱里，萝丝先给它弄了点水，它喝了。然后又给它拿来一块面包，它吃了。勒费弗尔太太发了愁，但是念头一转，有了一个主意：“等它在家里待惯了以后，可以把它撒开。它在附近一带转转就可以找到吃的了。”

后来果然把它撒开，但是它仍旧免不了挨饿。并且它只有在讨东西吃的时候才汪汪地叫，在那种时候它叫得倒很厉害。

园子呢，谁都可以进来。任何人来了，皮埃罗都过去跟他亲热一番，绝对不叫一声。

不过勒费弗尔太太对这条狗也渐渐地习惯了；她甚至有点喜爱它了，有时候还把面包在自己的肉汤里蘸一蘸，亲手一口一口地喂它吃。

不过她从来没有想到还有纳税的问题。“八个法郎，太太！”当有人为了这条连叫都不会叫的小“干”来跟她索取八个法郎的时候，一惊之下，她差点儿昏过去。

她们立刻决定摆脱这个皮埃罗。可是谁也不要。附近十法里之内，所有的住户见了都摇头。实在没有别的办法，她们决定送它去“啃烂泥”。

所谓“啃烂泥”，就是“下泥灰岩坑”。当地的习惯，凡是不要的狗，都叫它去“啃烂泥”。

在一片广阔的平原上，可以看到一种窝棚，或者更正确地说，有一种很小的茅草房顶支在地面上。这就是泥灰岩坑的坑口。这个陡直的大坑深入地下有二十米，下面有一系列的长坑道。

每年到了用泥灰肥田的时候，才有人下到坑里去。平常日子，它的用处就是充当被判处死刑的狗的坟墓；人们在这个坑口附近走过，常常可以听见哀怨的吠声，狂怒的或是绝望的嚎声，凄厉的求援声。

猎户和牧羊人喂养的狗都惊恐地躲开这个怨声不绝的深坑，谁要是俯身朝下望一下，立刻就会有一股难闻的腐臭气味冲上来。

不少可怕的惨剧在黑暗中演出。

一条狗吃着比它先下来的那些狗的腐烂的尸体，在坑底奄奄一息挣扎了十几天以后，会突然又有一条狗被扔下来，这条新扔下来的狗当然比它大，比它强壮。坑底是两条狗了，全都饿着肚子，眼里发光。它们互相窥视着，互相等待着，都提心吊胆，迟疑不决。可是饥饿逼迫着它们；它们互相攻击，打了很久，很激烈；最后强的吃了弱的，活生生地把它吃下去。

把皮埃罗送去"啃烂泥"的主意一打定，就立刻物色一个执行人。修补公路的养路工人要十个苏，才肯跑这一趟。勒费弗尔太太觉得这未免太过分了。住在附近的那个打短工的，倒是五个苏就行了，但是还太贵。萝丝表示了意见，她说不如由她们亲自把它送去，这样在路上它不至于受虐待，也不会事先知道它自己的厄运；于是决定在天黑以后她们两人去一趟。

这天晚上，给它准备了一盆很好的肉汤，还加了一点儿黄油；它全部吃光，一滴也没剩；它正摇着尾巴表示满意的时候，萝丝一把将它抱起来，放在围裙里。

她们迈着大步，像两个偷蔬菜的，在平原上匆匆走着。不久她们就看见了泥灰岩坑。到了坑边，勒费弗尔太太先俯下身子听听下面有没有狗叫声。没有。下面没有狗；皮埃罗下去后，坑里只会有它一条狗。于是泪流满面的萝丝吻了吻它，把它扔下去；她们两人都俯下身子，支起耳朵听。

她们先听见一下沉闷的响声；随后是一只受伤的动物凄惨的尖叫声，随后又是一连串低低的叫痛声，最后是绝望的求援声，一条狗抬着头望着坑口哀求的悲呼声。

它叫哟，汪汪地叫个不休！

她们突然感到后悔，感到害怕，感到一种无法解释的极度恐惧；她们跑着逃走了。萝丝跑得快，勒费弗尔太太不住地喊："等等我啊，萝丝，等等我啊！"

她们一夜都做着可怕的噩梦。

勒费弗尔太太梦见她正坐下去吃饭，把汤盆的盖子打开，皮埃罗在里面，它跳了出来，一下子咬住她的鼻子。

她惊醒之后好像还听见汪汪的叫声。她仔细听了听，才知道是弄错了。

她重新睡着，这一次是在一条大路上，一条看不到头的路上，她正顺着这条路走着。忽然在路中央，她看见一个篮子，乡下人拎的那种大篮子，丢在那里没人管；这个篮子使她感到害怕。但是她最后还是把盖子揭开，皮埃罗蜷着身子待在篮子里，它一口咬住了她的手，再也不放。她拼命地逃，那条狗就这样一直不松口，挂在她的手上。

她几乎发了疯，天刚一亮就起来朝泥灰岩坑跑去。

它汪汪叫着，它一直汪汪叫着，它汪汪叫了一整夜。她抽抽噎噎地哭了起来，用各式各样的亲热称呼叫它。它呢，凡是狗能发出的温柔亲切的声音它都用了来回答她。

她于是一心要把它弄回来，打定主意要叫它一直到死都过快活日子。

她跑去找挖泥灰为业的那个掘井工人，把情形讲给他听。那个人一声不响地听她讲。等她讲完之后，他说："您要您的'干'吗？那得四个法郎。"

她吓了一跳；她的悲伤一下子飞到九霄云外（形容远得无影无踪）。

"四个法郎！您不怕撑死！四个法郎！"

他回答："您以为我把我那些绳子、绞车搬了去，架起来，带着我的孩子下去，还保不定让您那条该死的'干'咬一口，仅仅是为了给您把它弄回来吗？当初就不该扔下去！"

她气冲冲地走了。四个法郎！

一回到家，她立刻叫萝丝，把掘井工人的要求告诉她。萝丝一向依顺惯了，她顺着主人的意思说："四个法郎！这可是一大笔钱啊！太太。"

然后她又加了一句："是不是把吃的东西给这条可怜的'干'，扔下去，不让它饿死？"

勒费弗尔太太听了十分高兴，很赞成这个主意。她们两人于是带着一大块抹着黄油的面包又去了。

她们把面包切成小块，一块一块地丢下去，还轮流跟皮埃罗说话。狗吃完了一块，马上就汪汪要求第二块。

她们傍晚又来喂，第二天也来喂，每天都来喂。不过后来有一天只喂了一次。

可是，一天早上，她们刚丢下第一块，忽然听见坑里传上来可怕的吠声。下面有两条狗了！又有人丢下去一条狗，而且还是一条大狗！

萝丝喊了一声："皮埃罗！"皮埃罗汪汪叫起来。她们于是把食物丢下去；可是每次她们都清清楚楚地听见一阵可怕的抢夺声，然后是挨了咬的皮埃罗嗷嗷的哀号声；皮埃罗的同伴力气大，丢下去的东西全都被它吃了。

她们尽管说得很清楚："皮埃罗！这是给你的。"但是毫无用处，很明显，皮埃罗什么也没得到。

这两个妇人不知所措，你看着我，我看着你；最后勒费弗尔太太用尖酸的口气说："我总不能把别人丢下去的狗全包下来喂啊。只好不管了。"

她一想到所有这些狗都要依赖她而活着，她气愤填胸，拔脚就走，并且还带走了剩下的面包，一路走一路吃着。

萝丝跟在后面，不住地用蓝围裙角擦着眼睛。

导 读

马里尼昂长老是个虔诚的天主教徒，他坚信上帝创造一切都是有原因的，但唯独不理解上帝为什么创造女人，他憎恨女人，拒绝女人的柔情。在得知外甥女晚上经常和男朋友在小河边约会后，他恼羞成怒，决心去教训她一下。没想到户外的月光让夜晚变得如此静谧、朦胧、富有诗意，他不禁为之陶醉，心中涌起爱的情愫，并改变了对爱情的看法。

月 光（精读）

肖像、信仰等细节描写让我们知道主人公是一个虔诚、顽固的天主教徒！

马里尼昂[1]长老完全配得上他这个富有战斗意义的姓氏。他是一个瘦高个子的神父，具有狂热的信仰，他的心灵永远在激动兴奋之中，但为人正直。他所信仰的一切都是坚定不移的，从来没有动摇过。他真心实意地认为自己了解他的天主，洞悉（了解）天主的图谋、愿望和意旨。

他迈着大步在他那小小的乡下住宅的小径上散步，脑子里有时会涌出这样一个疑问："天主为什么这样做？"他于是在思想上处在天主的地位，坚持不懈地寻找原因，而几乎每次都能找到。他决不会在一阵虔（qián）诚的自卑感的推动下喃喃地念叨："主啊，您的意图是不可知的。"他心里想："我是天主的仆人，我应该知道他行动的理由，如果不知道，就应该把它猜出来。"

在马里尼昂看来，大自然的一切变化，都是上帝指挥的结果，表现了他对宗教的迷信，认为上帝创造一切，主宰一切。

在他看来，大自然中的一切都是按照一种绝对的、奇妙的逻辑创造出来的。有一个"为什么"，就有一个"因为"，它们永远是互相平衡的。创造晨曦是为了使人们一觉醒来感到身心舒畅，创造白日是为了使庄稼成熟；创造雨水是为了浇灌庄稼；创造黄昏是为了促进睡意；创造黑夜是为了安眠。

① 马里尼昂是意大利城市梅累尼亚诺的法国名称。法国人曾经于1515年和1859年在这里先后打败瑞士人和奥地利人。

四个季节完完全全适应着农业上的各种需要；这位神父决不会怀疑到大自然是没有意图的，而且相反，一切有生命的东西全都适应着各个时期、各种气候以及物质的内在的必然性。

但是他憎恨女人，不自觉地憎恨她们，本能地蔑视她们。他经常重复基督说过的那句话：“女人，在你我之间有哪点共同之处？”他并且还补充这么一句：“简直可以说，天主也对他自己的这一个创造感到不满意。”在他看来，女人正是诗人说的那个十二倍不纯洁的孩子①。她是勾引第一个男人的诱惑者，并且一直在继续干着这种诱人下地狱的工作，她是软弱的、危险的、不可思议的、迷惑人的生物。他恨她们的引人堕落的肉体，更恨她们的多情的心灵。

把资产阶级道德堕落、品质恶劣的根源归于女人，表现了马里尼昂的是非不分和仇恨一切女人的情感。

他常常感觉到她们对他怀着的柔情，尽管他知道自己是攻不破的，但是一旦看到她们身上颤动着的这种爱的需要，他还是要气愤填胸。

这是一个对女人有极端仇视与误解的禁欲主义者。

照他的看法，天主创造女人仅仅是为了诱惑男人，考验男人。跟她们接近的时候必须抱着防御性的谨慎态度和身临陷阱的警惕心情。她们向男人伸着胳膊，张着嘴唇的时候，确实就跟一个陷阱完全一样。

他只是对修女们还能宽容，她们许过的心愿，已经使她们不会伤害人了；但是他对待她们也还是很严厉的，因为他感觉得到那种永恒不灭的柔情在她们受到禁锢（gù）的内心深处，在她们谦卑的内心深处仍然活着，甚至还朝他流露出来，尽管他是个神父。

心底的柔情是永远不会被浇灭的。能体会到女人的柔情，说明他的心中还有“爱”。

这种柔情，他能在她们比男修士们更虔诚的湿润的眼光里感觉到，他能在她们夹杂着她们的性的成分的出神入化中感觉到，他能在她们对基督的热烈爱慕中感觉到，而正是这种爱慕使他愤懑（mèn）（气愤），因为这毕竟是女人的爱，肉体的爱。甚至在她们驯顺的态度里，在她们跟他说话时的温柔话语中，在她们低垂的眼睛里，在她们受到他严厉责备时忍着委屈流出来的眼泪中，他都能感觉到这种可诅咒的柔情。

他每次走出女修道院，都要抖一抖他的道袍，并且迈开大

① 这句话是法国十九世纪浪漫主义诗人维尼所说。

步匆匆走开，好像是要逃避什么危险似的。

他有一个外甥女，跟着母亲住在附近的一所小房子里。他决心要让她当修女。

修女对禁欲的反对与不屑。和她舅舅形成鲜明的对比。

她长得好看，轻率，好嘲笑人。长老训斥的时候，她就嘻嘻地笑；他要是对她发怒，她就使劲地吻他，把他紧紧地搂在心口上，这时候他就会不知不觉地竭力从这个拥抱里挣脱出来，然而这个拥抱还是使他享受到一种甜蜜的快乐，在他的心坎里唤醒了在每个男子身上沉睡着的那种父爱的情感。

动作、神情描写惟妙惟肖，生动地描绘出了一个多情的少女形象。

他常常在田野的路上，和她并排走着的时候，跟她谈论天主，他的天主。她几乎不听他说，她在望着天，望着草，望着花，从她的眼里可以看出她生活得很幸福。有时候她扑过去，捉住一个飞着的虫子带回来，喊道："看啊，舅舅，它有多么美丽；我真想吻它一下。"这种吻飞虫，或者吻丁香胥葵的需要使神父感到不安、气恼和愤怒，因为他在这儿又认出了在女人心坎里总是会发芽的那种无法断根的柔情。

情节的巧妙设置。反映了作者对细节的选择与描写，更有感染性。

圣器室管理人的老婆替马里尼昂长老操持家务。有一天她委婉地告诉他说，他的外甥女有了情人。

他感到万分激动，站在那儿连气都透不过来了，满脸的肥皂沫，因为他正在刮脸。

等到他恢复过来，能够思索，能够说话以后，他高声喊了起来："这不是真的，你撒谎，梅拉尼！"

可是那个乡下女人把手按在心口上，说："我要是撒谎，就让天主惩罚我，神父先生。告诉您，每天晚上您的姐姐一睡下，她就去了。他们在小河边上碰头。您只要在晚上十点到十二点之间去看看就行了。"

他停止了刮下巴，急急匆匆地走了起来，在严肃思考的时候，他总是这样走来走去的。等到他再想起了刮胡子，从鼻子到耳朵接连割破了三刀。

作者对他的"怒火"中烧的心理作了浓墨重彩的描写，与下文的转变形成鲜明对比。

这一整天，他满肚子愤懑和怒火，没有说一句话。除了作为神父，面对着无法战胜的爱情，而感到的愤怒以外，还加上作为道义上的父亲、监护人、灵魂导师被一个孩子欺骗、瞒哄、捉弄时产生的激怒，也就是做女儿的向父母宣布她在瞒着他们，不管他们愿意不愿意的情况下，替自己选中了一个丈夫时，自私的父母会有的那种叫人喘不过气来的暴怒。

吃完晚饭，他试着读一点书，但是办不到，他的怒火越来越大。十点刚敲过，他就拿起他的手杖，那是一根可怕的橡木棍子，每逢夜里出去看望病人他总拿着它。他微笑着看了看这根粗大无比的木棍，使出他那乡下人的强大的腕力，气势汹汹地抡了几个圈儿。然后他突然举起棍子来，咬牙切齿地打在一把椅子上，椅背顿时裂开倒在地板上。

他推开门出去；可是他在门口停住了，使他感到无比惊讶的是那一片几乎从来没有见过的皎洁的月光。

“惊讶”一词，表明此时此地的景致与他阴暗的心情极端不协调而引起的反应。

他具有狂热的灵魂，很可能基督教早期的教会圣师，那些富于梦想的诗人，就有这样的灵魂。眼前一片白茫茫的夜色，那种崇高而宁静的美一下子打动了他，使他感到心神不定了。

他的小花园整个儿沉浸在温柔的光芒里，排列成行的果树把刚换上绿装的细枝的阴影投落在小径上；爬在屋墙上的大忍冬藤，吐着香喷喷、甜津津的气息，使得温暖清明的夜里好像有一个芳香馥郁的灵魂在飘荡着。

作者笔下花园、田野、河边的杨柳都笼罩在迷人的月光中，一幅幅朦胧、幽美的画卷呈现在主人公的眼前，他怎能不受到感动？和谐甜美的环境改变了神父的性情。

他大口大口地呼吸起来，像醉汉喝酒似的喝着空气，慢腾腾地往前走去，心里充满了喜悦和惊奇，几乎忘掉了他的外甥女。

他一到田野上，就立刻停了下来欣赏整个平原，大地沉浸在这温柔的光辉里，淹没在这宁静的夜的情意绵绵的魅力里。青蛙一刻不停地把它们短促而响亮的鸣声投向夜空；远处的夜莺把它们那种使人耽于幻梦而不促使人深思的婉转歌声，为配合接吻而发出的轻盈而颤抖的歌声混杂在月光的迷人的魅力之中。

对青蛙、夜莺的描写形象生动，为人物情感变化作好铺垫。

长老又走了起来，自己不知是为什么，竟然失去了勇气。他觉得自己好像忽然衰弱了，一点气力也没有了；他一心只想坐下，留在那里，从天主的创作中去思索、赞美天主。

那边，沿着那条曲折的小河，有一行蜿蜒不绝的杨柳。在河岸的周围和上空，悬着一片薄雾，一片白色的水汽，月光穿过它，使它变成银白色，闪闪地发光，那弯弯曲曲的河道整个儿像是包在一种轻飘的、透明的棉絮里。

通过景物描写来展示人物性格，烘托人物内心的感情。景物描写充满诗情画意，人物感情变化真实、自然。

神父又停了下来，他心灵深处受到的感动越来越强烈，使

他无法抵挡。

可是他还有一种怀疑，一种叫不出名堂的焦虑；他觉得他往常给自己提出的那些问题中的一个现在又在他心里出现。

天主为什么这样做？既然黑夜是为了睡眠，为了无思无虑，为了休息，为了忘掉一切而造的，那么为什么要把它造得比白昼更可爱，比黎明和黄昏更温柔呢？而这颗缓缓而行的具有魅力的星球，比太阳富有诗意，是那么安分知趣，好像是专为照那些对强烈的阳光来说过于微妙、过于神秘的东西而设的，为什么它却来把黑暗照得那么通体透明呢？

使用反问句更能清晰地展现神父内心的疑惑。

为什么那些鸣禽中最善鸣的鸟儿，不跟别的鸟儿一样休息，偏偏在恼人的夜里高声歌唱？

为什么在世上投下这半明不暗的薄纱？为什么心儿这样颤动，灵魂这样激动，肉体这样疲惫？

既然人们睡在床上，看不见了，为什么还要显示这些诱人的东西？这崇高的美景，这从天上降落到人间的大量的诗情画意究竟是为什么人安排的呢？

长老实在理解不了。

可是你看那边，草地的边上，在亮闪闪的薄雾笼罩中的那两行大树的拱形树荫下出现了两个人影，他们肩并肩地走着。

男的个子比较高，搂着他那女伴的脖子，时不时吻她的前额。这静止不动的景致，好像是专为他俩安排下的一个美妙的背景，把他俩包围起来，他们的出现突然使得那景致有了生气。他们两个人看上去好像合成了一个人，这个宁静沉寂的夜正是为这一个人预备的；他们朝着神父缓缓走来，宛如一个活的答案，正是他的天主答复他那个疑问的答案。

在外甥女甜美、静谧的爱情世界里，神父感受到了世界的魅力！

他站在那里，心怦怦跳着，不知所措，他仿佛看见了《圣经》上的事，就像路得和波阿斯[1]的相爱出现在眼前，天主的意志在圣书所描写过的伟大的背景中实现了。他的脑子里嗡嗡响起了《雅歌》[2] 中的诗句，响起了热情的呼声，肉体的召唤，充满了爱情的那首诗中全部火热的诗意。

马里尼昂陷入了逻辑上的自相矛盾，表现了宗教的唯心主义实质。

① 波阿斯遵照上帝的意志娶路得为妻，事见《旧约·路得记》。

② 《旧约》中的《雅歌》共有八章，颂赞新婚夫妇相爱之乐。

他默默地想："上帝造这些夜也许就是为了把人间的爱情掩护在理想的意境里。"

心理描写细致深刻，活灵活现地展现着神父对自己灵魂的拷问！

他在这对互相拥抱着走路的情人前面朝后退。那个女的正是他的外甥女；不过现在他考虑的并不是会不会违反天主的意旨。天主既然明显地用了这样的光辉围绕爱情，难道不允许有爱情吗？

马里尼昂以往的禁欲主义信仰宣告破灭。

他逃走了，不但心慌意乱，而且几乎感到羞愧，就仿佛他曾经闯入了一座他无权进入的庙堂。

名师鉴赏

月光在很多文豪的笔下都是柔和的，它总是被用来表现一种思念，营造一种悲凉的氛围。而在莫泊桑的笔下月光又有了新的含义，那就是反对法国旧社会的禁欲主义。皎洁的月光，柔柔地披在了神父的身上，宁静的夜晚、拂面的微风、刚换绿装的细枝、清新的空气让一个一直信仰上帝的神父动容了，他对他一直所信奉和景仰的上帝产生了怀疑，因为爱的氛围在慢慢向他靠拢，他似乎感受到了爱情的美好。莫泊桑对月光的描写可谓出神入化，而主人公的心情随着不断变换的画面也起着微妙的变化，一切都是那么自然。情由景生，情随景变，可谓颇具匠心。

导　读

年轻时的于勒大肆挥霍，人财两空，被看成“祸水”落得被扫地出门的地步，不久他给哥哥一家去信说自己在美洲发了财可以很快回家，为此菲利普一家急切地盼望于勒回来，二姐出嫁时全家到哲尔赛岛旅行，船上见到一位酷似于勒的卖牡蛎的老人，从船长那里打听到那就是于勒，全家人急忙躲开并改乘海轮回家了。

我的叔叔于勒

一个白胡子穷老头儿向我们讨钱。我的同伴约瑟夫·达夫朗什竟给了他一个五法郎的银币。我感到很惊奇。他于是对我说：

这个穷汉使我回想起了一件事，这件事我一直记在心上，念念不忘，我这就讲给您听。事情是这样的：

我的家庭原籍勒阿弗尔，并不是有钱人家，也就是勉强凑合罢了。我的父亲做着事，很晚才从办公室回来，挣的钱不多。我有两个姐姐。

我的母亲对我们的拮据生活感到非常痛苦，她常常找出一些尖酸刻薄的话，一些含蓄、恶毒的责备话发泄在我的父亲身上。这个可怜人这时候总做出一个手势，叫我看了心里十分难过。他总是张开了手摸一下额头，好像要抹去根本不存在的汗珠，并且总是一句话也不回答。我体会到他那种无可奈何的痛苦。那时家里样样都要节省；有人请吃饭是从来不敢答应的，以免回请；买日用品也是常常买减价的日用品和店铺里铺底的存货。姐姐们自己做衣服，买十五个铜子一米的花边，常常还要在价钱上讨论半天。我们日常吃的是肉汤和各种做法的牛肉。据说这又卫生又富于营养；不过我还是喜欢吃别的东西。

我要是丢了钮子或是撕破了裤子，那就要狠狠地挨一顿骂。

可是每星期日我们都要衣冠整齐地到防波堤上去散步。我的父亲穿着礼服，戴着礼帽，套着手套，让我母亲挽着胳膊，我的母亲打扮得五颜六色，好像节日里悬着万国旗的海船。姐姐们总是最先打扮整齐，等待着出发的命令，可是到了最后一刻，总会在一家之主的礼服上发现一块忘记擦掉的污迹，于是赶快用旧布蘸了汽油来把它擦掉。

我的父亲于是头上依旧顶着大礼帽，只穿着背心，露着两只衬衫袖管，等着这道手续做完；在这时候，我的母亲架上了她的近视眼镜，脱下了手套免得弄脏，忙得个不亦乐乎。

全家很隆重地上路了。姐姐们挽着胳膊走在最前面。她们已经到了出嫁的年龄，所以常带她们出来叫城里人看看。我依在我母亲的左边，我父亲在她的右边。我现在还记得我可怜的双亲在星期日散步时候那种正言厉色、举止庄重、郑重其事的神气。他们挺直了腰，伸直了腿，迈着沉着的步伐向前走着，就仿佛他们的态度举止关系着一桩极端重要的大事。

每个星期日，只要一看见那些从遥远的陌生地方回来的大海船开进港口，我的父亲总要说他那句从不变更的话：

“唉！如果于勒就在这条船上，那会多么叫人惊喜呀！”

我父亲的弟弟于勒叔叔是全家唯一的希望，而在这以前他曾经是全家的祸害。我从小就听家里人谈论这位叔叔，我对他已是那样熟悉，大概一见面就能立刻认出他来。他动身到美洲去以前的生活，连细枝末节我都完全知道，虽然家里人谈起他这一段生活总是压低了声音。

据说他当初行为很不端正，就是说他曾经挥霍（huò）（任意花钱）过一些钱财，这在穷人的家庭里是罪大恶极的。在有钱人的家里，一个人吃喝玩乐无非算是糊涂荒唐，大家笑嘻嘻地称呼他一声花花公子。在生活困难的家庭里，一个人要是逼得父母动老本儿，那他就是一个坏蛋，一个流氓，一个无赖了。

虽然事情是一样的事情，这样区别开来还是对的，因为行为的好坏，只有结果能够决定。

总之，于勒叔叔把自己应得的那部分遗产吃得一干二净之后，还大大减少了我父亲所指望的那一部分。

按照当时的惯例，他被送上一只从勒阿弗尔开往纽约的商船，到美洲去了。

一到了那里，我这位于勒叔叔就做上了不知什么买卖，不久就写信来说他赚了点钱，并且希望能够赔偿我父亲的损失。这封信在我的家庭里引起了极大的震动。于勒，大家都认为分文不值的于勒，一下子成了正直好人，有良心的人，达夫朗什家的好子弟，跟所有达夫朗什家的子弟一样公正无欺了。

有一位船长又告诉我们，说他已租了一所大店铺，做着一桩很大的买卖。

两年后又接到第二封信，信上说：

我亲爱的菲利普，我给你写这封信是免得你担心我的健康，我身体很好。买卖也好。明天我就动身到南美去作一次长期旅行，也许要好几年不给你写信。如果真的不给你写信，你也不必担心。我发了财就会回勒阿弗尔的。我希望为期不会太远，那时我们就可以一起快活地过日子了……

这封信成了我们家里的福音书。一有机会就要拿出来念，见人就拿出来给他看。

果然，十年之内于勒叔叔没有再来过信，可是我父亲的希望却在与日俱增；我的母亲也常常这样说：

“只要这个好心的于勒一回来，我们的境况就不同了。他可真算得一个有办法的人！”

于是每个星期日，一看见大轮船向上空喷着蜿蜒如蛇的黑烟，从天边驶过来的时候，我父亲总是重复说他那句永不变更的话：

“唉！如果于勒就在这条船上，那会多么叫人惊喜呀！”

简直就像是马上可以看见他手里挥着手帕叫喊：

“喂！菲利普！”

叔叔回国这桩事十拿九稳，大家拟定了上千种计划，甚至于计划到要用这位叔叔的钱在安古维尔附近置一所别墅。我不敢肯定我的父亲是不是已经就这件事进行过商谈。

我的大姐那时二十八岁，二姐二十六岁。她们还没有结婚，全家都为这件事十分发愁。

后来终于有一个看中二姐的人上门来了。他是一个公务员，没有什么钱，但是诚实可靠。我总认为这个年轻人下决心求婚，不再迟疑，完全是因为有一天晚上我们给他看了于勒叔叔的信的缘故。

我们家赶忙答应了他的请求，并且决定婚礼之后全家到泽西岛去小游一次。

泽西岛是穷人们最理想的游玩地点，路并不远；乘小轮船渡过了海，便到了外国的土地上，因为这个小岛是属于英国的。因此，一个法国人只要航行两个钟头，就可以到一个邻国去看看这个民族，并且研究一下在大不列颠国旗覆盖下的这个岛上的风俗，那里的风俗据说是十分不好的。

泽西岛的旅行成了我们朝思暮想，时时刻刻盼望、等待的一件事了。

我们终于动身了。我现在想起来还像是昨天刚发生的事：轮船靠着格朗维尔码头准备出发；我的父亲慌慌张张地监视着我们把三个包袱搬上船；我的母亲不放心地挽着我那未嫁姐姐的胳膊。自从二姐出嫁后，我的大姐就像一窝鸡里剩下的一只小鸡一样有点丢魂失魄；在我们后边是那对新婚夫妇，他们总落在后面，使我常常要回过头去看看。

汽笛响了。我们已经上了船，轮船离开了防波堤，在风平浪静，像绿色大理石桌面一样平坦的海上驶向远处。我们看着海岸向后退去，正如那些不常旅行的人们一样，感到快活而骄傲。

我的父亲高高挺着藏在礼服里面的肚子，这件礼服，家里人在当天早上仔细地擦掉了所有的污迹，此刻在他四周散布着出门日子里必有的汽油味；我一闻到这股气味，就知道星期日到了。

我的父亲忽然看见两位先生在请两位打扮很漂亮的太太吃牡（mǔ）蛎（lì）（也叫海蛎子，软体动物，肉可以吃，又能提制蚝油）。一个衣服褴（lán）褛（lǚ）（衣服破烂）的年老水手拿小刀撬开牡蛎，递给了两位先生，再由他们传给两位太太。她们的吃法也很文雅，一方精致的手帕托着蛎壳，把嘴稍稍向前伸着，免得弄脏了衣服，然后嘴很快地微微一动就把汁水吸了进去，蛎壳就扔在海里。

在行驶着的海船上吃牡蛎，这件文雅的事毫无疑问打动了我父亲的心。他认为这是雅致高级的好派头儿，于是他走到我母亲和两位姐姐身边问道：

"你们要不要我请你们吃牡蛎？"

我的母亲有点迟疑不决，她怕花钱；但是两位姐姐马上表示赞成。我的母亲于是很不痛快地说：

"我怕伤胃，你买给孩子们吃好了，可别太多，吃多了要生病的。"

然后转过身对着我，她又说：

"至于约瑟夫，他用不着吃了，别把男孩子惯坏了。"

我只好留在我母亲身边，心里觉得这种不同的待遇很不公道。我一直望着我的父亲，看见他郑重其事地带着两个女儿和女婿向那个衣服褴褛的老水手走去。

先前的那两位太太已经走开，我父亲就教给姐姐怎样吃才不至于让汁水洒出来，他甚至要吃一个做做样子给她们看。他刚一试着模仿那两位太太，就立刻把牡蛎的汁水全溅在他的礼服上，我于是听见我的母亲嘟囔着说：

"何苦呢！老老实实待一会儿多好！"

不过我的父亲突然间好像不安起来；他向旁边走了几步，瞪着眼看着挤在卖牡蛎的身边的女儿女婿，突然他向我们走了回来。他的脸色似乎十分苍白，眼神也跟寻常不一样。他低声对我母亲说：

"真奇怪！这个卖牡蛎的怎么这样像于勒！"

我的母亲有点莫名其妙，就问：

"哪个于勒？"

我的父亲说：

"就……就是我的弟弟呀……如果我不知道他现在是在美洲，有很好的地位，我真会以为就是他哩。”

我的母亲也怕起来了，结结巴巴地说：

“你疯了！既然你知道不是他，为什么这样胡说八道？”

可是我的父亲还是放不下心，他说：

“克拉丽丝，你去看看吧！最好还是你去把事情弄个清楚，你亲眼去看看。”

她站起身来去找她两个女儿。我也端详了一下那个人。他又老又脏，满脸都是皱纹，眼睛始终不离开他手里干的活儿。

我的母亲回来了。我看出她在哆嗦。她很快地说：

“我看就是他。去跟船长打听一下吧。可要多加小心，别叫这个小子又回来缠上咱们！”

我的父亲赶紧去了，我这次可跟着他走了。我心里感到异常激动。

船长是个大高个儿，瘦瘦的，蓄着长长的颊须，他正在驾驶台上散步，那不可一世的神气，就仿佛他指挥的是一艘开往印度的大邮船。

我的父亲客客气气地和他搭上了话，一面恭维一面打听与他职业上有关的事情，例如：泽西是否重要？有何出产？人口多少？风俗习惯如何？土地性质如何等等。

不知道内情的人还以为他们谈论的至少是美利坚合众国哩。

后来终于谈到我们搭乘的这只船：“快速号”，接着又谈到船员。最后我的父亲才有点局促不安地问：

“您船上有一个卖牡蛎的，看上去倒很有趣。您知道点儿这个人的底细吗？”

船长最后对这番谈话感到不耐烦了，他冷冷地回答：

“他是个法国老流浪汉，去年我在美洲碰到他，就把他带回国。据说他在勒阿弗尔还有亲戚，不过他不愿回去找他们，因为他欠着他们钱。他叫于勒……姓达尔芒什，或者是达尔旺什，总之是跟这差不多的那么一个姓。听说他在那边曾经一度阔绰过，可是您看他今天落魄到了什么地步。”

我的父亲脸色煞白，两眼呆直，嗓子发哽，说：

“啊！啊！好……很好……我并不感到奇怪……谢谢您，船长。”

他说完就走了，船长困惑不解地望着他走远了。

他回到我母亲身旁，神色是那么紧张，母亲赶紧对他说：

“你先坐下吧！别叫他们看出来。”

他一屁股就坐在长凳上，嘴里结结巴巴地说着：

“是他，真是他！”

然后他就问：

“咱们怎么办呢？……”

我母亲马上回答：

“应该把孩子们领开。约瑟夫既然已经全知道了，就让他去把他们找回来。千万要留心，别叫咱们女婿起疑心。”

我的父亲好像吓傻了，低声嘟哝着：

“真是飞来横祸！”

我的母亲突然大发雷霆，说：

“我早就知道这个贼不会有出息，早晚会再来缠上我们！倒好像一个达夫朗什家里的人还能让人抱什么希望似的！”

我父亲用手抹了一下额头，正如平常受到母亲责备时那样。

我母亲接着又说：

“把钱交给约瑟夫，叫他赶快去把牡蛎钱付清。已经够倒霉的了，要是再被这个讨饭的认出来，在这船上可就有热闹看了。咱们到船那头去，注意别叫那人挨近我们！”

她站了起来，他们在给了我一个五法郎的银币以后，就走了。

我的两个姐姐等着父亲不来，正在纳闷。我说妈妈有点晕船，随即问那个卖牡蛎的：

“应该付您多少钱，先生？”

我真想喊他：“我的叔叔。”

他回答：

“两个半法郎。”

我把五法郎的银币给了他，他把找头找回给我。

我看了看他的手，那是一只满是皱痕的水手的手，我又看了看他的脸，那是一张贫困衰老的脸，满面愁容，疲惫不堪，我心里默念道：

“这是我的叔叔，父亲的弟弟，我的亲叔叔。”

我给了他半个法郎的小费，他赶紧谢我：

“上帝保佑您，我的年轻先生！”

说话的声调是穷人接到施舍时的声调。我心想他在那边一定要过饭。

两个姐姐看我这么慷慨，觉得奇怪，仔细地端详着我。

等我把两法郎交给我父亲，母亲诧异起来，问：

“吃了三个法郎？……这不可能。”

我用坚定的口气宣布：

“我给了半个法郎的小费。”

我的母亲吓了一跳，瞪着眼睛望着我说：

“你简直是疯了！拿半个法郎给这个人，给这个无赖！……”

她没有再往下说，因为我的父亲望望女婿对她使了个眼色。

后来大家都不再说话。

在我们面前，天边远远地仿佛有一片紫色的阴影从海里钻出来。那就是泽西岛了。

当船驶到防波堤附近的时候，我心里产生了一种强烈的愿望：我想再看一次我的叔叔于勒，想到他身旁，对他说几句温暖的安慰话。

可是他已经不见了，因为没有人再吃牡蛎；毫无疑问，他已回到他所住的那龌（wò）龊（chuò）（不干净，脏）的舱底了，这个可怜的人啊！

我们回来的时候改乘圣玛洛号船，以免再遇见他。我的母亲一肚子心事愁得不得了。

我再也没见过我父亲的弟弟！

今后您还会看见我有时候要拿一个五法郎的银币给要饭的，其缘故就在此。

导读

母亲的朋友竟是她的情人，儿子接受不了这个现实离家出走，再也没有回来，而母亲也没有再见她的情人，整天生活在寂寞无期的痛苦等待中，等待儿子的出现，直至离开尘世。临死前她花重金委托律师寻找她的儿子，希望转达她的心声以及对儿子无尽的爱。

等待

席散了之后，男子们在吸烟室里聊天。他们谈到了一些意想不到的继承，一些稀奇古怪的遗产。这时候，有时被人称为著名大师，有时被人称为著名辩护师的勒布律芒律师走了过来，背靠在壁炉上。他说：

我现在正在寻找一个在极其可怕的情况下失踪的遗产继承人。这是日常生活中的一个既寻常却又不幸的悲剧；这是每天都可能遇到的一桩事情，可又是我所知道的最骇（hài）人听闻［使人听了非常吃惊（多指社会上发生的坏事）］的一桩事情。事情是这样的：

差不多在六个月以前，我被请到一个垂死的妇人床前。她对我说：

“先生，我想委托给您的可能是世上最棘手、最困难、最费时间的任务。请看一下放在这张桌上的我的遗嘱。事情办不成，付给您五千法郎的酬金，如果成功的话，付给您十万法郎。这件事情就是，在我死了以后必须把我的儿子找到。”

她请求我把她扶在床上坐起来，这样说起话来可以容易些。因为她喘得厉害，说话断断续续，嗓音嘶哑。

我是在一所十分阔气的住宅里。那间卧室很豪华，豪华里又显得很简单朴素，四面蒙着跟墙壁一样厚的棉垫子，看上去是那么柔软，使人有一种享受着被抚爱的感觉，而且又是那样寂静，说出来的话都好像会钻进去，消逝在里面，死在里面似的。

那个垂死的妇人接着说：

“您是第一个听我讲述自己可怕遭遇的人。我要打起精神把它讲完。我知道您是一个热心肠的人，同时又是个上流社会的人，我必须毫无保留地告诉您，好使您真心愿意尽全力帮助我。

“请您听我说吧。

“我在结婚以前爱过一个年轻人，而我的家庭拒绝了他的求婚，因为他不是很有钱。过了不久，我就嫁给一个十分有钱的人。我嫁给他是出于无知，出于害怕，出于服从，出于马虎，正如一般少女嫁人那样。

“我跟他生了一个孩子，一个男孩子。而我的丈夫过了几年就死了。

“我爱过的那个人，他也结了婚。他知道我守了寡，偏偏他自己也失去了自由，因此他感到万分痛苦。他来看我，当我面就哭起来，哭得我心都碎了。他变成了我的朋友。也许我不应该接待他。有什么办法呢？剩了我一个人，那么凄凉，那么孤单，那么绝望！而且，我还是那么爱他。有时候人有多么痛苦啊！

“在这个世界上我只有他了，因为我的父母也都已经去世。他经常来，他整晚整晚地待在我身旁。我真不应该让他来得这么勤，既然他已经结了婚。但我没有力量阻止他。

“怎么对您说呢？……他变成了我的情人。怎么会这样呢？难道我知道？谁又知道？两个人相爱，被这种不可抗拒的力量推向一起的时候，您想还会有别的结局吗？一个男人，我们崇拜他，我们愿意看到他在一切方面都称心如意，我们愿意他得到可能得到的一切快乐，如果我们屈服于人世间的荣誉观念，就会使他悲观绝望，先生，您想我们能够永远抵抗，永远斗争，能够永远拒绝他用恳求、哀告、眼泪、疯话、下跪和奔放的热情等等向我们要求的事吗？那得需要多大的力量，放弃幸福，自我牺牲，抱着这种道德观点甚至有多么自私啊！您说对不对？

“总之一句话，先生，我成了他的情妇，而且我很幸福，在这十二年里，我很幸福。我还变成了——这是我最大的缺点，也是我最大的可耻行为——我还变成了他妻子的朋友。

“我们一起教养我的儿子，我们把他培养成人，成为一个真正的人，聪明，通情达理，坚强果断，侠义心肠，胸襟开阔。这孩子那年十七岁了。

“年轻人几乎跟我自己一样爱我的……我的情人，因为我们两个人都同样地疼爱他，照顾他。他管他叫朋友，非常尊敬他，因为他从他那里得到的从来都是明智的教导，正直、荣誉和诚实的榜样。他把他看做是自己母亲的一位正直、忠诚的老友，是类似道义上的父亲、监护人、保护人的那种人，我也说不清楚。

“从小时候起，他就看惯了这个人在家里，在我的身旁，在他的身旁，不停地为我们操心，因此他也许就从来没有起过一点疑心。

“有一天晚上，我们原应该三个人在一起吃晚饭（那是我最快活的日子），我一边等他们两个人，一面心里猜想着，不知他们谁先来到。门开了，来的是我的老朋友。我伸出胳膊迎了过去，他在我唇上接了一个幸福的长吻。

“忽然有一个响声，一个细小的磨擦声，几乎是声息全无，但那种有旁人存在的神秘感觉使我们猛然一惊，我们一下子就转过身来。我的儿子，在那儿站着，脸上没有半点血色，看着我们。

“这是令人发狂的残酷的一秒钟。我后退了一步，苦苦哀求似的向我的儿子伸出双手。然而我已经看不见他，他已经走了。

“我们狼狈不堪，面对面立在那里，话也不会说了。我瘫倒在靠背椅里，心里隐约地产生了一股强烈的欲望，我要逃跑，逃进黑暗里，从此永远消逝。一阵痉（jìng）挛（luán）（肌肉紧张，不自主地收缩）性的呜咽哽住了我的喉咙，我抽抽噎（yē）噎地哭起来，心痛欲裂，所有的神经都由于这场不可救药的灾祸所带来的可怕的感觉，也由于一个母亲在这种时刻心灵上所感受到的难以忍受的羞耻绷得紧紧的。

“他呢……站在我面前，手足无措，不敢靠近我，不敢跟我说话，也不敢碰我，怕的是孩子再回来。最后他说：

“‘我去找他……告诉他……让他明白……总之我必须见到他……让他知道……’

“他出去了。

“我等着……神不守舍地等着，哪怕有一点响声就心惊胆颤，直打哆嗦；壁炉里的柴火哪怕轻轻地响上一声，我都会有一阵难以形容的无法忍受的激动。

“我等候了一个钟头，两个钟头，只觉得心里有一种从未感受过的恐惧和忧虑在不断增长，这个时刻真难熬啊，哪怕是世界上罪恶最深重的人，我也不希望他经受十分钟。我的孩子现在哪里？他在干什么？

“快到半夜十二点钟，我的情人派人送来一张便条。我现在还记得便条上的话。

“‘您的儿子回来了没有？我没找着他。我在楼下。我不愿在这个时刻上楼。’

“我用铅笔在这张纸上写道：

“‘他没有回来。您必须找到他。’

“我就坐在靠背椅里等着，度过了那一整夜。

“我疯了。我真想高声喊叫，我真想奔跑，我真想在地下打滚。可是我没有动一动，一直在等着。会发生什么事呢？我想知道，我想猜出来。可是不管我怎么努力，不管我心里有多么苦痛，我还是一点也预测不到。

“我现在反倒怕他们见面了。他们会干出什么事来呢？孩子会干出什么事来呢？许多可怕的揣测、吓人的推想把我折磨得好痛苦。

“您一定能体会到这点，是不是，先生？

“我的女仆，她什么也不知道，什么也不明白，不停地进来，她一定是以为我疯了。我用一句话或一个手势把她打发走。她去找医生，医生来的时候发现我已经神经错乱，人事不知。

“他们把我抬到床上。我得了脑炎。

“病了很长时期以后，我才恢复了知觉，发现我的……我的情人……独自一个人在我床边。我大声喊叫：‘我的儿子呢？……我的儿子在哪儿？’他不回答，我结结巴巴地问：

“‘死了……死了……他自杀了吗？’

“他回答：

“‘没有，没有，我可以向您发誓。不过我花了很大力量，至今还没有能够找到他。’

“我突然生气了，甚至还大发雷霆，因为一个人有时候是会这样发脾气的，既无法解释，而且也不可理喻。我宣布说：

“‘您不把他找回来，我就不准您再来，不准您再来见我，您给我走。’

“他出去了。

“他们两个人，从此以后我一个也没有再见过，先生，我就这样过了二十年。

“您能够想象吗？您能够理解这种无法忍受的苦刑撕扯着我这颗母亲的心，我这颗女人的心的缓慢而持久的痛苦，这种残酷的、永无尽期的……永无尽期的等待吗？

“不……等待就要结束了……因为我快死了。我快死了，不能再见到他们，这一个……那一个都不能见到了！

“他，我的朋友，二十年来每天都给我写信。我呢，我一直不愿意接待他，哪怕是一秒钟也不愿意，因为我觉得他再到这里的时候，恰恰应该是我看见我的儿子又出现的时候。——我的儿子！——我的儿子！——他死了吗？还是活着？他躲到哪儿去了？也许在那边，远隔重洋，在一个如此遥远，我连名字也不知道的地方！他想念我吗？……噢！如果他知道就好了！孩子们是多么狠心啊！他不明白他让我承受了多么可怕的痛苦，我，他的母亲，把全部的母爱都倾注在他身上了，他明白不明白，他把还年轻的我活活抛进了何等的绝望之中、何等的苦刑之中，一直到我的末日来临才会结束！您说，这有多么狠心啊！

“请您把这一切都告诉他，先生。请您把我最后的话重复说一遍给他听：

“‘我的孩子，我亲爱的，亲爱的孩子，对可怜的人们别这样狠心吧。生活本身已经够残暴，够凶狠的了！我的亲爱的孩子，想一想你的母亲，你的可怜母亲从你离开她那一天起过的是什么样的生活？我亲爱的孩子，既然你的母亲已经死了，那

就原谅她吧，爱她吧，因为她已经受到了最残酷的惩罚。’”

她喘得很厉害，浑身哆嗦，好像她的儿子就在面前，她在对着他说话似的。随后她又补充说：

“您还得告诉他，先生，说我没有再见过……另一个。”

她又不说话了，然后上气不接下气地说道：

“现在请您让我一个人待着吧。我愿意一个人孤零零地死去，既然他们都不在我身边。”勒布律芒律师补充说：“先生们，我就出来了，像傻瓜似的哭着，哭得这么厉害，我的马车夫不停地回过头来看。”

“可是每天有多少像这样的悲剧在我们周围发生啊！”

“我没有找着儿子……这个儿子……你们爱怎么想就怎么想吧！我呢，我觉得这个儿子……是有罪的。”

导 读

奥莱依太太是一个很节俭的人，因为一把破伞让丈夫的面子丢尽，在丈夫的逼迫下她去买了一把好伞。当天她发现伞被雪茄烟烧了一个洞，第二天又发现伞被烧出许多小洞，奥莱依太太心疼万分。在朋友的建议下，她鼓足勇气去了保险公司索赔。尽管没有先例，保险公司在她的软磨硬泡之下，还是答应了她的请求。她终于挽回了她的“损失”。

伞

奥莱依太太很节俭。她知道一个铜子有多么大的价值，为了增加钱财她有一大堆清规戒律。她的女仆当然很难报虚账揩（kāi）油（比喻占公家或别人的便宜），就是奥莱依先生也是好不容易才能得到点零用钱。其实呢，他们经济上相当宽裕，并且是无儿无女。不过奥莱依太太看见白花花的银币从手里出去，总感觉心被撕破了一块，感到一种真正的痛苦。每逢不得已而付出一笔数目稍大的款子，尽管这笔费用是必须的，她当天晚上总会一夜睡不安稳。

奥莱依一再对妻子说：

“你应该手再松一点，我们从来也没啃过我们的老本啊。”

奥莱依太太的回答是：

“谁也不知道会发生什么意外的事，钱多总比钱少好。”

她是个四十岁的、矮小灵活的妇人，脸上已经有皱纹，穿戴干净利落，经常发脾气。她的丈夫时时刻刻在抱怨，抱怨她害他缺这短那。有些东西缺得特别叫他难受，因为缺少这些，便伤害了他的自尊心。

他在陆军部当主任科员，他之所以还当下去，纯粹是为了服从妻子的命令，为的是增加家里从不动用的常年利息。

两年来，他一直挟着那把满身补丁的伞上办公室，老是招来同事们的讪（shàn）笑（讥笑）。最后他实在忍不住他们的嘲笑，坚决要求奥莱依太太给他买一把新伞。她花八个半法郎买了一把，是大铺子里招揽生意的廉价品。同事们一看这件在巴黎成千上万地投到市场上的东西，又是一番嘲弄嬉笑，奥莱依痛苦得不得了。这把伞也真不顶事，三个月的工夫就不能使用了，部里大家都把它当作笑谈，并且有人还编了一首歌，从早到晚在整个大楼里都听见唱这首歌。

奥莱依实在气极了，命令妻子替他选购一把价值二十法郎的好绸子的大伞，并且必须把发票带回来作证。

她花十八法郎买了一把，在交给她丈夫的时候，脸气得通红，说道："你至少得用五年。"

奥莱依得意洋洋，他在办公室里得到了一次真正的胜利。

傍晚他回到家里，他的妻子忧形于色地朝伞看了一眼，对他说："你不应该老让那根松紧带紧紧箍着伞，这会把绸面箍裂的。你必须好好爱护，因为我决不会三天两头给你买新伞。"

她拿过伞来，解开箍，把那些折痕抖了抖。可是她惊得不能动了。她发现伞的正中间有一个小铜子大小的洞。是雪茄烟烧的！

她结结巴巴地说："它怎么了？"

她的丈夫连看也不看，从容自如地回答："谁怎么了？什么怎么了？你是什么意思？"

现在怒火堵住了她的嗓子，她连话也说不出来了。

"你……你……你把……你的……伞……烧了。你这……不……不是……疯了……吗？你是想让咱们倾家荡产啊！"

他觉得自己脸色都变了，急忙转过身来："你说什么？"

"我说你把你的伞烧了。你自己去看！"

她好像要打他似的朝他扑过去，把那个烧破的小圆洞恶狠狠地放在他的鼻子底下。

在这个烧痕面前，他真是不知所措（不知怎么办才好，形容受窘或发急）了，他吞吞吐吐地说道："这个……这个……这是怎么回事？我，我不知道！我可以发誓，我什么也没有做过，什么也没有做过。我，我不知道这把伞是怎么回事？"

她现在是高声大喊了："我敢打赌，你一定在办公室里拿着它耍着玩，变戏法，你一定撑开过，叫大家欣赏来着。"

他回答："我只撑开过一回，让他们看看它有多么漂亮。事实就是如此，我敢发誓。"

但是她气得直跺脚，和他狠狠地吵了起来，这种夫妻间的争吵，对一个喜爱和平的男子说来，真比枪林弹雨的战场还要可怕。

她在颜色不一样的旧伞上剪下一块绸子，补在新伞上。第二天，奥莱依老老实实地拿了补好的雨具出门了。他把伞往柜里一塞，就跟一桩不愉快的回忆似的，不再去想它。

可是傍晚回家，刚一进门，他的妻子就从他手里把伞抢过去，打开来检查，出现在她眼前的是一桩无法弥补的灾难，她恨得喘不过气来。原来伞上密密麻麻都是小洞，显然是火烧出来的，好像有人把燃着的一斗烟灰都倒在上面了。伞是完蛋了，无药可救了。

她一言不发地看着，愤怒到了极点，嗓子里反而发不出声音。他呢，他也注视着破伞，呆若木鸡（呆得像木头鸡一样，形容因恐惧或惊讶而发呆的样子），又怕又懊丧。

接下来夫妇俩你看看我，我看看你；他低下了头，她把那件体无完肤（形容浑身受伤）的东西扔过来，打在他脸上；在一阵狂怒中她的嗓音又恢复了："啊！坏蛋！坏蛋！你是故意这样做的！我得叫你尝尝我的厉害！你休想再要伞……"

吵闹算是又开始了。经过了一个钟头的狂风暴雨，他才能够张嘴声辩。他赌誓罚咒，说自己也弄不清怎么回事，很可能是有人恶作剧或者是有意报复，除此以外实在想不出别的缘故。

一阵门铃声替他解了围。原来是一个朋友到他们家来吃晚饭。

奥莱依太太就把事情讲给他听。至于再买一把新伞，那是休想，她的丈夫从此别想再买伞了。

那位朋友回答得也很有道理："那么，太太，他的衣服就要遭殃了，衣服当然更值钱。"

那位矮个儿的太太怒气还是很大，回答："那么，他可以撑厨娘用的伞，我决不给他再买绸子伞。"

一想到叫他使用厨娘的伞，奥莱依十分愤慨。

"那我，我就辞职不干！我决不拿着一把厨娘的伞到部里去。"

朋友又说了："去把面子换一换，费不了多少钱。"

奥莱依太太火更大了，她结结巴巴地说："换面子，至少要八个法郎。八法郎加十八法郎，就是二十六法郎！为一把伞花二十六法郎，这简直是发疯，是丧失理智！"

那位朋友本是一个寒苦的小市民，忽然灵机一动想出了一个高明主意。

"去要求保险公司赔偿好了。烧毁的物件，只要是在你的住宅里烧毁的，保险公司是应该赔偿的。"

一听这个主意，那个矮女人立刻怒气全消，思索了一分钟之后，便对丈夫说道："明天，到部里去以前，你先到马台内尔公司去一趟，让他们检查一下伞的情况，然后要求他们赔偿。"

奥莱依先生吓了一跳，他说："要了命我也不敢呀！无非是损失十八个法郎，这又没有什么大不了的。"

第二天，他出门就拿了一根手杖。正赶上运气不错，是个晴天。

奥莱依太太独自待在家里，总也忘不了那笔十八法郎的损失。伞就放在饭厅的桌上，她一直围着它转，拿不定主意。

她时时刻刻都想到保险公司，可是她也不敢跑去领教接待她的那些先生们充满嘲笑的眼光；因为在人面前，她有点怯生，为一丁点小事就要脸红，遇到必须跟生人说话的时候，就感到为难。

可是她舍不得十八法郎，这就跟创伤一样使她痛苦。她已经不愿意再去想它了，但是这笔损失的回忆不停地、痛苦地捶打着她。该怎么办呢？时间一点一点地过去了，她还是任何主意也拿不定。后来，正如胆小的人忽然壮起胆子来一样，她突然下了决心："我一定去，到那儿再说！"

不过她还得先把伞收拾一番，让灾情显得十分严重，以便她更容易坚持她的要求。于是她在壁炉台上拿了一根火柴，在两根伞骨之间烧了有手掌那样宽的一大块。她把那没有烧毁的绸面仔细地卷好，用松紧带箍好，然后披上披肩，戴上帽子，急忙向保险公司所在地的黎沃里大街走去。

可是离着公司越近，她的脚步却越放慢。她将说些什么呢？他们又将回答她什么呢？

她看了看门牌号头。还有二十八个号头。很好！她可以再仔细考虑考虑。她越走越慢。忽然，她打了个哆嗦。到门口了，门上写着几个金字："马台内尔火灾保险公司"。已经到了！她止步停了一秒钟，又是焦躁又是羞愧，她走过去，走回来，第二次又走过去，第二次又走回来。

最后她对自己说："可是，总得进去啊。早去总比晚去强。"

不过，一走进去，她发现自己的心怦怦跳个不停。

她走进一间宽阔的大厅，四面有不少窗口，每一个窗口里都可以看见一个人的头，身子被隔板挡着看不见。

来了一位捧着文件的先生。她赶紧止步，低声下气地问道："对不起，先生，请问东西烧毁了，要求赔偿，应该到哪儿去接洽？"

那人声音很洪亮，回答："二楼，向左，损失科。"

这个名称她听了愈发心惊胆战，真想什么也不说，干脆牺牲了她那十八个法郎，拔腿逃跑。不过一想到这个数目，又恢复了点勇气，她走上了楼梯，喘着气，迈一级停一停。

到了二楼，她发现了一个门，敲了几下，一个响亮的声音喊道："进来！"

她走进去一看，原来是一间很大的屋子，里面有三位先生站着谈话，三个人都佩带着勋章，仪表非凡。

其中一人向她问道：“您接洽（qià）（跟人联系，洽谈有关事项）什么事，太太？”

要说的话，她都想不起来了，结结巴巴说道：“我来……我来……是为的……为的一笔损失。”

那位先生彬彬有礼，指着一个座儿说：“请坐一坐，我马上就跟您谈。”

然后转过身去向着那两位，继续他们的谈话：“两位先生，敝公司认为对你们应负的责任不能超过四十万法郎，你们希望我们多付十万法郎，这个要求我们实难接受。并且按照估价……”

两人中的一个打断了他的话：“不必再说下去了，先生，将来由法院来决定吧。我们现在只有告辞了。”

他们很讲究礼节地一连几次行礼告别，然后走了出去。

啊！如果她敢跟他们一起走，她一定跟着走了；她会把一切都放弃，一走了之。但是这样办，行吗？那位先生送客回来了，鞠着躬问道：“太太，有什么事需要我效劳？”

她很困难地说道：“我……我是因为这个来的。”

那位主任着实惊奇地低下头，望着她递给他看的那样东西。

她哆哩哆嗦地在努力解伞上的松紧带。费了不少力气才解开，猛地一下子把那柄拖一片挂一条的伞的尸骨撑了开来。

主任用颇为同情的口气说道：“看来损坏的情形不轻啊！”

她吞吞吐吐地说：“我花了二十法郎买的呢。”

他吃了一惊：“真的吗？有这么贵？”

“是的，当初是一把很好的伞。我就是要让你亲眼看一下它现在的情况。”

“很好，我看见了。很好。不过我看不出这事与我有什么关系。”

她有点担心了。这个公司也许对小东西是不赔偿的，她于是说道：“不过……它是被烧毁的……”

那位先生不否认这一点：“我看得很清楚。”

她张口结舌，再也不知说什么才好，可是忽然明白自己忘了说明来意，于是赶紧说道：“我是奥莱依夫人。我们在马台内尔公司保了火险，我是来向你们要求赔偿这笔损失的。”

她怕遭受对方正式拒绝，赶紧又补了一句：“我只是要求你们换一个伞面子。”

主任感到为难，说道：“不过……太太……我们并不是卖伞的商店。我们无法

承担这种修理的工作。”

这位矮小的妇人觉得胆又壮起来了。不争是不行的。那她就争吧！她不再害怕了，她说：“我只要求修理费。我自己会找人去修理的。”

那位先生露出抱歉的神情，说道：“说实在的，太太，钱并不算多。不过，对这样无足轻重的意外事情，从来也没有人向我们要求过赔偿。您当然明白，像手绢、手套、笤帚、旧鞋子等等每天都可以遭火损害的微小物件，我们是无法赔偿的。”

她觉得怒气上冲，脸色红了起来，她说：“先生，不过，去年十二月，我们的烟囱着了一次火，给我们造成了至少五百法郎的损失，奥莱依先生并没有向公司要求任何赔偿，因此今天要求公司赔偿我这把伞，是天经地义的事情。”

主任猜到这是一派谎言，笑嘻嘻地说道：“奥莱依先生遭受了五百法郎的损失，并不要求任何赔偿，现在却为了一把伞跑来要求五六个法郎的修理费，太太，您也会承认这是个十分令人奇怪的事情吧！”

她一点也不感到慌张，马上答道："先生，话不是这样说的，五百法郎的损失是奥莱依先生掏腰包，十八法郎的损失却要动奥莱依夫人的腰包，这可不是一回事儿。"

他看出不答应就没法打发她走，这一天就要这样白白浪费掉，只好狠了狠心问道："那么，请把事件的经过给我讲一讲吧。"

她嗅出了胜利的气味，就讲述起来："是这样的，先生，在我的前厅里，有这么一种青铜做的东西，可以插伞和手杖。那一天，回家的时候，我就把这把伞插在里面。还应该告诉您一件事：在这东西的上边，在墙上钉着一块小木板，为的是放个蜡烛、火柴什么的。我一伸手，拿起四根火柴。我擦了一根，没着。我又擦一根，着了，马上又灭了。我擦到第三根，还是那样。"

主任打断了她的话，说了一句俏皮话："这么说一定是政府公卖的火柴了？"

她没明白其中的意思，接着往下讲：

"也许是的。第四根总算是着了，我点上了蜡，就进卧室睡觉去了。可是过了一刻钟，好像闻见了一股子焦糊味儿。我平生就是害怕着火。如果真要遭上火灾，那决不会是因为我不小心！尤其是从方才跟您提起过的那场烟囱失火以后，我一直是提心吊胆。所以我马上爬起来，走出卧室，各处寻找，像猎狗似的到处闻，最后发现是我的伞烧着了。多半是一根火柴掉在里边了。您看看它现在成了什么样子了……"

主任已经甘心赔款，就问道："您估计得赔多少钱？"

她先是闭口无言，不敢决定数目。后来为了表示大方气概，她说："您叫人去修理吧，任凭您处理就是了。"

他拒绝了，他说："不行，太太，我办不了。您说要多少钱吧。"

"可是……我觉得……您看，先生，我也不想勉强您……咱们这么办吧。我把伞送到一家制伞店里去，让他们给绷上能经久耐用的好绸面子，随后我把发票给您送来，这样行吧？"

"很好，太太，就这样一言为定了。这是给出纳科的一个条子，他们会把您花的钱如数付给您的。"

他随即递给奥莱依太太一张卡片，她接了过来，一边道谢一边往外走，她生怕他会反悔改变主意，所以急着要出来。

她现在是迈着轻松的步伐，在大街上走着，要找一家她认为漂亮的伞店。等她找到了一家神气阔绰（chuò）（阔气）的店铺，她就走了进去，用坚定的口气说："看，这把伞要换一个绸面子，要用顶好的绸子，你有什么好绸子就用什么好绸子。价钱多少，我是不在乎的。"

导读

玛蒂尔德天生丽质，是一个小职员的妻子，虽生活贫穷但总希望过上层贵妇的生活，为了在一个晚会上出风头，满足自己的虚荣心，她从朋友那里借了一条钻石项链，结果项链却在舞会后不慎丢失，无奈夫妇二人只好借高利贷买了一条一模一样的钻石项链还给了朋友。为了还债，他们辛苦工作了十年，当还清债务坦然面对朋友时，她才知道，原来她向朋友借的是一条并不值钱的假钻石项链。

项　链（精读）

在情节展开的开头部分，作者静态地向我们介绍了这位女主人公，直接，明了。

世上有这样一些女子，面庞儿好，体形也好，但被造化安排错了，生长在一个小职员的家庭里。她便是其中的一个。她没有陪嫁财产，没有可以指望得到的遗产，没有任何方法可以使一个有钱有地位的男子来结识她，了解她，爱她，娶她，她只好任人把她嫁给了教育部的一个小科员。

她没钱打扮，因此很朴素。但是她心里非常痛苦，犹如贵族下嫁的情形，这是因为女子原本就没有什么一定的阶层或种族，她们的美丽、她们的娇艳、她们的丰韵就可以作为她们的出身和门第。她们中间所以有等级之分仅仅是靠了她们天生的聪明、审美的本能和脑筋的灵活，这些东西就可以使百姓家的姑娘和最高贵的贵妇人并驾齐驱。

生活现状与她渴望的生活差距，为下文借项链、丢项链埋下了伏笔。

大段的心理描写表明玛蒂尔德天生就是一个充满幻想、虚荣心极强的人。下面的情节发展就显得顺理成章。

她总觉得自己生来是为享受各种豪华生活的，因而无休止地感到痛苦。住室是那样简陋，壁上毫无装饰，椅凳是那么破旧，衣衫是那么丑陋，她看着都非常痛苦。这些情形，如果不是她而是她那个阶层的另一个妇人的话，可能连理会都没有理会到，但给她的痛苦却很大并且使她气愤填胸。她看着那个替她料理家务的布列塔尼省的小女人，心中便会产生许多忧伤的感慨和想入非非的幻想。她会想到四壁蒙着东方绸、青铜高脚灯照着、静悄悄的接待室；她会想到接待室里两个穿短裤长袜的高大男仆，如何被暖气管闷人的热度催起了睡意，在宽大的靠背椅里昏然睡去；她会想到四壁蒙着古老丝绸的大客厅，里面陈设着珍贵古玩的精致家具和那些精致小巧、香气扑鼻的内客厅，那是专为午后五点钟她跟她最亲密的男友娓娓而谈的地方，那些朋友当然都是所有的妇人垂涎不已、渴盼青睐(lài)、多方拉拢的知名之士。

每逢她坐到那张三天未洗桌布的圆桌旁去吃饭，对面坐着的丈夫揭开盆盖，心满意足地表示："啊！多么好吃的炖肉！世上哪有比这更好的东西……"的时候，她便想到那些精美的筵席、发亮的银餐具和挂在四壁的壁毯，上面织着古代人物和仙境森林中的异鸟珍禽；她也想到那些盛在名贵盘碟里的佳肴；她也想到一边吃着粉红色的鲈鱼肉或松鸡的翅膀，一边带着高深莫测的微笑听着男友低诉绵绵情话的情境。

"想到……，也想到……，也想到"构成排比句式，活灵活现地写出她对浮华生活的追求与向往。

这些幻想的生活场景与她所处的地位和家境形成强烈的反差，她痛苦的根源在于一心追求资产阶级的奢华生活。

她没有漂亮的衣装，没有珠宝首饰，总之什么也没有。而她呢，爱的却偏偏就是这些，她觉得自己生来就是为享受这些东西的。她最希望的是能够讨男子们的喜欢，惹女人们的羡慕，风流动人，到处受欢迎。

她有一个有钱的女友，那是学校读书时的同学，现在呢，她再也不愿去看望她了，因为每次回来她总感到非常痛苦。她要伤心、懊悔、绝望、痛苦得哭上好几天。

可是有一天晚上，她的丈夫回家的时候手里拿着一个大信封，满脸得意之色。"拿去吧！"他说，"这是专为你预备的。"她赶忙拆开了信封，从里面抽出一张请帖，上边印着：

兹订于一月十八日（星期一）在本部大厦举行晚会，敬请准时莅临。

此致

罗瓦赛尔先生偕夫人

教育部部长乔治·朗蓬诺

暨夫人谨订

她并没有像她丈夫所希望的那样欢天喜地，反而赌气地把请帖往桌上一扔，嘟囔着说：

"我要这个干什么？你替我想想。"

神情、动作、语言描写细致、生动！

“可是，我的亲爱的，我原以为你会很高兴的。你从来也不出门做客，这可是一个机会，并且是一个千载难逢的机会！我好不容易才弄到这张请帖。大家都想要，很难得到，一般是不太情愿给小职员的。在那儿你可以看见所有那些官方人士。”

神态描写淋漓尽致地表现出她对现实生活的不满。

她眼中冒着怒火瞪着他，最后不耐烦地说：

“可是你叫我穿什么到那儿去呢？”

这个，他却从未想到过，于是他吞吞吐吐地说：

“你上戏园时穿的那件衣服呢？照我看，那件好像就很不错……”

他说不下去了，他看见妻子已经在哭了，他又是惊奇又是慌张。两大滴眼泪从他妻子的眼角慢慢地向嘴角流下来，他结结巴巴地问：

“你怎么啦？你怎么啦？”

她使了一个狠劲儿把痛苦压了下去，然后一面擦着被泪沾湿的两颊，一面用一种平静的声音说：

她首先考虑到的是晚会要穿什么衣服，而她的家境告诉她，她不可能得到她想要的东西，丈夫又全不“理解”，她因而恼怒、悲痛。

“什么事也没有。不过我没有衣饰，当然不能去赴宴会。你有哪位同事的太太有比我更好的衣衫，你就把请帖送给他吧。”

他感到很为难，于是说：

“玛蒂尔德，咱们来商量一下。一套过得去的衣服，一套在别的场合还可以穿的，十分简单的衣服得用多少钱？”

她想了几秒钟，心里盘算了一下钱数，同时也考虑到提出怎样一个数目才不致当场遭到这个俭朴的科员拒绝，也不致把他吓得叫出声来。

她终于吞吞吐吐地说了：

“我也说不上到底要多少钱，不过有四百法郎，大概也就可以办下来了。”

可怜的丈夫，为了满足妻子的虚荣心，不得不“忍痛割爱”。

他脸色有点发白，因为他正巧积攒下这样一笔款子打算买一支枪，夏天好和几个朋友一道打猎，星期日可以到南泰尔平原去打云雀。

不过他还是这样说了：

“好吧。我就给你四百法郎。可是你得想法子做件漂漂亮亮的衣服。”

晚会的日子快到了，罗瓦赛尔太太却好像很伤心，很不安，很忧虑。她的衣服可是已经备齐了。有一天晚上她的丈夫问她：“你怎么啦？三天以来你的脾气一直是这么古怪。”

语言描写体现了罗瓦赛尔对妻子的迁就。

“我心烦，我既没有首饰，也没有珠宝，身上什么也戴不出来，实在是太寒酸了。我简直不想参加这次晚会了。”

他说：

“你可以戴几朵鲜花呀。在这个季节里，戴几朵鲜花是很漂亮的。只要花上十个法郎，你就可以有两三朵十分好看的玫瑰花。”

可这个主意一点儿也没有把她说服。

“不行……在那些阔太太中间，只能显出一副穷酸相，再没有比这更丢脸的了。”

她的丈夫忽然喊了起来：

“你可真糊涂！为什么不去找你的朋友福雷斯蒂埃太太，跟她借几样首饰呢？拿你跟她的交情来说，是可以开口的。”

借首饰，为以后丢项链，用十年的光阴赔项链作铺垫。

她高兴地叫了起来：“这倒是真的。我竟一点儿也没想到。”

第二天她就到她朋友家里，把自己的苦恼讲给她听。

福雷斯蒂埃太太立刻走到她的带镜子的大立柜跟前，取出一个大首饰箱，拿过来打开之后，便对罗瓦赛尔太太说：

贵重的首饰，是不会被放到一个大箱子里的，说明她的朋友让她挑的都是普通的廉价首饰，而玛蒂尔德却欣喜若狂。

“挑吧！亲爱的。”

她首先看见的是几只手镯，再便是一串珍珠项链，一个威尼斯制的镶嵌珠宝的金十字架，做工极其精细。她戴了这些首饰对着镜子里左试右试，犹豫不定，舍不得摘下来还给主人。她嘴里还老是问：

面对朋友首饰匣子的贪婪、焦急之情被淋漓尽致地刻画出来。

“你再没有别的了？”

“有啊。你自己找吧。我不知道你都喜欢什么？”

忽然她在一个黑缎子的盒里发现一串非常美丽的钻石项链，一种过分强烈的欲望使她的心都跳起来了。她拿它的时候手直哆嗦。她把它戴在脖子上，垂在衣服的外面，对着镜中的自己看得出了神。

“焦急”“犹豫不决”点出了她的心情，在她看来，这么贵重的钻石项链，女友是不肯轻易借人的。反衬出借到项链之后的兴奋、欣喜若狂。

然后她心里十分焦急，犹豫不决地问道：

"你可以把这个借给我吗？我只借这一样。"

"当然可以啊。"

她一把搂住了她朋友的脖子，亲亲热热地吻了她一下，带着宝贝很快就跑了。

晚会的日子到了。罗瓦赛尔太太非常成功。她比所有的女人都美丽，又漂亮又妩媚，面上总带着微笑，快活得几乎发狂。所有的男子都盯着她，打听她的姓名，求人给介绍。部长办公室的人员全都要跟她跳舞。部长也注意了她。

一场舞会，玛蒂尔德像走进了一个天堂，在喧闹的舞会上，她获得了成功，她的虚荣心得到了极大的满足。

她已经陶醉在欢乐之中，什么也不想，只是兴奋地、发狂地跳舞。她的美丽战胜了一切，她的成功充满了光辉，所有这些人都对自己殷勤献媚、阿谀赞扬、垂涎欲滴，妇人心中认为最甜美的胜利已完完全全握在手中，她便在这一片幸福的云中舞着。

她在早晨四点钟才离开。她的丈夫从十二点起就在一间没有人的小客厅里睡着了。客厅里还躺着另外三位先生，他们的太太也正在尽情欢乐。

他怕她出门受寒，把带来的衣服披在她的肩上，那是平日穿的家常衣服，那一种寒酸气和漂亮的舞装是非常不相称的。她马上感觉到这一点，为了不引起旁边的那些裹在豪华皮衣里的太太们注意，她就急着想要跑出大门。

"急着跑出大门"体现了她爱虚荣的内心。

罗瓦赛尔还拉住她不让走：

"你等一等啊。到外面你要着凉的。我去叫一辆马车吧。"

不过她并不听他这套话，很快地走下了楼梯。等他们到了街上，那里并没有出租马车，他们于是就找起来，只要远远看见马车走过，他们就追着向车夫大声喊叫。

他们向塞纳河一直走下去，浑身哆嗦，非常失望。最后在河边找到了一辆夜里做生意的旧马车，这种马车在巴黎只有在天黑了以后才看得见，它们是那么寒酸，白天出来好像会害羞的。

舞会后回家的凄清场景与舞会上的热闹形成了鲜明对比，为下文丢项链埋下了伏笔。

这辆车一直把他们送到殉道者街，他们的家门口，他们凄凄凉凉地爬上楼回到自己家里。在她说来，一切已经结束。他呢，他想到的是十点钟就该到部里去办公。

她脱下了披在肩上的衣服，那是对着大镜子脱的，为的是再一次看看笼罩在光荣中的自己。但是她忽然大叫一声，原来脖子上的项链不见了。

她的丈夫这时衣裳已经脱了一半，便问道：

“你怎么啦?”

她已经吓得发了慌，转身对丈夫说：

“我……我……我把福雷斯蒂埃太太的项链弄丢了。”

乐尽悲来，自古而然。

他惊惶失措地站起来：

“什么！……怎么！……这不可能！”

他们于是在裙子的褶层里，大氅的褶层里，衣袋里到处都搜寻一遍。可是哪儿也找不到。

他问：

“你确实记得在离开舞会的时候，还戴着吗?”

“是啊，在部里的前厅里我还摸过它呢。”

“不过如果是在街上失落的话，掉下来的时候，我们总该听见响声啊。大概是掉在车里了。”

希望破灭了。

“对，这很可能。你记下车子的号头了吗?”

“没有。你呢，你也没有注意号头?”

“没有。”

他们你看我，我看你，十分狼狈地互相看着。最后罗瓦赛尔重新穿好了衣服，他说：

“我先把我们刚才步行的那一段路再去走一遍，看看是不是能够找着。”

说完他就走了。她呢，连上床去睡的力气都没有了，就这么穿着赴晚会的新装倒在一张椅子上，既不生火也不想什么。

生动地写出了玛蒂尔德丢掉项链后茫然无主、失魂落魄的样子。

七点钟丈夫回来了。他什么也没找到。

他随即又到警察厅和各报馆，请他们代为悬赏寻找，还到了出租小马车的各车行，总之凡是有一点希望的地方他都去了。

她呢，整天地等候着，面对这个可怕的灾难她一直处在又惊又怕的状态中。

罗瓦赛尔傍晚才回来，脸也瘦削了，发青了，什么结果也没有。他说：

“只好给你那朋友写封信，告诉她你把链子的搭扣弄断了，现在正找人修理。这样我们就可以有应付的时间。”

他让她把信写了出来。

过了一星期，他们已是任何希望都没有了。

罗瓦赛尔一下子老了五岁，他说：

“只好想办法买一串赔她了。”

此处是伏笔，只卖出了盒子再次暗示那是一串假项链。

第二天，他们拿了装项链的盒子，按照盒子里面印着的字号，到了那家珠宝店。珠宝商查了查账说：

“太太，这串项链不是在我这儿买的，只有盒子是在我这儿配的。”

虽然丢了项链，但他们是讲究诚信的人，所以到处去买和丢失的一模一样的项链。

他们于是一家一家地跑起珠宝店来，凭着记忆要找一串和那串一模一样的项链，两个人愁眉苦脸的样子眼看要病倒了。

在王宫附近的一家店里他们找到了一串钻石项链，看来跟他们寻找的完全一样。这件首饰原值四万法郎，但如果他们要的话，店里可以减价，三万六可以脱手。

他们要求店主三天之内先不要卖它。并且他们谈妥条件，如果在二月底以前找着了那个原物，这一串项链便以三万四千法郎作价由店主收回。

罗瓦赛尔手边有他父亲遗留给他的一万八千法郎，其余的便需借了。

为了一夜的虚荣付出如此沉重的代价。

他于是借起钱来，跟这个人借一千法郎，跟那个人借五百，这儿借五个路易①，那儿借三个。他签了不少借约，应承了不少足以败家的条件，而且和高利贷者以及种种放债图利的人打交道。他葬送了他整个下半辈子的生活，不管能否偿还，他就冒险乱签借据。他既害怕未来的忧患，又怕即将压在身上的极端贫困，也怕各种物质缺乏和各种精神痛苦的远景，他就这样满心怀着恐惧，把三万六千法郎放到那个商人的柜台上，取来了那串新的项链。

对于价值三万六千法郎的项链，她的朋友竟没有打开盒子看。这样写暗示此条项链并不是贵重的项链。

等罗瓦赛尔太太把首饰给福雷斯蒂埃太太送回去时，这位太太很不愉快地对她说：

“你应该早点儿还我呀，因为我也许要戴呢。”

她并没有打开盒子来看，她的朋友担心害怕的就是她当面

① 一个路易值二十法郎。

打开。因为如果她发现了调包，她会怎么想呢？会怎么说呢？难道不会把她当作窃贼吗？

罗瓦赛尔太太尝到了穷人的那种可怕生活。好在她早已一下子英勇地拿定了主意。这笔骇人听闻的债务是必须清偿的。因此，她一定要把它还清。他们辞退了女仆，搬了家，租了一间紧挨屋顶的顶楼。

家庭里的笨重活，厨房里的腻人工作，她都尝到了个中的滋味。碗碟锅盆都得自己洗刷，在油腻的盆上和锅子底儿上她磨坏了她那玫瑰色的手指甲。脏衣服、衬衫、抹布也都得自己洗了晾在一根绳上。每天早上她必须把垃圾搬到街上，并且把水提到楼上，每上一层楼都要停一停喘喘气。她穿得和一个平常老百姓的女人一样，手里挎着篮子上水果店，上杂货店，上猪肉店，对价钱是百般争论，一个铜子一个铜子地保护她那一点可怜的钱，这就难免挨骂。

为偿还债务，玛蒂尔德不停地劳作，干着各种又脏又累的活，表明无情的现实改变了她。

每月都要还几笔债，有一些则要续期，延长偿还的期限。

丈夫傍晚的时候替一个商人去誊写账目，夜里常常替别人抄写，抄一页挣五个铜子。

这样的生活过了十年。

十年之后，他们把债务全部还清，确实全部还清了，不但高利贷的利息，就是利滚利的利息也还清了。

以多年的诚实劳动来偿还债务，可以看到主人公善良的本性，令人生出一些同情。

罗瓦赛尔太太现在看上去是老了。她变成了穷苦家庭里的敢做敢当的妇人，又坚强，又粗暴。头发从不梳光，裙子歪系着，两手通红，高嗓门说话，大盆水洗地板。不过有几次当她丈夫还在办公室办公的时候，她一坐到窗前，总还不免想起当年那一次晚会，在那次舞会上她曾经是那么美丽，那么受人欢迎。

回忆是美好的，代价是惨重的。

如果她没有丢失那串项链，今天又该是什么样子？谁知道？谁知道？生活多么古怪！多么变化莫测！只需微不足道的一点小事就能把你断送或者把你拯救！

且说有一个星期天，她上大街去散步，劳累了一星期，她要休息一下。正在此时，她忽然看见一个妇人带着孩子在散步。这个妇人原来就是福雷斯蒂埃太太，她还是那么年轻，那么美丽，那么动人。

罗瓦赛尔太太感到非常激动。去跟她说话吗？当然要去。既然债务都已经还清了，她可以把一切都告诉她。为什么不可以呢？

她于是走了过去。

语言描写，十年的艰辛生活摧毁了玛蒂尔德的容貌，她风韵殆尽、面目全非，连昔日的好朋友都认不出她来。

“您好，让娜。”

对方一点也认不出她来了，被这个粗俗女人这样亲密地一叫觉得很诧异，便吞吞吐吐地说：

“可是……太太！……我不知道……您大概认错人了吧。”

“没有。我是玛蒂尔德·罗瓦赛尔。”

她的朋友喊了起来：

“哎哟！……是我的可怜的玛蒂尔德吗？你可变了样儿啦！”

十年后的巧遇揭开了事情的真相，情节安排十分巧妙。

“是的，自从那一次跟你见面之后，我过的日子可艰难啦，不知遇见了多少危急穷困……而这一切都是因为你！”

“因为我……那是怎么回事啊？”

“你还记得你借给我赴部里晚会的那串钻石项链吧？”

“是啊。那又怎样呢？”

“那又怎样！我把它丢了。”

“那怎么会呢！你不是给我送回来了吗？”

“我给你送回的是跟原物一模一样的另外一串。这笔钱我们整整还了十年。你知道，对我们来说这可不是容易的事，我们是什么也没有的……现在总算还完了，我太高兴了。”

还完账的轻松让玛蒂尔德兴奋地吐露了真情。

福雷斯蒂埃太太站住不走了。

“你刚才说，你曾买了一串钻石项链赔我那一串吗？”

“是的。你没有发觉这一点吧，是不是？两串可是完全一样的。”

说完她脸上显出了微笑，因为她感到一种足以自豪的、天真的快乐。

故事至此戛然而止，结局出人意料，耐人寻味，引人深思。

福雷斯蒂埃太太非常激动，抓住了她的两只手。

“哎哟！我的可怜的玛蒂尔德！我那串是假的呀。顶多也就值上五百法郎！……”

名师鉴赏

《项链》写的是一个小科员的妻子玛蒂尔德以十年的含辛茹苦去赔偿一条借来的假项链的悲剧故事。作者对女主人公虽有美好的姿色却无力打扮自己的无奈处境表示遗憾；对她为一条假项链差不多葬送自己及其丈夫一生的不幸遭遇表示同情和惋惜；对她和她丈夫偿还项链的诚实品德和奋斗精神进行了肯定。小说也对女主人公的虚荣心进行了批评。同时，对贵族阶级的穷奢极欲和不惜弄虚作假的生活方式作了抨击和暴露。

这篇小说尖锐地讽刺了小资产阶级虚荣心和追求享乐的思想，出乎意料的结尾加深了这种讽刺，又带有一丝酸楚的感叹——其中有对玛蒂尔德的同情。小说中尽管没有一句谴责玛蒂尔德的虚荣心的话，但在人物描写和情节安排中处处流露出作者的态度。比如，开头写玛蒂尔德如何把大资产阶级的奢华生活当理想，后来写她收到请帖后如何费尽心机抠出丈夫的积蓄，这一系列描写表现出这个小资产阶级妇女灵魂的庸俗鄙陋。另外，写玛蒂尔德的一个晚上的满足带来十年的艰辛，这是对她的虚荣心的惩罚。小说最后写到十年艰辛不过是为了一件赝品，这又是对她的辛辣讽刺。

玛蒂尔德的虚荣心不是一种个别现象，而是阶级社会的产物，有一定的典型性。不安于辛苦劳动而得以糊口的小康生活，看不起比自己更穷苦的人，一心想上升为大资产阶级，而且希望走捷径，借侥幸的机会发迹，结果反而在竞争中沦落到更加悲惨的境地。《项链》嘲讽了阶级社会这种追求虚荣的可鄙风气，而且帮助了我们去认识产生这种风气的社会原因。

导 读

尼古拉是一个被抛弃的孩子，在十五岁的时候被大车碾断了腿，数十年的讨饭生活已使村里的人对他厌倦了，在一个寒风刺骨的冬天，他没有要到一点吃的，只好跑到别的村子去要。可是，每个村子都一样，没有人同情他。没有办法，他用石头砸死了希盖老板的一只鸡，却被老板当场捉住并狠狠地打了一顿，然后他被关到了镇上的监牢里，第二天清早，人们发现他已经饿死了。

穷 鬼

别看他又穷又残废，当初却也有过几天比较好过的日子。

十五岁那年，在通往瓦维尔的大道上，他的双腿被一辆大车碾断。从那以后，他便晃晃悠悠架着两根木拐在路旁那些农庄里串来串去以要饭为生。因为架拐日久，两肩就高耸到耳边，脑袋也就好像夹在了两座山峰的中间。

他本是比埃特村的本堂神父在万灵节的前夕，从一条沟里捡的弃婴，因此给他起了一个名字叫尼古拉·诸圣①。他借着大家的慈悲布施长大，没受过任何教育。村里的面包房老板为了逗笑取乐，请他喝了几杯烧酒，害他成了残废，从此他就变成个流浪汉，除了伸手乞讨，他不会干丝毫别的事。

从前，德·阿瓦里男爵夫人在紧挨府邸（dǐ）（府第）农庄的鸡窝旁边，给他留下一块铺着干草类似狗窝的地方，他可以在那里睡觉。饿得不可开交的时候，他就到了府邸厨下，那样他可以得到一块面包和一杯苹果酒。老太太还常常从门前台阶上，或从卧室的窗口丢给他几个铜子儿。可是现在老太太已经去世了。

在村子里，人们是不大愿意给他东西吃的，人们太清楚他的为人了。四十年来，老看见他那披着破烂衣衫的残废身体架在两条木拐上面，从这家茅屋走到那家茅屋，人们早已感到厌烦。可是他呢，一点也不想走开，因为在地球上，除了这一个角落，除了他在里边苦挨岁月的三四个村落外，他并不认识别的地方。他自己限定了要饭的区域，他的习惯是不走出界外，所以他总也不会越出这个界限。

---

① 十一月二日是天主教的万灵节，万灵节的前夕是诸圣节，在这一天要举行诸圣瞻礼。

他不知道他所看到的树木后面是否还有世界。他心里也从不考虑这个问题。那些乡下人老在自己的田边或沟旁遇见他，他们感到心烦，常常这样高声问他：

“为什么你不到别的村子去，老在这儿转来转去？”

他总是一言不答走了开去，心里突然涌起一种对陌生世界模糊的恐惧。穷人害怕的东西何止千百种，陌生的面孔，素不相识人的斥骂和疑虑的眼光，大道上成对走着的宪兵，这一切都叫他害怕。他见了宪兵常常本能地钻进灌木丛中或躲到石子堆的后面。

当他远远望见阳光底下亮光闪闪的宪兵时，他的行动突然间变得特别敏捷，像猛兽躲藏时那样敏捷。他会从木拐上很快地出溜下来，跟一堆破烂布似的落在地下，把身子缩作一团，变得非常小，就好比缩在窝里的野兔一样紧挨着地皮趴着，那一身棕色的破衣服也跟土色不相上下，几乎看不见他了。

其实，他从来也没有跟宪兵打过交道。可是这种恐惧和这种机警好像是他血液里天生带来的，好像是从他从未见过面的父母那里遗传下来的。

他没有藏身之处，没有家庭，没有茅屋，没有躲避风雨的地方。夏天他到处睡觉；冬天，他异常巧妙地溜进人家的谷仓或牛羊圈里睡觉。他从不等到人家发觉他的踪迹就先已离开。他知道从哪些窟窿可以钻进这些房子。因为操纵木拐，两臂变得惊人的强壮，他仅仅凭着手腕的力量就能爬到收藏干草的顶楼里；遇到他挨家讨饭讨得足够吃的时候，他还会在那里接连待上四五天不下来。

他尽管生活在人群中，却跟林中野兽一样，一个人也不认识，一个人也不爱，在那些乡下人中间只引起一种冷酷的轻蔑和无可奈何的反感。大家给他起个绰（chuò）号（外号）叫“吊钟”，因为他在两根木棍当中摆来摆去，活像吊在木架中间的一口钟。

两天以来，他一点东西也没有下肚。现在没有人再给他吃的了。终于谁也不要他了。农妇们站在自己门口一看到他，就老远地喊道：

“你还不走开，你这个下流东西！不是三天前我刚给过你一块面包吗？”

他于是架着木拐转过身去，走到旁边的人家，在那里他受到了同样的“接待”。

妇人们站在自家门口互相表示意见说：

“我们不能整年养着这个一事不做的懒汉啊。”

可是这个懒汉每天都需要吃东西。

他已走遍了圣伊莱尔、瓦维尔和比埃特，没有讨得一个小钱或一块面包。现在只有图尔诺尔一处希望了，可是他得在大道上走两法里，肚子和衣袋一样空空如也，他感到累得再也不能挪动了。

不过他还是出发了。

那时正是十二月，寒风在田地里掠过，在光秃秃的树枝间呼啸着，低暗的天空里云块飞驰，匆匆地不知要奔向何方。残废人慢慢地走着，很费力地一先一后移动着两支拐棍，一面用留下的一条弯曲的腿支撑着身子，这条腿的下端还留着一只裹着一块破布的畸（jī）形（发育不正常）的脚。

他不时地在沟边坐下来休息几分钟。他那昏乱的、沉重的心灵感到饥饿的悲哀。他只有一个念头：吃。可是他不知道用什么方法才能弄到吃的。

他在这条漫长的大路上奔波了三个钟头，后来居然看见村里的树木了，他于是加快了他的动作。

他遇见的第一个乡下人，当他张嘴向他乞求时，这样回答他：

“你又来了，老主顾！这么说，我们永远没法躲开你了？”

“吊钟”只好走开。他挨门讨过去，大家都这样粗暴地对待他，任何东西也不给他就把他赶走。他又耐心又执拗（niù）（固执），还是挨家求乞了一遍。一个铜子也没有讨到手。

他只好改道到村外各农庄去，在被雨水泡软了的地上走来走去，疲倦得简直提不起他的木拐。所到之处人们总是把他赶出来。天气又冷又愁惨，人们遇到这种天气，心里便觉得凄凉，脾气变得容易激怒，心灵变得阴沉，既懒得伸手施舍东西，也懒得伸手援助别人。

等他走完了他所认识的几户人家，他便到希盖老板院子旁边，在一条长沟的角上倒下。他从钩上卸下来，这是别人的一种说法，其实就是把两根高木拐夹在胳膊下面，从上面出溜下来。他好久好久呆着不动，受着饥饿的折磨，可是他太愚蠢，并不能深入了解到他那深不见底的穷困。

也不知他在那儿等待什么。我们心中是经常抱着毫无目的的期望的。在这个院子的角落里，寒风呼呼地吹着，他等候着神秘的援助，这种援助，我们一直希望着上天或别人会给我们送来，既不问援助怎样来，为什么会来，也不问通过谁来，只是希望它来罢了。一群黑母鸡从他身旁经过，它们在这个哺养众生的大地上寻找食物。它们时时刻刻用嘴啄起一粒谷粒或是一条人们看不见的虫子，从容地、准确地继续搜寻着。

“吊钟”先是心里什么也不想地看着它们，后来忽然在肚里，而不是在脑子里产生了一个念头，不，仅仅是一种感觉，他感到如果用枯枝生上火，把这些动物弄一只过来烤熟，一定很好吃。

他丝毫没想到他这就要犯盗窃罪了。他抄起了手边的一块石头，他手很灵活，石头扔出去之后，一下子就把离他最近的那只鸡打死了。那只动物扇着翅膀侧着身子倒下去。别的鸡移动着细腿摇摇摆摆地跑开。“吊钟”重新架上了木拐，跟那些母鸡一样摇摇摆摆，走去捡起他的猎获物。

他刚走到那个头上带着血迹的小黑东西旁边，就觉得有人在他背上狠狠地推了一下，推得他木拐也脱了手，朝前滚了有十步远。希盖老板怒气冲冲地向这个小偷扑了过来，拼命地打他，又是拳打又是膝盖顶，在这个无力抵抗的残废人身上，像发了狂似的打起来，一个被人窃取了东西的乡下人打人总是这样狠的。

农庄里的长工们也出来了，帮着东家狠狠地揍这个乞丐。等他们打得累了，才把他从地下抓起来抬走，关到柴房里，一面派人去叫宪兵。

“吊钟”已是半死不活，躺在地上，流着血，饿得要命。先是黄昏来临了，继而是夜，继而是黎明。他始终也没吃东西。

快到正午的时候，宪兵出现了，他们预料对方会抵抗，因为希盖老板声称曾经受到穷鬼的攻击，费了九牛二虎之力才保护住自己。他们小心谨慎地把门打开。

小队长一声叱喝：

“站起来！”

可是“吊钟”已不能动弹，他试着用木拐把自己支起来，但是没有成功。他们以为这个小偷在假装，在耍奸使坏，故意不肯起来，那两个武装的人于是毫不客气，抓住了他的肩膀，硬把他架在他的木拐上。

他感到非常恐惧，这是天生对黄色军用皮带的恐惧，是飞禽走兽遇见猎人时的恐惧，是老鼠遇见猫时的恐惧。他使出了超人的气力，竟能站稳了。

“走！”小队长说。他也真的走了起来。农庄上的人都看着他走。妇人们举着拳头威吓他，男人们嘲笑着，不住口地骂他。总算把他抓起来了！这一下可好了。

他夹在两个宪兵中间走了。有一股在绝望中产生的毅力支持着他，使他一直熬到黄昏。他的神智已经不清楚，他害怕得什么事也不明白了，因此自己究竟遭到了什么祸水也不知道。

路上遇见的人都停下来看他走过去，乡下人都低声说道：

“一定是个贼！”

傍晚的时候，他们来到了区首府。他从来没到过这个地方。他确实不能想象发生了什么事情，也不能想象还会发生什么事情。所有这一切可怕的、预料不到的事情，这些从未见过的面孔、新房屋都使他感觉到惊惶失措（惊慌害怕）。

他一句话不说，因为他一点也弄不清楚，所以他无话可说。况且他已经有这么多年没跟任何人谈过话，差不多已经失去了使用语言的能力，他的思想也过于混乱，无法用话语表达出来。

他被关到镇上的监牢里。宪兵们想不到他会需要吃东西，就这样把他撂到第二天。

不过等到一清早，人们来审讯他的时候，却看见他已经死在地上。多么出人意外啊！

导 读

孤寡的玛格卢瓦尔老婆婆有一座庄园，商人希科数次希望买下它，但是老婆婆总是固执地拒绝他，最后希科诱惑老婆婆达成一份协议，并且让她染上了喝酒的习惯，在寒冷的冬天老人终因醉酒冻死在外面，希科再也不用按照协议每月供给她五十枚硬币，庄园也彻底成了他的囊中之物。

小酒桶

埃佩维尔镇上开客店的希科老板在玛格卢瓦尔老婆婆的农庄门前停下了他的两轮轻便马车。他是一个高大的汉子，四十岁，满面红光，腆（tiǎn）着个大肚子，本地人都知道他阴险狡猾。

他把马拴在栅栏门的木桩上，进了院子。他有一块地紧挨着这位老婆婆的地，很久以前他就看中了她这份产业。他曾经数十次地试图把它买下来，可是老婆婆总是固执地拒绝了。

“我生在这块地上，我也要死在这块地上。”她说。

他进去的时候，她正在屋门前削土豆。她七十二岁了，满脸皱纹，全身干瘪，伛（yǔ）偻（lǚ）（腰背弯曲的样子）着腰，可是跟个年轻姑娘一样，永远不懂什么叫累。希科跟好朋友似的拍了拍她的背，然后坐在她旁边的一张小矮凳上。

“喂！老婆婆，身子骨儿总是这么硬朗？”

“还算不错，您怎么样，普罗斯佩老板？”

“唉，唉！就是有点儿风湿病，要不然可就称心如意了。”

“那太好了，太好了。”

她再也不说什么了。希科看着她干活。她那像钩子似的、满是筋疙瘩的、和螃蟹爪子一样坚硬的指头，跟钳子一样从筐子里钳起了一块灰色的土豆，飞快地转动，另一只手拿着一把旧刀子削着，长条的皮就挨着刀刃削下来了。等土豆整个都变成黄色时，她就把它扔在一个水桶里。三只胆大的老母鸡一个跟着一个走过来，一直走到她的裙子底下拾土豆皮，然后叼着食急急逃开。

希科好像很为难，迟疑不决，心神不定，他话已经到了嘴边，却又不便说出口来。最后，他下了决心：

“我说，玛格卢瓦尔老婆婆……”

“您有什么吩咐?”

“这座农庄，您还是不肯卖给我?”

“这件事不行。您别指望了。已经说过的事，别再啰嗦了。”

“可是我想出了一个办法，对我们双方都合适。”

“什么办法?”

“就是这么个办法。您把地卖给我，可是还归您保管。您不明白吗？那就听我把道理讲出来。”

老婆婆停止了削土豆，从起皱的眼皮底下露出一对亮闪闪的眼睛，死盯着客店老板。

他接下去说：“我来讲清楚吧。我每月给您一百五十法郎。听清楚了吧！每个月，我坐着我的小马车给您送来三十枚五法郎一个的银币。可是一切都不改样儿，一点样儿也不改。您还照旧住在您的家里，我这方面，丝毫用不着您操心，您什么也不欠我的。您就管拿我的钱就是了。这样行吗?”

他说完很愉快地，心平气和地看着她。

老婆婆露出不放心的样子仔细打量他，一边琢磨这里头有没有什么圈套。她问道：“这是我这一方面，您那方面呢，这座农庄，您还是不能到手啊!”

“这个，您不用操心。老天爷让您活一天，您就在这儿住一天。这是您的家。不过您得到公证人那儿去给我立个小字据，等您百年之后，农庄就归到我名下所有。您没有亲生儿女，只有几个侄子，您根本就没把他们当回事。这样行了吧？您生前保留着您的产业，我每月给您三十枚五法郎一个的银币。这完全是您的赚头儿。”

老婆婆感觉惊奇，忐（tǎn）忑（tè）不安（心神不定的样子），可是心里已经开始活动了。

她回答说：“这倒不是不可以。不过我得在这事上好好琢磨一下。下星期您再来一趟，咱们谈一谈。我再把我的意思告诉您。”

希科老板起身走了，非常高兴，就像一个国王刚刚征服了一个帝国。

玛格卢瓦尔老婆婆可就心事重重了。当夜她就没睡着。整整四天，她拿不定主意，非常苦恼。她确实能感觉到这里边有对她不利的地方，可是一想到每月有三十个银币，丁当响的白花花的银币会流到自己的围裙兜里，什么事也不用做，天上会掉下这笔钱来的时候，贪心就跟虫子似的在她心里乱钻乱咬了。

她于是跑去找公证人，把事情说给他听。他劝她答应希科老板的建议，不过应该要求五十个银币，而不是三十个，因为她的农庄起码值六万法郎。

“如果您再活上十五年，”公证人说，“按照这种付款的方式，他也只要付出四万五千法郎。”

老婆子一听说每月可以拿进五十枚五法郎一个的银币，惊得直哆嗦。不过她还是不放心，既怕那些预料不到的事，又怕暗藏着的阴谋诡计，她死活不肯走，一直待到天黑，不住地问长问短。最后，她才吩咐公证人预备字据，回了家，头脑昏乱得仿佛喝了四罐新酿成的苹果酒。

等希科来听回音的时候，她先是百般装腔作势，声称不干了，可是心里又犯嘀咕，生怕他不同意给五十枚五法郎一个的银币。后来，他一个劲地逼，她于是把她的希望提了出来。

他失望得跳了起来，一口拒绝。

为了说服他，她讲了好多道理，说明她可能活不很久。

“我顶多再活上五六年。我现在快七十三了，身子骨儿并不结实。有天晚上，我还当我要死了呢。就好像有人把我身体里的东西都掏出去了，后来人家只好把我抬上床去。”

不过希科不上她的钩。

“别说了，别说了，您这个老滑头，您跟教堂的钟楼那么结实。您至少可以活到一百一十岁。您一定死在我后头。”

一整天的时间就消磨在这种争论中。老婆婆始终也不让步，到后来客店老板只好答应给五十枚银币。

第二天，他们在字据上签了字。老婆婆还额外要了十枚银币的酒钱。

三年过去了。这位老太太非常健壮。她好像一天也没见老，希科可就悲观失望极了。他觉着这笔钱好像已经付了半个世纪了，他觉着自己受了骗，上了当，破产了。过一阵子他就要去看望一下那个老婆婆，就好比人们七月间到地里看麦子，是否已经熟得可以开镰收割。她用狡猾的眼光接待他。简直可以说她因为自己能够这样捉弄他而在那里自鸣得意。他呢，总是立刻就回到他的小马车上一面往回走，一面嘟嘟囔囔地说：“你这个瘦猴，难道就永远不死啦！”

他束手无策，一看见她，就恨不得把她掐死。他对她怀有一种凶狠的、阴险的恨，是乡下人遭了偷窃以后的那种恨。

他于是琢磨起办法来了。

终于有一天，他又来看她，像第一次来商议买卖的时候那样，兴高采烈地搓着手。

闲聊了几分钟以后，他说：“我说，老婆婆，您到埃佩维尔来的时候，为什么不上我那儿去吃饭呢？外边有人说闲话，说咱们的交情破裂了，我听着心里很难受。您知道，亲爱的老婆婆，上我那儿吃饭，一个钱也不用花。吃顿饭，我是不计较的。您只要一想起要来，就别客气，尽管来好啦，这反倒叫我高兴。"

玛格卢瓦尔老婆婆用不着第二次邀请，第三天，她坐着她的马车，让长工塞勒斯坦赶着，上市场买东西，毫无顾忌地把马放在希科老板的马棚里，叫他们喂着，自己则理所当然似的要求那份店主人已经许下的午饭。

客店老板心花怒放，像招待贵妇人似的招待了她，又是子鸡，又是灌肠，还有鳗鱼、羊腿和肥肉片儿白菜。可是她几乎什么也没有吃，因为她从小过的是俭朴生活，一向只是吃点汤和一块抹黄油的面包就行了。

希科大失所望，只好一个劲儿地劝她吃。而且她什么也不喝，就连咖啡也不肯喝。

他问道："您总可以喝一小杯白兰地吧。"

"这倒行，可以的。我不拒绝。"

他于是使足了劲向客店的那一头喊道：

"罗萨丽，快拿白兰地来，要上等的，最纯的！"

女侍出现了，手里拿着一个长瓶子，瓶子上贴着一张葡萄叶形的商标。

他斟了两小杯。

"尝尝这个吧，老婆婆，这可是好东西。"

那位老太太慢慢地喝起来，一小口一小口地喝着，为的是好多享受一会儿。等把那杯喝完，她把剩下的点点滴滴也倒在嘴里，然后表示："一点不错，真是好酒。"

她话还没说完，希科已经给她斟上了第二杯。她想拒绝，已经来不及了，她跟喝第一杯一样品了好久。

他于是要请她喝第三杯，她拒绝了。他一再地劝说：

"你看，这简直是牛奶嘛。我喝十杯，十二杯，都不费劲，跟糖似的下去了，既不胀肚，也不上头，简直可以说在舌尖儿上就化成气了。没有比这对健康更有益处的了。"

她原来就很想喝，所以也就没有坚持拒绝，不过她只喝了半杯。

这时候，希科忽然一下子变得非常慷慨，大声说：

"好吧，您既然喜欢这个酒，我就送您一小桶吧，不为别的，就为让您看看，咱们始终是一对好朋友。"

那位老太太也没有表示不要，就走了，她已经多少有了一点醉意。

第二天，客店老板进入玛格卢瓦尔老婆婆的院子，然后从车子里拉出一个箍着铁圈的小木桶。他要她立刻尝尝，为的是证明和上次喝的完全是一模一样的好白兰地。等他们每人喝了三杯，他就一面起身一面表示：

“您也知道，喝完了，咱们那儿还有，别客气。我不是斤斤计较（形容过分计较微小的利益或无关紧要的事情）的人。喝完得越快，我越高兴。”

他又爬上了他的轻便马车。

四天以后他又来了。老婆婆正在门前切放在汤里的面包。

他走到跟前，问了好，几乎挨着她的鼻子跟她说闲话，为的是闻闻她哈气的味道。他闻出了酒香，于是他眉开眼笑了。

“您就不请我喝一杯？”他说。

他们于是一起碰了杯，喝了两三杯。

可是隔不了多久，当地就传说开了，说玛格卢瓦尔老婆婆常常独自一人喝得烂醉如泥。有时候躺在她的厨房里，有时候躺在她的院子里，有时候躺在附近的路上，一动不动地跟死尸一样，别人只好把她抬回去。

希科不再上她家去了，有人跟他谈到这个乡下女人，他总要愁容满面地嘟囔着说：

“她这把年纪，竟沾上了这种嗜（shì）好（特殊的爱好，多指不良爱好），这不是太不幸了吗？您瞧，一个人上了年纪，就无法可想了。早晚她得上个大当才算完。”

果然，她上了个大当。第二年冬天，快到圣诞节了，她喝得烂醉，跌在雪地里死了。

希科老板继承了农庄，他对人说：“这个乡下佬，她要是不贪杯，总还有十年好活吧。”

导读

勒拉是一个记账员，从他二十一岁就做了这个工作，四十年来，他一直过着这种单调乏味、毫无乐趣可言的生活，没有回忆，没有希望，没有变化。一次偶然的散步感受激起了他对生活的新的想法，然而寂寞无助的生活让他走上了一条不归路，他自杀而亡。

散步

拉比士公司的记账员勒拉老爹走出货栈，被夕阳的光辉照得好半天睁不开眼。在那间像井一样又深又窄的院子的后间里，他已经在昏黄的煤气灯光下工作一整天。这间小屋，四十年来他一直在里面度过白天，是那么阴暗，即使在盛夏，也只是从十一点到三点这段时间内，才勉强可以不用点灯。

屋子里一年到头潮湿阴冷，窗外就是那个深坑般的院子，弄得这间不见阳光的屋子满是霉味和阴沟的臭味。

四十年来，勒拉先生每天早上八点钟就来到这座监牢，一直待到晚上七点钟，伏在账本上，以一个好职员应有的专心态度抄写着账目。

现在他每年挣三千法郎了，开始的时候是一千五。他一直是个单身汉，他的收入不允许他娶老婆。他从来没有享受过什么，因此也就没有什么欲望。不过有时候他对自己的这种单调的、连续的工作感到厌倦，不免也会产生不切实际的愿望："唉！我如果能有五千法郎的年金，就可以过舒服日子了。"

他的日子却从来没有舒服过，因为除了每月的薪金之外，他从来没有别的收入。

他的一生过去了，没有重大事件，没有感情波动，也没有希望。梦想的能力是人人都有的，但由于他胸无大志，在他身上却从没有得到过发展。

他是在二十一岁那年进入拉比士公司的。从此再也没有离开。

一八五六年，他失去了父亲，一八五九年又失去了母亲。从那以后便再也没有发生什么大事情了，只是在一八六八年，因为房东要涨租，他搬过一次家。

每天六点整，他的闹钟像有人抖链子似的发出一阵吓人的响声，把他惊得从床上跳起来。

这个闹钟曾经坏过两次，一次是在一八六六年，一次是在一八七四年，至于为什么会坏，他一直没弄清楚过。他穿好衣服，整理床铺，扫屋子，掸（dǎn，用掸子抽或拂，去掉灰尘）去靠背椅和五屉柜上面的灰尘。所有这些活儿要花他一个半钟头。

然后他走出门，在拉于尔面包店买上一个羊角面包，一边走一边吃。这家面包店字号不改，却换过十一个老板，他个个都认识。

他的整个生命都消磨在这间墙纸一直没有换过的、狭窄而阴暗的办公室里。他年轻时走进这间屋子，那时是布吕芒先生的助手，他抱着接替他的希望。

他已经接替了他，因此也不再希望什么了。

别人在生活过程中总会积下许许多多的回忆，如像意料之外的事件，甜美的或者悲伤的爱情，冒险的旅行；他呢，连在无拘无束的生活里会偶然遇到的一些事，他都没碰到过。

一天天，一周周，一月月，一季季，一年年都完全一个样。每天总是在同一个时候起床，出门，到办公室，用午餐，离开办公室，用晚餐，睡觉。从来没有任何事情打乱过这些同样动作、同样事情和同样思想的永不变化的规律。

从前，他对着前任留下的那块小圆镜子照见的是自己的金黄色的小胡子和卷曲的头发。现在每晚临走前在同一块镜子里看见的是自己的白色的小胡子和光秃秃的脑门。四十个年头过去了，这些年头是又长又快，跟凄凉无聊的日子一样空虚，跟失眠之夜里的那些钟点一样，彼此都一模一样。自从双亲死后，这四十个年头什么也没留下，甚至连个回忆，连个不幸的回忆也没有留下。任什么都没有留下。

这一天，勒拉先生在临街的大门口让夕阳的光辉照得头昏眼花。他本应该回家去的，却突然想在晚餐之前稍稍散步一番，这种情况一年之中也有四五次。

他来到了林荫大道上。重新泛青的大树底下人来人往，络绎不绝（人、马、车、船等前后相接，连续不断）。这是一个春天的黄昏，是入春后头几个暖烘烘的黄昏之一，它使人心里充满了生活的喜悦。

勒拉先生迈着老人特有的步子走着，眼里含着喜悦，他高兴的是遇到了这种欢乐的气氛和暖和的空气。

他来到了香榭丽舍大街，微风中荡漾着的那种青春气息恢复了他的活力，他继续走了下去。

整个天空好像在燃烧，庞大的凯旋门的黑影衬托在天边光辉灿烂的广阔背景上，仿佛是大火中立着的一个巨人。这位记账员走到这座怪物似的大建筑跟前，感到饿了，于是到一家酒馆吃晚饭。

餐桌就放在酒馆门前的行人道上，他坐下，吃了加普莱特调味汁的羊脚、生菜和芦笋，勒拉先生吃了一顿好久没吃过的丰盛晚餐。吃布列干酪的时候他要了半瓶上等波尔多红葡萄酒喝，随后他又要了一杯咖啡，在他这是少有的事，最后又要了一小杯上等白兰地。

付了账以后，他觉得十分轻松，十分愉快，而且还有了点醉意。他心里念叨："多么好的一个晚上。我还要遛哒遛哒，一直遛哒到布洛涅树林的入口。这对我的身体会有好处。"

他又走了起来。从前一个女邻居唱的老曲子固执地回到他的头脑里来：

小树林刚刚返青，
我的情郎对我说：
"美人啊，过来吧，
这花棚底下好休息。"

他没完没了地哼着，哼了一遍又一遍。夜幕已经在巴黎降落，那是一个没有一丝风的夜，一个闷热的夜。勒拉先生沿着布洛涅树林大街朝前走，望着那些从旁边驶过的马车。那些马车，点着明亮的灯，一辆跟一辆驶过来，在一瞬间车上出现了偎依着的情侣，女的穿着浅色裙子，男的穿着黑色礼服。

那是在星光灿烂的、闷热的天空下移动着的、由一对对情侣组成的长队伍，源源不绝。他们一对对过去，一声不响，他们紧紧地偎依着，半卧在车厢里，已经迷迷糊糊，沉浸在幻觉中，沉浸在情欲的冲动和因近在眼前的拥抱而起的颤栗中。温暖的黑暗里好像充满了飞舞着的、飘荡着的吻。一种情意绵绵的感觉使得空气也萎靡不振、格外闷人。所有这些互相偎依着的人，这些被相同的期待、相同的念头陶醉着的人使他们周围充满了一种狂热的气氛，所有这些满载柔情蜜意的马车在经过的路上散发出一种难于捉摸的魅人的气息。

勒拉先生最后走得有点累了，就在一条长凳上坐了下来，望着这些载着爱情的马车一辆辆驶过去。几乎立刻就有一个女人走过来挨着他坐下。

"你好，我的小人儿。"她说。

他不回答。她又说了：

"让我来疼疼你吧，我的宝贝。你会看出我有多么可爱。"

他说："您认错人了，太太。"

她伸出一只胳膊挽住他的胳膊说："算了吧！别装傻啦，听我告诉你……"

他已经站了起来，走了开去，心里很难受。

百步之外，又有一个女人走到他身边："您肯不肯挨着我坐一会儿，我的漂亮小伙儿？"

他对她说："您为什么干这个行业啊？"

她于是立在他面前，嗓音也变了，变得嘶哑而凶狠，她说："妈的，总不见得是为了找乐子吧！"

他温和地又追问了一句："那么，究竟是为什么呢？"

她抱怨地说："总得生活啊，问得倒奇怪。"

她哼着小调走开了。

勒拉先生感到了惊慌。又有别的女人在他身旁走过，招呼他，邀请他。

他觉得好像有一种黑乎乎的东西，一种叫人伤心的东西在头顶上逐渐展开。

他于是又在一条长凳上坐了下来。马车继续奔驰着。

“我真不该到这儿来，”他心里这样想，“看把我弄得这么难堪，心里这么乱糟糟。”

他开始琢磨起在他面前闪过去的所有那些出卖的或者来自本能的热烈的爱情，所有那些花钱买来的或是自由给予的抱吻。

爱情！他是不大懂得的。他这一生只接触过两三个女人，完全是出于偶然，出于意外，因为他的财力不允许他有额外的开销。他不免想到他度过来的跟别人那么不同的生活，他的生活是那么凄凉，那么沉闷，那么平凡，那么空虚。

世上原有这么一些人，他们可以说是太不走运了。突然间，好像一层厚幕撕开了，他窥见了穷困。就是他生活当中的那种无穷无尽的、千篇一律的穷困：从前是穷困，现时是穷困，将来还是穷困。结尾的日子和开始的日子完全相同，眼前什么都没有，身后也什么都没有，周围也什么都没有，心里也什么都没有，任何地方也什么都没有。

马车仍旧川流不息（行人、车马等像水流一样连续不断）地在他面前驶过。他在每一辆敞篷马车里都看见有两个一声不响地偎依着的情人，他们随着马车迅速驰过，忽然出现又忽然消失。好像全人类都沉醉在快乐、欢笑、幸福中从他面前经过。而他呢，孤孤单单一个人，孤孤单单，完全孤孤单单的一个人，在旁边坐着。并且明天他还是孤孤单单，永远孤孤单单，谁也不会像他这样孤孤单单。

他立起身来，走了几步，可是突然间感到十分疲倦，就仿佛刚刚徒步作了一个远程旅行，于是他在第二条长凳上又坐了下来。

他在等候什么呢？希望什么呢？什么也不等候，什么也不希望。他心里想的是一个人老啦，回到家里能看见叽叽喳喳的小孩子们，一定是很愉快的事。要是周围能够有这些小孩，他们的生命是你赐给他们的，他们喜欢你、爱抚你，对你说那些有趣的天真的话让你心里暖烘烘，对一切都不再计较而感到安慰，那么尽管老起来也是甜美的。

一想到他的空卧室，他那间洁净而凄凉的小屋子，除他以外没有任何人进去过的屋子，一种悲观绝望的感觉紧紧扣住了他的心弦。这间屋子在他眼里比他那间小公事房更显得可怜。

这间屋子从来没有人来过，也从来没有人在里边说过话。它是死的，哑的，没有发出过人声的回音。墙壁好像也能够从住在屋里的人们身上保留下一些东西，从他们的举止行动，从他们的面貌，从他们的话语中保留下一些东西，幸福家庭住过的房子比起穷苦人的住室就显得喜气洋洋。他的屋子跟他的生活一样是空洞洞的，没有可纪念的东西。他一想到要回到这间屋子，孤单单一个人回去，睡在他那张床上，再做他每晚该做的那些事，他心里十分害怕。他大概是想要离开这间不祥的屋子更远一点，离应该回家的时间更远一些，突然站了起来，遇到树林的第一条林荫路，就走进一片密林，在草地上坐了下来。

他听见周围、头上、到处都响着一种混乱的、广阔的、持续不断的、由无数不同的声音组成的嘈杂声，这种低沉的嘈杂声，近处有，远处也有，是生命的既广泛而又巨大的悸动，是巴黎的呼吸，巴黎正像一个巨人似的在呼吸着。

太阳已经升得老高，在布洛涅树林上洒下一片阳光。有几辆马车已经开始出现，那些骑马的游人已经兴高采烈地来到了。

有一对男女在一条无人的林荫路上走着。突然，那个年轻女子抬头望见树枝间有一样棕色的东西，她惊奇不安地举起手来说：

“看……那是什么东西？”

然后，她发出一声叫喊，昏倒在她伴侣的怀中，她的伴侣只好把她放倒在地下。

守林子的人很快就被叫来了，他们把一个用背带吊死的老人放了下来。

经过检查证明死亡是头天晚上发生的。从死者身上找出的证件知道他是拉比士公司的记账员，名字叫勒拉。

人们以为是自杀，原由却无从揣测。也许是突发性的疯狂症吧？

导 读

贝蒂娜是一个在森林里长大的勇敢的女孩子，一队由六人组成的德国先头部队因迷路闯进了她的家，饱餐后他们都熟睡了。贝蒂娜用自家的大手枪对着墙打了几下，造成法国士兵来了的假象，然后把他们骗到地窖关了起来。在焦急的等待中，父亲和要塞司令拉维涅带领民兵及时赶来，俘虏了敌军部队。

俘 虏

森林里没有任何别的声音，只有雪落在树上的沙沙声。从中午起雪就下起来了，纤细的小雪花在树枝上洒下冻结的泡沫，在灌木丛的枯叶上罩上银色的顶盖，在大路小径上铺上又软又白的大地毯，使这一片寂静中的无边林海更显得浓厚深沉了。

森林看守人的家门前，一个年轻女人，袖子卷得老高，正用斧头在一块石头上劈柴。她个子很高，瘦长而结实，从小在森林中长大，父亲和丈夫都是森林看守人。

屋内有个人在喊：

“贝蒂娜，今天晚上只有我们两个人，天黑下来啦，进屋来吧，说不定普鲁士人，还有狼，在那儿转悠呢。”

这个劈柴的女人正抡起斧子劈着一块树根，双臂一举胸口就朝前一挺。她一边劈着，一边回答：

“我这就完了，妈妈。我来啦，我来啦。不用害怕，天还没全黑呢。”

接着她把成捆的细柴和大块的木柴搬进来，沿着壁炉堆好，又出去关上护窗板，这才回到屋里，把门上很沉的横门推好。

她的母亲在火边纺线，是一个满脸皱纹的老婆婆，上了年纪，胆子也小了，说道：

“我不喜欢你爸爸出去。两个女人，顶不了大事。”

那个年轻的女人回答：

“啊！我可以打死一头狼，也完全可以打死一个普鲁士人。”

说完，她瞟了一眼挂在炉膛上面的大手枪。

她的男人在普鲁士人刚入侵时参了军。家里剩下这两个妇人和老爹。老爹尼古拉·毕雄，绰号叫“长腿”，是一个老森林看守人。他说什么也不肯离开这儿搬回到城里去住。

雷代尔是离这儿最近的城市，高高地坐落在一片悬崖峭壁上，原先是个要塞。城里的人一向爱国，居民们决心抵抗侵略者，要按照本城的传统，据守城池，抵御敌人的围攻。雷代尔人已经两次因英勇地保卫乡土而享有盛名，一次是在亨利第四时代，一次是在路易十四时代。这一次，没说的，他们也要照老样去做！不然就让敌人把他们烧死在城里。

因此他们买了枪炮，装备了一支民兵，按连营编制，整天在练兵场上操练。面包师傅、食品杂货店老板、肉店老板、公证人、律师、木匠、书商、药剂师，全都在规定时间里，轮流在拉维涅先生的指挥下操练。拉维涅先生从前在骑兵部队里当过士官，后来娶了拉沃当家长房的女儿，继承了女家的服饰用品店，做了老板。

他搞了个要塞司令的军衔。因为年轻人都参军走了，于是他把剩下的人编成队伍，加以训练，准备抵抗。那些肥胖的人连上街都跑步，为的是消耗身上的脂肪，增加肺活量，瘦弱的人走路也背着沉重东西，为的是锻炼筋骨。

大家就这么等着普鲁士人，不过普鲁士人并没有露面，然而他们离这并不远。他们的侦察兵已经有两次穿过森林，一直来到绰号“长腿”的森林看守人尼古拉·毕雄的家。

老森林看守人跑起来跟狐狸一样快，立刻到城里去报告。大炮瞄好方向，可是敌人没有出现。

“长腿”的住处成了森林里的前哨站。他一星期到城里去两次，添购食品，并且给城里的居民送去乡间的消息。

他这一天去报告前天下午两点钟左右有一小分队德国步兵曾经在他家里停留，但几乎立刻又走了。带队的是一个士官，会说法国话。

老人每次像这样出去，总带着他那两条狮子嘴的大狗，因为他怕碰见狼，狼在这个季节里变得更加凶猛。他临走时总叮嘱两个妇人天一黑就关门，守在家里，再也别出去。

年轻的那个女人什么也不怕，可是那个老的总是提心吊胆，不停地说：“最后不会有好结果的，你瞧着吧，这一切决不会有好结果的。”

这天晚上，她比平日更焦急不安。

“你知道爸爸什么时候能回来吗？”她问。

“噢！十一点以前肯定回不来。他在司令家里吃饭，回来总是很晚。”

她正把锅子挂在火上煮汤，忽然停住不动，因为她听见从壁炉烟囱里传过来一种模模糊糊的响声。

她低声说：

“有人在林子里走，至少有七八个人。”

母亲害了怕，停住纺车，结结巴巴地说：

“啊！我的老天爷！你爸爸又不在家！”

她话还没说完，门已经被人砰砰地敲得颤动起来。

两个女人不应声，于是一个喉音很重的人大声喊叫起来：

“快开门！”

在一阵沉寂之后，那个声音又喊了起来：

“快开门，不然我就砸门了。”

贝蒂娜把壁炉上的大手枪掖在裙子的口袋里，然后过去把耳朵紧贴在门上，问道：

“你是谁？”

那个声音回答：

“我就是那天来过的小分队。”

年轻女人又问：

“你们有什么事？”

“今天早上，我和我的小分队在森林里迷了路。快开门，不然我就砸门了。”

这个女森林看守人没有办法，只好赶快把大门闩（shuān）（门关上后插在门内使门推不开的木棍或铁棍）推开，拉开那扇分量很重的门。她看见因为下雪而变得浅淡发白的黑影里站着六个普鲁士士兵，正是前天来过的那六个人。她用坚定的口气问：

“在这个时候，你们跑到这儿来干什么？”

那个士官又说了一遍：

“我迷了路，完全迷了路，我认出了这所房子。从今天早上起，我什么也没有吃，我的小分队也没有吃。”

贝蒂娜说：

“可是今天晚上家里只有我跟我的妈妈。”

那个军人，看上去倒还像个老实人，马上回答：

“不要紧。我决不会伤害你们，不过你得给我们弄点吃的。我们又饿又累，支持不住了。”

女森林看守人往后退了一步。

“进来吧。”她说。

他们走进屋子，满身都是雪，钢盔上仿佛盖了一层打成泡沫的奶油，看上去很像奶油点心。他们一个个都显得精疲力尽。

年轻女人指了指大桌子两边的木头长凳。

“坐下吧，”她说，“我给你们煮汤。看样子你们倒真是累得够呛。”

然后她又把门闩上。

她往锅里加水，再放进一些黄油和土豆，然后把挂在壁炉里的一块肥肉取下来，切下一半丢在汤里。

那六个人的眼睛冒着饥饿的火光，随着她的每一个动作转动。他们已经把枪和钢盔放在一个角落里，像坐在长课凳上的小学生一样老老实实等待着。

母亲又纺起线来，时刻不停地拿惊惶失措的眼睛瞧瞧这些入侵的大兵。除了纺车轻微的隆隆声、柴火的哔剥声和渐渐烧热的水的吱吱声以外，什么声音也听不见。

但是，忽然有一种奇怪的声音把他们都吓得直打哆嗦。听上去好像是从门底下传进来的嘶哑的喘气声，一种有力的、呼哧呼哧的、野兽的喘气声。

那个德国士官已经一步跳到枪支旁边。女森林看守人做了一个手势拦住他，微笑着说：

“是狼。它们跟你们一样，到处转悠，它们饿了。”

那个人不相信，一定要亲眼看看，门一拉开，他就看见两只老大的灰色野兽跨着急速的大步逃走了。

他回来坐下，自言自语地说：

“要不是亲眼看见，我真不会相信。”

他等着她的汤煮好。

他们狼吞虎咽地吃起来了，为了多吞一些，把嘴都咧到了耳朵根，同时圆眼睛也瞪得挺大，嗓子里发出像檐槽里那种汩（gǔ）汩（形容水流动的声音）的流水声。

两个妇人一声不响，看着红胡子迅速地动着，一块块土豆看上去就像是陷进了活动着的毛丛里，一转眼不见了。

他们渴了，女森林看守人于是到地窖下面去给他们取苹果酒。她在那里待了好久，这是一间拱顶的小地窖，据说在大革命时期曾经作过监狱，也做过避难所。下地窖里去要走一道狭窄的螺旋形楼梯，出口就在厨房的尽头，上面有块翻板活门。

贝蒂娜再出现的时候，她在笑，她暗自一个人在笑，神情颇为阴险。她把一罐子酒交给德国人。

然后她跟她的母亲在厨房的那一头也吃起饭来。

这些大兵已经吃完了，六个人围着桌子打瞌睡。不时地有一个人的脑门耷拉下来，碰在桌面上，咯的一声，他又猛然醒过来，挺直身子。

贝蒂娜对那个士官说：

“你们就在壁炉前面睡吧，这儿足有六个人睡的地方。我跟妈妈上楼到我的屋子去好了。”

两个妇人上了楼。只听见她们把门上了锁，走动了一会儿，随后就再也没有声音了。

普鲁士人都躺在石板地上，脚向着火，大氅（chǎng）（外套）卷成卷儿枕着头。不大工夫，六个人都打起呼噜来，六种调子各不相同，有的尖锐，有的响亮，不过都一直持续不断，十分吓人。

他们肯定已经睡了很长时间，忽然乒的一下枪声，那么响，简直就像是对着房子的墙放的。士兵们立刻站了起来。可是又响了两枪，跟着又响了三枪。

楼上的门突然打开，那个女森林看守人下楼来了，她光着脚，只穿了衬衫和短衬裙，手里拿着一支蜡，神色惊慌，结结巴巴地说：

“法国兵来啦，至少有二百人。他们要是发现你们在这儿，一定会烧掉房子。赶快到地窖下面去，千万别做声。你们要是弄出一点响声，我们就完了。”

“好，好，就这么办，就这么办。从哪儿下去？”

年轻的女人急忙掀起那块四方的小翻板活门，六个人一个跟着一个，倒退着，用脚探着楼梯，顺着那道小螺旋形楼梯，下到地底下，不见了。

等到最后一顶钢盔的尖顶看不见了，贝蒂娜就放下那扇分量很重的橡木翻板，那块翻板有墙那么厚，有钢那么硬，钉着铰链，装着一把锁门的锁。她仔细锁好以后，就笑了起来，一种兴高采烈而又不出声的笑。她恨不得在这些俘虏头顶上跳舞。

他们被关在里面，就好比关在一个坚固的匣子里，一个石头匣子里，只有一个装着铁栅栏的气窗透进空气来，他们果然一点声音也没有。

贝蒂娜立刻把火烧旺，又把锅子吊在火上，重新煮汤，口里还喃喃地说：

“爸爸今天夜里要累坏了。”

随后她就坐下来，等着。只有挂钟的钟摆在寂静中发出均匀整齐的滴答声。

年轻女人时刻不停地朝钟面上看，焦急的眼光好像在说：

“走得好慢啊！”

可是过不多久，她觉得脚底下的人在低声说话。说话声很轻，含糊不清，隔着地窖的石头砌的拱顶，传到她的耳边。普鲁士人开始识破她的诡计了，隔了一会儿，那个士官爬上了小楼梯，用拳头捶活门。他又喊了起来：

“快打开！”

她立起身来，走到跟前，学着他的德国口音说：

“你要干什么？”

“快打开！”

“我不开。”

那个人发怒了：“快打开，不然我要砸开了。”

她笑了起来：

“你砸吧，好小子，你砸吧，好小子。”

他用枪托砸他头顶上的那个橡木盖子。可是这个木盖，就是用大炮来轰也轰不开。

女森林看守人听见他下去了。士兵们一个跟着一个上来试试自己的力气，检查关闭装置。不过他们一定是认为他们的企图都是白费气力，于是回到地窖底下，又说起话来。

年轻女人先是听他们说话，后来去把大门打开，支着耳朵在黑夜中仔细听。

远处传来一阵狗吠。她像猎人那样吹了一声口哨，几乎立刻从黑暗里蹿出两条大狗，欢蹦乱跳地向她扑过来。她抓住它们的脖子，按住它们，不让它们再跑。然后她使足了气力喊了一声：

“嗨！爸爸！”

一个声音回答，可是还很远。

“嗨！贝蒂娜！”

她等了几秒钟，又喊：

“嗨，爸爸！”

那声音近了，又回答：

“嗨！贝蒂娜！”

女森林看守人又喊道：

“别走气窗跟前。地窖里有普鲁士人。”

突然在左边出现了一个高大的男人身影，在两棵树干中间。他不安地问：

“地窖里有普鲁士人！他们干什么？”

年轻女人笑了起来：

“就是前几天来的那一伙。他们在森林里迷了路，我把他们全都关进地窖里去了。”

她把怎样放手枪吓唬他们，怎样把他们关在地窖里，从头叙述了一遍。

那个老人仍旧很严肃地问：

“现在你要我怎么办呢?”

她回答：

“快去请拉维涅先生带他的队伍来。他可以把他们俘虏。他一定会高兴的。”

毕雄老爹微笑了：

“这倒是真的，他一定会高兴的。”

他的女儿又说：

“汤已经给你煮好。赶快吃了再走。”

老森林看守人在桌边坐下，先满满盛了两盘放在地下喂狗，然后自己才吃了起来。

普鲁士人听到有人说话，不言语了。

“长腿”在一刻钟以后又动身了。贝蒂娜双手捧着头等候。

被囚禁的人又开始吵闹，他们高声喊，大声叫，还不住地拿枪托狠狠地捣那纹丝不动的活门。

后来他们又开始从气窗朝天放枪，毫无疑问他们是希望有出来巡逻的德国小分队在附近经过，能够听见他们的枪声。

女森林看守人不再动了。不过他们这样吵闹，使她心烦意乱。一股无名怒火从她心里升起，她恨不得把这些坏蛋一个个都杀了，免得他们再吵。

接下来她越来越感到焦躁不安，她望着挂钟，一分钟一分钟地计算时间。

爸爸走了有一个半钟头。他现在该到城里了。她仿佛看见了他。他把事情告诉了拉维涅先生。拉维涅先生激动得脸色发白，马上拉铃叫女仆把军服和武器给他送来。她好像听见鼓手在街上奔跑。许多窗口有慌张失色的脸探出来。民兵们从各自的家走出来，衣服还没穿好，气急败坏，边走边扣着腰带，跑步向司令的住宅奔去。

然后是队伍由“长腿”领路，在黑夜里冒雪向森林前进。

她望着挂钟。“再过一个钟头，他们就可以到了。”

她感到了一种神经质的焦躁。每一分钟都像是没有尽头。时间过得多么慢啊!

最后，钟上的指针走到了她推测他们会到达的时间。

她又打开了门，听听他们来了没有。她看见一个黑影在小心翼翼地走过来。她一害怕，失声叫了出来。原来是她的父亲。

他说：

“他们打发我来看看有没有什么变化。”

“没有，一点变化都没有。”

他于是朝着黑夜吹了一声又尖又长的口哨。很快的就有一堆棕色的东西在树底下慢慢地过来，这是一支十人组成的先头部队。

“长腿”时刻不停地重复说：

“别走气窗跟前。”

先到的人把可怕的气窗指给后到的人看。

最后队伍的主力出现了，一共有二百人，每人带着二百发子弹。

拉维涅先生激动得发抖，他布置队伍，把房子四面包围起来，只在地窖通空气用的那个贴着地面的小黑窟窿前面留出一大片空白地带。

然后他走进屋子，询问敌人的实力和现状，他们现在是声息全无，简直叫人以为他们不见了，消失了，从气窗飞走了。

拉维涅先生用脚跺了跺活门，喊道：

“普鲁士军官先生！”

德国人不回答。

司令又喊道：

“普鲁士军官先生！”

怎么叫也没有用。足足有二十分钟之久，他一直在催促那个一声不响的军官缴械投降，保证他和他部下的生命安全，并且保证尊重他们的军人荣誉。可是他既得

不到同意的表示，也得不到敌对的表示。情况变得十分尴尬。

那些民兵像马车夫取暖那样，在雪地里跺脚，抡起胳膊拍打自己的肩膀。他们看着那个气窗，想在气窗前面跑过去的那种稚气的念头越来越强烈。

最后他们中间有一个叫波特万的人，灵活敏捷，挺身出来冒险了。他猛的一使劲，像鹿一样快地蹿过了气窗。这个试探总算成功了。俘虏好像都死了一样。

有一个人喊道：

"里边没有人。"

又有一个兵在这个危险的窟窿前面穿过了那片空白地带。接着这变成了一种游戏。跟小孩玩抢位子游戏一样，时刻不停地有人从这一队跑到那一队，脚步飞快，踏得身后的雪溅得老高。为了取暖，已经有人用枯枝燃起了好几堆旺火，火光把国民自卫军在右面营地和左面营地之间来回奔跑的侧影照得清清楚楚。

有人喊道：

"该你啦，玛洛瓦松。"

玛洛瓦松是个肥胖的面包师傅，他的大肚子经常遭到弟兄们的取笑。

他迟疑不决。大家嘲笑他。他于是下了决心，迈着正规的小跑步，喘着气出发了，大肚子一颠一颠地颤动着。

整个队伍都笑得流泪。有人还喊着鼓励他：

"加油，玛洛瓦松，加油！"

他刚跑到全程的三分之二的地方，从气窗里冒出了一条长长的飞快的红色火光。乒的一声枪响，大胖子面包师傅惨叫一声扑倒在地上。

没有一个人冲过去救他。大家看着他哎哟哎哟地喊着，在雪地上往前爬，等爬出危险地带，就立刻晕过去了。

他的大腿上中了一粒子弹。

在最初的惊讶和最初的恐惧过去之后，大家又笑起来了。

可是要塞司令拉维涅在森林看守人的房门口出现了。他刚决定了他的进攻计划。他用响亮有力的嗓音命令：

"白铁铺老板普朗许带着他的工人过来！"

三个人走到司令面前。

"把房檐上的檐槽拆下来。"

一刻钟之后，他们给司令送来了二十米长的檐槽。

他于是派人极其小心地在地窖活门的边上钻了个小圆窟窿，用唧筒做了一条引水管道，一直通到这个窟窿，然后兴高采烈地宣布：

"我们要请这几位德国先生喝个痛快。"

一阵猛烈的叫好声爆发起来，紧跟着是欢乐的叫声和发狂般的笑声。司令又组织一批人分成几个小分队，每五分钟换一次班。然后他发出了命令：

“抽水！”

唧筒的铁柄摇动起来，沿着水管有水流动的细小声音，一会儿工夫水就流到地窖里，顺着梯级往下流，可以听到像瀑布的潺（chán）潺（溪水、泉水等流动的声音）声，像金鱼池的假山上流水的潺潺声。

大家都等着。

一小时，两小时，三小时过去了。

司令坐立不安，他在厨房里走来走去，不时把耳朵贴在地面上听，想要猜出敌人在干什么，还在考虑他们会不会马上就投降。

敌人现在骚动起来了。可以听见他们在移动酒桶，在说话，在蹚水。

后来，到了早晨八点左右，从气窗里传来了一个人声：

“我要跟法国军官先生说话。”

拉维涅站在窗口，微微往外探着头回答：

“你投降吗？”

“我投降。”

“那么，把武器扔出来。”

于是立刻从窗口里扔出一支枪，掉在雪地里，紧跟着第二支，第三支，所有的枪都扔出来了。刚才那个声音宣布说：

“我没有枪了。你赶快吧。我快要淹死了。”

司令发布了命令：

“停止！”

唧筒的铁把手停止不动了。

他先在厨房里布满了兵，一个个都持枪立正，然后他慢慢地揭开了地窖的橡木活门。

先露出四颗水淋淋的头，四颗金黄色长头发的头，脸色苍白。六个德国人一个跟着一个爬上来，哆里哆嗦，浑身是水，神色十分慌张。

他们立刻被抓住，捆了个结实。然后因为怕遭到敌人突然袭击，队伍马上分成两队出发了，一队护送俘虏，一队护送玛洛瓦松，他躺在用两根长竿和一床褥子扎成的担架上。

他们凯旋地回到了雷代尔。

拉维涅先生因为俘获了德国的一支先头部队而荣获勋章。那个胖面包师傅因为在敌前受伤，也得到了军功奖章。

导 读

图瓦是一个小酒馆老板，无儿无女，性格开朗，有很多朋友。但有一天他突然中风而瘫痪，妻子趁机报复他，在图瓦朋友的怂恿下让他躺在床上孵小鸡，可笑的是最后小鸡真的被孵出来了。以他人痛苦为乐事，这种社会现状令人心寒。

图 瓦

一

周围十法里的人都认识图瓦老爹。这个大胖子图瓦，我的纯酒图瓦，绰（chuò）号（外号）又叫“烧刀子”的安图瓦·玛什布莱在回风村开着一个小酒店。

这个小村子是因为他才有了名气。小村子缩在山谷的一条横沟里，山谷往下通到大海。这是个乡下小村庄，只有十所被沟和树围着的诺曼底式房屋。

这些房子就趴在这一条荒草遍地、荆棘丛生的山沟沟里，一道弯弯的山梁背后，回风村这个地名就是从这个山梁来的。飞鸟在暴风雨的日子，都隐避到犁沟里，这些房子也好像跟它们一样，特地到这山旮（gā）旯（lá）（角落）儿里来，找个安全地方来躲避海风，躲避这种从海上吹来的、又猛烈又带咸味的大风，它跟火一般炙人，跟冬季的霜冻一样干燥，一样能祸害人。

但是这个村子整个儿仿佛是属于安图瓦·玛什布莱的产业。他的绰号是“烧刀子”，人们却也常常管他叫作图瓦或者“我的纯酒图瓦”，后一个称呼是从他时刻不离嘴的这句话来的：

“我的纯酒全法国数第一。”

他的纯酒当然就是指他的白兰地了。

二十年来，他就一直拿他的纯酒和烧刀子满足本地人的酒瘾。每逢有人问他：

“图瓦老爹，咱们喝点什么呀？”

他总是一成不变地回答：

“来杯烧刀子吧，我的姑爷，又暖肚，又清脑，对身体来说，再没有比这更好的了。”

他管谁都叫“我的姑爷”，这也是他的习惯，尽管他从没有过已嫁或是待嫁的女儿。

啊！是的，大家都认识烧刀子图瓦，都认识这个全乡、甚至全区最肥胖的人。他那所小房子好像故意跟他开玩笑，太狭小，太低矮，简直没法装下他。他整天站在门口，看见的人都不免要纳闷他怎么进得去。每来一个客人，他都要跟着进去，因为到他店里来喝酒的人不管喝什么酒，我的纯酒图瓦都有权利受到邀请，抽个头儿喝上一小杯。

他酒店的招牌是“聚友居”，而他，图瓦老爹也真的成了这一方的朋友。费康和蒙维利埃都有人来看他，听他聊天，乐上一阵，因为这个胖子是能够把一块墓碑也逗得大笑的。他有一套办法，能够打趣人而不惹人生气，眼睛眨眨表示出他要说而没说的话，每次拍着大腿狂笑，招得你不想笑也得笑。此外，光是他喝酒的样子，看着也叫人觉得稀罕好玩。请他喝多少，他就能喝多少，并且各种酒都喝，狡猾的眼睛里还老显出一种愉快的神情，这种愉快是从他的双重乐趣产生的：既有酒喝，而且喝了还可以赚钱。

当地那些好开玩笑的人曾问过他：

“图瓦老爹，你为什么不把大海也喝下去?”

他回答：

“有两件事反对我这么做，第一，海水是咸的；第二，先得把它装在瓶子里才能喝，因为我的大肚子弯不下来，够不着这个杯子。”

还有他跟他的老婆吵架，也值得听一听。那简直是一出喜剧，即使花钱买票看也心甘情愿。他们结婚三十年了，每天都要拌嘴斗舌。不过图瓦总是咯咯地笑，他的老婆倒是真的动气。老婆是个高大的庄稼女人，走起路来像长脚鹬（yù，一种鸟。引申成语：鹬蚌相争，渔人得利：比喻双方争执不下，让第三者得了好处）似的迈着大步，瘦而扁平的躯体上扛着一个发怒的猫头鹰脑袋。她的时间都消磨在养鸡上，她在酒店后面的小院子里养着鸡，她专长于把母鸡养得又肥又胖，在当地是很有名的。

费康的大户人家请客，为了饭菜有滋味，总得吃上图瓦婆婆喂养的一只鸡。

不过她天生的脾气坏，对什么都看不上眼。她对全世界都反感，特别憎恨的是她的丈夫。她恨他老是欢天喜地，恨他名声大，恨他身体好，恨他肥胖。因为他什么事不干就赚了钱，她就骂他是废物，因为他能吃能喝，抵得上十个平常人，她就骂他是酒囊饭袋，没有一天她不怒气冲天地这么说：

“长成这个样子，撂（liào，丢）在猪圈里不更合适吗？这一身肥油，看着都叫人恶心。”

她还常常冲着他的脸大声喊叫：

“等着吧，等着吧，咱们会瞧见出什么事的，咱们会瞧见的！又肿又胖，早晚跟装粮食的口袋一样，撑破完事。”

图瓦老是从心里那么高兴地嘻嘻笑着，拍着自己的肚子回答：

“母鸡婆婆，我的薄板儿，想法子把母鸡也养得这么肥吧。你倒试试看。”

接着就把袖子卷得老高，露出他那又粗又大的胳膊：

“你瞧瞧这个翅膀，老婆婆，这才称得上是翅膀。”

那些喝酒的客人早已笑得前仰后翻，又是拍桌子，又是跺脚，乐得发了疯，直往地下吐唾沫。

老婆婆的火气更大了，又念叨起来：

“等着吧……等着吧……咱们会瞧见出什么事的……早晚跟装粮食的口袋一样，撑破完事……”

在大家的狂笑声中，她气呼呼地走开了。

说实在的，图瓦这个人也确实叫人看着吃惊，他是这么臃肿、肥胖、红润、乐观。有这么一些异乎寻常的大胖子，死神在他们身上仿佛是在寻开心，它利用诡计、恶作剧和滑稽性的阴谋，使它的慢性的毁灭工作具有极强烈的喜剧性质。图瓦就是属于这一类的大胖子。这个混蛋的死神在别人身上是在白发、瘦削、皱纹之中，是在令人打着寒噤（jìn）（寒战）说：“好家伙，他变得多厉害！”的那种不断增长的衰弱之中显现出自己的威力。可是对图瓦就不一样了，它好像从把他养得又肥又胖中间得到快乐，把他变成了一个怪物奇人，给他涂上蓝的红的色彩，吹气球似的吹他，给他一种超人的健康的表象。在别人身上，死神横加在躯体上的畸形缺陷都是凄惨可悲的，而在他身上却变成可笑、古怪，叫人欢心。

“等着吧，”图瓦婆婆不住地念叨，“会瞧见出什么事的。”

二

果然出事了，图瓦中风，瘫痪了。他们把这个大胖子的床安置在酒店隔扇后面的小屋子里，这样他可以听见隔壁人们的说话，并且还可以跟朋友们谈天说地，因为他的头脑还是清楚的，只是身体，那个无比庞大的身体不能转动，不能起来，完全失去了活动能力。刚开始的时候，大家还希望他的两条粗腿能多少恢复一点力量，可是这个希望很快就破灭了，我的纯酒图瓦只好日日夜夜都待在床上。这个床每星期整理一次，需要四个邻居来帮忙，抓住胳膊和腿把他抬起来，才能拍打他身子底下的草褥子。

可是他仍旧高高兴兴的，不过高兴得跟以前不一样了，现在有点怯生生、低声下气的样子，当着老婆面常带着小孩子的害怕心情。老婆是整天叽叽喳喳地叫着：

“看看这个饭桶，看看这个废物，这个懒汉，这个胖醉鬼！真是太好了，太好了。”

他并不回答，只是在老太婆背过身去的时候，眨眨眼睛，在被窝里翻个身，这是他还能做的唯一的动作。他管这个动作叫“往北去一趟”或者“往南去一趟”。

他现在最大的消遣，就是听酒店里的人聊天，听出朋友声音的时候也隔着隔扇跟他们谈几句。

那时他就大声喊叫：

“喂，我的姑爷，你是塞勒斯坦吗？”

塞勒斯坦·玛卢瓦塞尔就回答：

“是我啊，图瓦老爹。你又能跑了吗，老兔子？”

我的纯酒图瓦回答：

“跑还不行呢。可是我一点也没见瘦，身子骨好着呢。”

过了不久，他把最亲密的几个人邀到他的卧室里，虽然眼看他们喝酒自己没份儿，心里挺难受，但总算有人作伴了。他一遍遍地说：

“不能再尝我的纯酒了，我的姑爷，这可真叫我伤心透顶，真他妈的。别的，我还能从中取乐，可是不能喝酒了，这可真叫我伤心。”

这时候窗口就出现了图瓦婆婆的猫头鹰脑袋。她高声喊叫：

“瞧瞧，瞧瞧这个啥事不做的胖子，现在得白养着他，还得像侍弄猪似的给他洗，给他收拾。”

老太婆走开以后，有时候会有一只红羽毛的大公鸡跳到窗台上，睁着好奇的圆眼睛往屋子里张望，然后发出响亮的叫声。有时候，也有一两只母鸡一直飞到床脚根，在地上寻找面包屑。

过了不多久，图瓦的朋友们不再坐在酒店的店堂里，每天下午都直接来到这个大胖子的床前面跟他聊天。图瓦这个捣蛋鬼，尽管躺下了，还能给人开心解闷。这个机灵鬼，是能够把魔鬼都逗笑的。有三个人每天都来，一个是塞勒斯坦·玛卢瓦塞尔，瘦高个子，身子跟苹果树干一样有点弯曲；第二个是普罗斯佩·奥尔拉维尔，又干瘪，又矮小，长着个耗子鼻子，狡猾机灵不亚于狐狸；还有一个是塞泽尔·波梅尔，他从来不开口说话，可是照样能够跟着大家一起作乐。

他们从院子里弄来一块木板架在床边，坐下玩骨牌，见鬼，玩得还真起劲，从两点一直玩到六点。

不过图瓦婆婆很快地就叫人无法忍受了。她不能容忍她那肥胖的懒丈夫在床上玩骨牌继续开心解闷；只要一看见他们的牌局开始，她就怒气冲冲地跑进来，掀翻木板，抓起骨牌，送回到酒店里去。她说光养着这个一事不做的胖废物蛋，已经够受的了，她不愿意再看见他还像以前那样找乐子，那简直是故意嘲弄整天干活的可怜人。

塞勒斯坦·玛卢瓦塞尔和塞泽尔·波梅尔低下了头，可是普罗斯佩·奥尔拉维尔觉得她的狂怒很好玩，常常要故意逗弄她一番。

有一天他看见她比平日火气更大，就对她说：

“喂！老婆婆，我要是你，你知道我怎么办吗？”

她于是瞪着一双猫头鹰眼睛死盯着他，等他说个清楚。

他接着说：

“你男人老待在床上，热得跟烤面包的炉子一样。要是我，我就叫他孵鸡蛋。”

她一下子愣住了，心想他是在跟她开玩笑，一面打量着乡下佬的那张没有四两肉的狡猾的脸。他接着说下去：

“哪一天我叫母鸡孵蛋，哪一天我就在他这条胳膊底下放五个，那条胳膊底下也放五个。一样能够孵出来。孵出来之后，我就把你男人的小雏鸡抱给你的母鸡，让它去抚养。这样就给你添了一窝小鸡。我的老婆婆！”

老太婆目瞪口呆，她问道：

“这能行吗？”

那人回答：

“能行吗？为什么不行呢？既然在一个暖箱里也能孵出小鸡来，当然就可以放在一张床里孵啦。”

这番道理深深打动了她，她气消了，心里想着这事，走开了。

一个星期以后，她兜了满满一围裙的鸡蛋，走进了图瓦的卧室，说道：

“我刚把黄母鸡和十个鸡蛋放进窝。这是给你的十个。你要留神，别压碎了。”

图瓦十分惊慌，问道：

“你要干什么？”

她回答：

“我要你孵鸡蛋，你这个废物。”

他先是大笑，后来因为她一个劲儿坚持，他生气，反抗，坚决反对把鸡蛋搁在他的胖胳膊底下，借他的体温来孵小鸡。

可是老太婆勃然大怒，说：

“你不给我孵小鸡，就甭想吃烩肉。咱们走着瞧吧。”

图瓦有点惶恐，不再回答。

他听见钟打十二点以后，叫道：

“喂！老太婆！汤煮好了吗？”

老太婆从厨房里嚷道：

“汤吗，没有你的份儿，懒胖子。”

他以为她是说着玩的，就等着，后来就央告，哀求，开口骂了，他绝望地“往北去一趟”，“往南去一趟”，拿拳头捶墙。最后他只好从命，听凭老太婆把五个鸡蛋塞进被窝，贴在身子的左侧。他这才吃上了他的汤。

朋友们来了，都以为他的病重了，因为他的神气很古怪，样子很尴（gān）尬（gà）（不自然）。

跟每天一样，他们还是玩骨牌。不过图瓦好像一点也不感兴趣，并且伸手的时候慢得要命，十分小心。

“你的胳膊捆住啦？”奥尔拉维尔问。

图瓦回答：

“我肩膀上似乎感到有点发沉。”

这时候忽然听见店堂里有人进来，玩牌的人都不说话了。

进来的是村长和他的助理。他们要了两杯纯酒，就谈起本地的公事来，因为他们说话声音低，烧刀子图瓦想用耳朵贴了隔扇听，忘记了鸡蛋，来了一个突然的“往北去一趟”，身子就压在鸡蛋上了。

听见他的咒骂声，图瓦婆婆急忙跑了进来，她猜到了这一场灾祸，猛地一下子把被窝揭开。她先是站着不动，看了粘在她男人肋部的这一片黄膏药，愤怒得透不过气来，话也说不出来。

接着，她气得浑身哆嗦，扑到瘫子身边，在他的大肚子上使劲捶打，就跟她在池塘旁边捶衣裳一样。她的双手好像兔子击鼓时的两只爪子，一上一下起落得很快，发出一种低沉的响声。

图瓦的三个朋友笑得喘不过气来，又是咳嗽，又是打嚏（tì）（打喷嚏），又是喊叫。那个大胖子吓昏了头，一面抵挡老婆的攻击，一面还得多加小心，不要再压碎了那一面还夹着的五个鸡蛋。

三

图瓦被制服了。他不得不孵鸡蛋，不得不放弃玩骨牌，不得不放弃任何活动，因为他每次压碎一个鸡蛋，老太婆就要凶狠地断绝他的饮食。

他朝天躺着，眼睛望着天花板，一动也不动，两条胳膊跟翅膀似的微微抬起，就这样用身子暖着白壳里的鸡胚胎。

他连说话也压低了声音，好像对声音也跟对动作一样感到害怕。现在他对那只孵蛋的黄母鸡颇为关心，它在鸡窝里进行着和他一样的工作。

他常向他的老婆打听：

“黄母鸡今天夜里吃东西了?”

那老太婆是看完了她的母鸡看她的汉子，看完了汉子又回去看母鸡，来回走个不停，脑子里没有别的念头，一心只想着正在床上和鸡窝里成熟着的小雏鸡。

当地知道这故事的人走来打听图瓦的消息，他们一半是好奇，一半也真的关心这个事。他们仿佛进病人的卧室似的，蹑（niè）手蹑脚（走路时脚步变得很轻）走进屋，很关切地问道：

“怎么样，行吗?”

图瓦回答：

“行倒是行，不过我难受得很呢，这分儿热啊。浑身上下好像都有蚂蚁在爬。”

可是一天早上，他的老婆非常激动地走了进来说：

“黄鸡孵出了七只。有三个蛋是坏的。”

图瓦觉得心跳了。他呢，他能孵出几只?

他问：

“是不是快了?”说的时候露出一个将要做母亲的妇人的那种焦急神气。

那老太婆十分担心，怕不会成功，怒气冲冲地回答：

“快了!”

他们等着。朋友们听说为时已经不远，不久也都来了，他们也有点焦急不安。

好多人家都在谈论这件事。还有人到邻近的人家去打听消息。

三点钟左右，图瓦睡着了。他现在白天里也要睡半天觉。他右臂底下忽然有一阵不常有的痒痒，把他惊醒。他赶紧用左手去摸，摸着了一只遍体黄茸毛的小动物，在手里乱动。

他激动得大声喊叫，同时放松了小鸡。小鸡就在他的胸口跑起来。店堂里原已聚满了人。喝酒的客人都跑了进来，挤满了屋子，就跟看变戏法似的围成了一圈，老太婆来到以后，小心翼翼地捧出了缩在丈夫胡子底下的小动物。

谁也不说话了。那是在四月里，天气很热。窗子开着，传进来黄母鸡咯咯叫声，它在召唤它的刚出世的小鸡。

图瓦又是激动，又是忧虑，又是焦急，浑身不停地出汗，他低声地说：

“右胳膊底下现在又有了一只。”

他的老婆赶紧把她那又瘦又大的手伸进了被窝，像接生婆那么小心谨慎地抓出了第二只小鸡。

乡亲们都要看看。大家把小鸡传来传去，仔仔细细地端详着，就像是一个稀罕东西似的。

总有二十分钟之久，没有再孵出来，后来，四只小鸡同时钻出了蛋壳。

从在场的人中间发出了一阵嗡嗡的吵闹声。图瓦露出微笑，他对自己的成绩感到满意，对自己这样奇特的父亲身份开始感到骄傲。无论怎样说，像他这样的人是不大常见的。他真是个不寻常的人，一点也不假！

他大声宣布：

“一共是六只。真他妈的，洗礼可就热闹了！”

观众中间响起了一阵大笑。店堂里也挤满了人。还有人在门口等着进来。他们互相打听：

“一共是几只呀？”

“六只。”

图瓦婆婆把新孵出的小鸡给母鸡送了去，老母鸡拼命地咯咯叫，倒竖着羽毛，把翅膀张得大而又大，掩护着它的逐渐增大的子女队伍。

“瞧，又是一只！”图瓦喊道。

他弄错了，不是一只，是三只！这是一个大胜利！最后一只到七点半才破壳而出。十个蛋一个也没糟蹋。图瓦不但得到了解放，还感到十分光荣，快活得简直发了疯，他吻着这个脆弱动物的背，差点儿用嘴唇把它闷死。他要把这一只留在床上，留到第二天。他对这个经他赋予生命的小小的生物产生了一种母爱般的感情，可是老太婆不管她丈夫怎么哀求，也不肯答应，还是把它像其余的小鸡一样带走了。

观众都快活非常，谈论着这件大事走散了。奥尔拉维尔留在最后走，他问道：

“怎么样，图瓦老爹，红焖第一只鸡的时候，可得请我啊，请不请？”

一想到红焖鸡块，图瓦的脸上泛起光彩，这个大胖子回答：

“当然得请你，我的姑爷。”

导 读

雅克·朗台尔是一个因失业而流离失所的年轻木匠，他很强壮，也很有才能，他想靠自己的本事找一份糊口的工作，但是他仍摆脱不了社会带给他的苦难，到处受歧视，没有人愿意雇他干活，没有人同情他，黑暗的社会、饥饿的现状最终逼他走上了邪路。

流浪汉

四十天以来，他到处找工作，不停地走。他之所以离开家乡芒什省的维尔—阿瓦赖村，是因为那里没有活儿可做。他是个盖房子的木匠，今年二十七岁，是个有才能的人，身体也健壮。遇到这次普遍的失业，他身为一家的长子，竟落到叉着两条结实有力的胳膊坐在家里吃闲饭有两个月之久，而家里的面包也并不很多。两个妹妹在外面打短工，挣的钱很少。他，雅克·朗台尔，最强壮的人，却因为没有活儿可做，闲在家里，分吃别人的汤！

他到村政府去打听，秘书告诉他中部可以找到活儿做。

他于是带了出生证和工作证，口袋里掖着七个法郎，用一块蓝手绢包了一双替换鞋、一条短裤、一件衬衫，系在一根木棍上往肩上一扛，离开了本乡。

他在看不见尽头的路上不停地走着，白天也走，黑夜也走，太阳晒着也走，雨淋着也走，但是总也走不到那个做工的人可以找到活儿做的神秘地方。

最初他坚持认为自己是盖房木匠，只有盖房的木工活儿才可以做。可是无论他到哪个工地，人们总是回答他说不久刚解雇了一批人，因为没有人订活儿。他到了山穷水尽的地步，只好决定以后在路上碰上什么工作就做什么工作。

因此，挖土填道、收拾马棚、劈石开山，各种工作他先后都做了。他也替人劈木柴、修剪树枝、挖井、搅拌灰浆、捆木柴、上山看羊，但是无论做什么，得到的只有几个铜子，因为只有廉价地出卖力气，才能打动老板和乡下人的吝啬的心，得到两三天的活儿做做。

现在呢，他已经有一星期什么活儿也没找到了。身上一文不名，只吃过一点点面包，那还是在沿路挨家哀求时，有些女人好心布施给他的。

天渐渐黑下来，雅克·朗台尔精疲力尽，腿疼得跟断了一样，肚子空空，心里非常悲伤，他在道边的草地上走着。他光着脚，因为他舍不得穿他最后这双鞋，那一双早就不存在了。这是临近秋末的一个星期六。风在树间呼啸着，把天上灰色的浓云吹得飞驰。雨很快就要下来了。天黑下来了，第二天又是星期日，田野里一个人也没有。在田地里，这儿那儿高高矗立着一堆堆打过麦粒的干草垛子，好像一个个巨大的黄蘑菇，地里已经播下了来年庄稼的种子，看上去光秃秃的，好像什么也没有。

朗台尔感到饥饿，一种野兽的饥饿，狼之所以扑人就是因为这种饥饿。他疲乏极了，故意把步子跨得大些，为的是可以少迈几步。头很沉重，两边太阳穴嗡嗡响，眼睛通红，嘴干舌焦，他紧紧攥着他那根木棍，仿佛想遇上哪个回家吃晚饭的过路人，他就要狠狠打他一顿才称心。

他瞪着眼不停地看大路的两边，眼里仿佛看见在翻过的地里还有挖出来的土豆。如果真的能够找着几个的话，他就可以捡些枯枝，在沟里生一堆旺火，把这些圆圆的土豆烧得滚热，用冰冷的手捧着好好吃一顿晚餐。

不过这种季节已经过去了，他只能跟头天晚上一样在地垄里拔个萝卜，啃着吃生的。

两天以来他一直想着自己的心事，总是迈着大步自言自语。在这以前，他的全部精神、全套本领都用在找寻职业上，他从来没有仔细想过。可是现在除了疲倦之外，又加上其他种种，如拼死命地寻找工作，到处遭到拒绝，到处受责骂，在草地上过夜，肚子老是饿着，时刻感到那些安居家园的人们对流浪汉的那种轻视，每天总有人问他："你为什么不老老实实待在家里？"他有两条不怕干活儿很有一把力气的胳膊，却闲着没事干，这多么叫人痛心。他又想起了留在老家的双亲也是一个铜子儿都没有，这一切都使他心里渐渐地充满了愤怒，这股怒气每天、每时、每分都在积聚，于是不由自主地变成短促的咒骂从他的口里迸发出来。

他光着脚踩着那些在他脚底下滚动的石子跌跌绊绊地走着，嘴里嘟哝着：

"混账……混账……这群猪猡……竟让一个人……一个木匠活活饿死…四个铜子也没有……连四个铜子都没有……看，又下雨了……这群猪猡！……"

命运是这样的不公正，他感到非常愤慨，他把大自然，那个瞎眼的母亲的不公道、凶狠、阴险，都怪罪到人的头上。

在吃晚饭的时候，当他望见各家屋顶升起了一缕灰色轻烟，他便咬牙切齿地一再重复："这一群猪猡！"他恨不得走进其中的一家，把里面的人一棍子打死，然后坐在他们的桌子上吃饭，他却不想想这也是另一种不公道，叫做行使暴力和进行盗窃。

他说："现在我变得没有生存的权利了……不然，为什么他们听凭我活活饿死呢……我不要求别的，只要求工作，可是……这一群猪猡啊！"他四肢上的痛苦、肚里的痛苦、心里的痛苦好像一阵酗酒后的醉意直冲脑袋，在脑子里激起了这样一种简单的想法："我有权利活下去，因为我会呼吸，因为空气是属于所有人的。因为他们没有权利听任我这样缺乏面包而不管！"

雨下着，又细又密又凉。他停住脚步，嘴里喃喃说道："真混账……还得一个月才能回到家里……"他现在也果然是向着回家的道上走着，他已经明白，还是回到家乡好，那里人家都认识他，随便找点什么活计做做，都比在大道上流浪，惹得人人怀疑为好。

既然盖房的木工吃不开，他还可以当小工，搅拌灰浆、挖土填道、敲石子。哪怕每天只挣一个法郎，糊张嘴还总是够的。

他拿他那最后一块已经用得破烂不堪的手绢围住了脖子，免得冰冷的雨水流到背上和胸前。但是没有多久，他就觉得雨水已渗透了薄薄的一层布衣服。他朝四面看了一看，眼光里充满了忧虑：一个走投无路（无路可走，比喻处境极端困难，找不到出路）、不知何处可以藏身、何处可以安枕、茫茫大地竟没有一个存身之处的人便有这种眼光。

夜来了，黑暗笼罩着田野。他远远看见草地上有一块黑乎乎的东西，原来是一头母牛。他一步跨过路沟，朝着牛走去，心里并不知道自己究竟要干什么。

等他走到牛跟前，牛抬起大脑袋朝着他，他心里不觉想道："要是身边有个盆，我就可以喝点奶了。"

他看着母牛，母牛看着他，后来他忽然对准它的肚子狠狠踢了一脚。"起来！"他说。

牲口慢吞吞地站了起来，沉甸甸的乳房耷拉着。他仰着脸躺在牲口的腿中间开始喝奶，喝了很久，很久，一边喝一边还用两只手挤着那个圆鼓鼓、热乎乎、有股牛圈气味的乳房。他一直喝到这个活的泉源滴乳不存才罢休。

不过冰冷的雨下得更密了，整个平原光秃秃的，看不见一处可以躲雨的地方。他很冷，他望见树丛里有一户人家的窗子里亮着灯光。

母牛这时又吃力地躺下了。他也在它旁边坐了下来，抚摸着它的头，感激它让自己得到了一顿饱餐。从牲口的鼻孔里喷出的气息，又浓厚又有力，像两股水蒸气似的喷在黄昏的空气里，掠过这个工人的面孔，他说道："你这里面倒不冷。"

这时他把双手伸到它的腿底下在它的前胸来回移动，为了能得到一点暖气。这时他忽然想出了一个主意，就是躺下来，挨着这个温暖的大肚子过一夜。他于是找了一个舒服的地方，把前额紧紧贴着那个刚才让他饱餐一顿的结实的乳房，睡了下来。他累得浑身像散了架似的，马上便睡着了。

不过他醒了好几次，有时是因为背冻得冰凉，有时是因为肚子冻得冰凉，得看是背还是肚子贴着牲口的肋部：他于是翻一个身，让暴露在寒夜空气里的那部分身体重新得到温暖和干燥，立刻又沉沉睡去。

一只公鸡的啼声把他叫了起来。晨曦快出现了，雨已不下，天色晴朗。

母牛嘴挨着地还在休息，他双手按地弯下身来吻了一下这个肉皮潮润的大鼻子，然后说道："别了，我的美人儿……下次再见……你是个好牲口……别了……"

然后他穿上鞋走了。

他顺着那条大路一直往前走，走了两个钟头以后，感到一阵疲乏，疲乏得那么厉害，在草地上坐了下来。

天已经大亮，教堂的钟响了，穿着蓝罩衫的男人，戴着白软帽的女人，有步行的，也有坐马车的，在大路上不断地来来往往，他们是到邻村朋友家、亲戚家欢度星期日去的。

来了一个胖胖的乡下人，赶着二十来只惊惶啼号的绵羊，由一只机警的狗看管，结成一群地走着。

朗台尔站起身来行了个礼说："您没什么活儿叫一个快饿死的工人做吗？"

那个人恶狠狠地看了流浪汉一眼回答：

"我的活儿不是给大路上碰见的人做的。"

木工只好又回到沟边坐下。

他等了好一阵，注意地看着那些乡下人从自己面前过去，想找一个相貌和善、富有同情心的人再哀求一下。

他挑中了一位身穿礼服，肚子上挂着一条金链子像个绅士模样的人。

"我找工作找了两个月，"他说，"结果是什么活儿也没找着，口袋里已一个铜子都没有了。"

那位半绅士半乡民的先生回答："你应该看看村口贴的那张告示。在本村所辖的境内，求乞是禁止的。告诉你，我是这里的村长，你如果不赶快滚开，我就派人把你抓起来。"

朗台尔的怒火已经涌上心头，他于是嘟嘟囔囔说道："您要是愿意，您就派人抓吧，我正求之不得呢，至少，我就不至于饿死了。"

他又回来坐在沟旁。

一刻钟之后大路上果然出现了两个宪兵。他们肩并肩大模（mú）大样（形容傲慢，满不在乎的样子）慢慢走着，漆皮的帽子、黄色皮腰带、铜纽扣被阳光一照，全身都显得那么晶光闪亮，好像专为吓唬坏人，要他们远远就逃开似的。

木匠明白他们是为他来的，可是他并不挪动一步，心里突然产生了一个念头，想顶撞他们一下，让他们抓去，将来再想办法报仇。

他们迈着军人的步伐，跟鹅似的摇摇摆摆，笨拙地走了过来。他们起初仿佛没看见他，后来走到他面前，才好像忽然发现了他，停住了脚步，用一种威吓的、愤怒的眼光把他端详了一番。

班长向前走了几步，问道：

“你在这儿干什么？”

他从容不迫（非常镇静，不慌不忙的样子）地回答：

“我在休息。”

“你从哪儿来？”

“要是把我经过的地方都告诉你，那就得一个多钟头。”

“你上哪儿去？”

“维尔—阿瓦赖。”

“这个地方在哪儿？”

“芒什省。”

“那是你的老家？”

“是我的老家。”

“你为什么离开那儿？”

“找工作。”

班长朝他带来的宪兵转过身去，这种老一套的骗人话终于使他压不住心头的火，他怒气冲冲地说道：

“这些家伙都是这么说的，可是瞒不了我。”

然后他又问木匠：

“你有出生证吗？”

“有的。”

“拿出来！”

朗台尔从口袋里掏出了他的出生证和工作证，那些又脏又旧的碎纸片，递给宪兵。

这一个结结巴巴、挺吃力地读了一遍，觉得证件都符合手续，就交还了他，脸色很不高兴，觉得受到了一个比自己更聪明人的耍弄。

思索了一会儿之后，他又问：

“你身上带着钱吗？”

“没有。”

“一点也没有？”

“一点也没有。”

“连一个铜子都没有？”

“连一个铜子都没有。”

“那么，你靠什么为生？”

“靠人家给我的。”

“那么，你是以要饭为生？”

朗台尔毫不迟疑地回答：

“是的，能要就要。”

那班长于是高声说道：“你一无经济来源，二无职业，在大路上流浪求乞，被我当场捉住，那就跟我走吧。”

木匠站了起来。

“随便到哪儿都行。”他说。

没等他们吩咐，他就走到两个宪兵中间，又说了这样一句话：

“好，把我关起来吧。有了住的地方，下雨也不用愁了。”

他们朝村子走去，村子离着有一公里，隔着那些叶子已经落尽的大树可以看见村子的瓦屋顶。

他们穿过村子的时候，正赶上是做弥撒（天主教的一种宗教仪式，用面饼和葡萄酒表示耶稣的身体和血来祭祀天主）的时候。广场上人山人海，人们立刻排成两行，看着这个坏人经过，后面跟着一群兴致勃勃的小孩。男男女女都瞪眼望着夹在两个宪兵中间的这个被逮住的人。个个都恨得眼里冒火，恨不得向他身上扔石头子，用指甲抓他的皮，用脚踩死他。大家彼此打听，他究竟是偷了东西呢还是杀了人。肉店老板从前在非洲当过兵，一口断定：“这是个逃兵。”烟店老板仿佛认出他就是今天早上给他一枚半假法郎的那个人。五金制品商认为他一定是杀害玛莱寡妇的那个老没捉到的凶手，警察局搜寻他已有六个月了。

朗台尔被两个宪兵带进村议会的大厅，他又看见了那个村长由村里的小学教师陪着，坐在会议桌前。

“哈哈！”那个官员喊道：“小伙子，又看见你啦。我早就告诉过你，我会叫人把你抓起来的。喂！班长，是怎么个情况？”

班长回答：“村长先生，他是一个无家无业的流浪汉，据他承认身无分文，现在因流浪求乞被捕，随身携带有正式工作证以及手续完备的出生证。”

“把这些证件拿给我看看。”村长说。

他接过证件，念了又念，就还了他，然后发话道：“搜他！”他们搜了朗台尔，什么也没搜出来。

村长似乎有点不知所措（不知怎么办才好，形容受窘或发急）。他向木匠问道：

“你今天早上在大路上干些什么?”

“我找工作。”

“找工作? ……在大路上找工作?”

“你说说看，我要是躲在树林里，怎么找得着工作?”

他们两人彼此狠狠地打量着，双方都怀着一种属于两个敌对族类的野兽的仇恨。然后村长说道：“我现在就放你，可是留神别再叫我把你抓回来。”

木匠回答道：“你把我留下，我更高兴。老在大路上跑，我已跑够了。”

村长把脸儿一沉说道：

“住口!”

然后他向两个宪兵发命令：

“你们把这个人带到离村二百米的地方，放了他，让他继续走他的路去。”

木匠说：“至少你总得叫他们给我弄点吃的吧。”

村长大怒：“还管你吃！你倒想得好！哈，哈，哈！真是天大的笑话!”

可是朗台尔坚决地回答：“要是你们还听任我去挨饿，那你们就是逼得我去干坏事。活该你们倒霉，你们这些阔佬。”

村长已离了座，他说：“赶快把他带走，再闹下去，我可要发火了。”

两个宪兵于是抓住木匠的胳膊，把他拉了出去。他也不抵抗，穿过了村子，又来到了大路上。宪兵把他带到了离界石二百米远的地方，班长说：“到了，滚吧，别让我在村子里再看见你，否则就要叫你尝尝我的厉害。”

朗台尔什么话也没回答，一直往前走去，自己也不知道往哪儿去。他笔直朝前走了有一刻钟或者是二十分钟，昏头昏脑，什么也不想。

可是，当他经过一所小屋子的时候，那屋子的窗户正半开着，突然有一股炖肉的香味钻进了他的胸膛，使他立在小屋前再也不能往前走了。

饥饿，一种凶猛的、折磨人的、使人发狂的饥饿，猛地激起了他的怒火，差点逼得他跟野蛮人似的硬往那所住屋的墙壁撞过去。

他怒气冲冲地高声说：“妈的，这一回，不给我吃是不行的。”他于是抡起棍子狠狠敲起门来。没有人应声，他便敲得更凶，嘴里还喊着：“喂！喂！喂！里面的人听着！喂！快开门!”

里面一点动静也没有，他于是走到窗边，用手轻轻推开窗子，厨房里闷人而温暖的空气里充斥着热肉汤、熟肉、白菜的气味，这气味立刻冲到外面的冷空气中来。

木匠一步跳进屋里。桌上放着两份餐具。屋主人毫无疑问是做弥撒去了，把他们的午餐，特为星期日准备的美好炖肉和肥肉菜汤放在火上煨着。

一个新鲜面包在壁炉台上等待着，左右各放着一只好像装得满满的酒瓶。

朗台尔先朝面包扑了过去，使出能把人掐死的劲头掰开面包，狼吞虎咽地吃起来。可是炖肉的香味几乎马上又把他引到壁炉跟前，他打开锅盖，把叉子伸到锅里，叉出一大块细绳缚着的牛肉。他又叉了些白菜、胡萝卜、洋葱，一直等把盘子装满以后才罢手。然后他把盘子往桌子上一放，坐了下来，把那块肉切成四块，就跟在自己家里一样吃起午餐来。等他把整块肉差不多都吞下了肚，并且还吃了大量蔬菜以后，他发觉他渴得厉害，于是又走过去把放在壁炉台上的酒拿起一瓶。

他刚把酒倒往杯里，一看原来是烧酒。活该，烧酒就烧酒吧，喝下去暖暖的，血管里会发热，经过那一阵受冷，这可是好东西，于是他喝了起来。

他觉得确实不坏，因为他已有很久没有喝酒了。他又给自己斟了一满杯，两口就吞了下去。酒精能叫人快活，他几乎马上快乐起来，就仿佛有一种幸福流进了肚子。

他还继续吃着，但没有刚才那么快了，现在是慢慢地咀嚼，拿面包蘸着肉汤吃。他浑身皮肤发烫，特别是额头上，血直往脑门上冲。

可是远处突然响起了教堂的钟声。弥撒快要完了，木匠急忙站了起来，倒不是因为害怕，而是出于本能，这种叫人谨慎的本能常常指导身处危险中的人们，使他们的感觉变得敏锐。木匠把吃剩的面包塞进一个衣袋里，又在另一个衣袋里塞了那瓶烧酒，然后蹑手蹑脚走到窗口，望了望大路。

路上还没有人。他跳了出去，迈步走起来。不过他不再走大路，而是横穿田野向一座看得见的小树林逃去。

他很满意刚才所做的事，他觉得轻松、强健、高兴；他的身体是这样的灵便，遇上田间的篱笆，并着两脚一蹦就跳了过去。

一走到树林子里面，他又掏出那瓶酒，喝了起来，一面走一面大口地喝着。他的思想混乱了，眼睛望出去也模糊了，两条腿跟弹簧似的一弹一弹的。

他唱起了那首古老的民歌：

唉！美呀真叫美！
美呀真叫美！
我去采草莓。

他现在是在一片湿润的、鲜嫩的、厚厚的青苔地上走着，脚下踏着这块绵软的地毯，他跟小孩子似的想翻几个跟头玩耍。

他一使劲就翻了一个跟头，爬起来又翻了一个。每翻一个跟头，他还要唱一遍：

唉！美呀真叫美！
美呀真叫美！
我去采草莓。

他突然来到一条凹陷下去的路边上，看见下面路上有一个身材高大的姑娘，那是一个回村去的女雇工，一手提着一桶牛奶，有一个铁的桶箍（gū，用竹篾或金属条捆紧，用带子之类勒住）支着奶桶免得奶桶挨着身子。

他探出身子专等她过来，两眼跟狗看见了鹌鹑似的冒着火。

她看见他，抬起头，笑了起来，高声对他说道：

"刚才唱歌的就是你吗？"

他一声不回答，一下子跳到了那条沟壑上，尽管土坡至少有六尺高。

她忽然看见他落在面前，就说道：

"好家伙！你把我吓了一跳！"

可是他已经听不见她在说什么了，他已经醉了，疯了，一种比饥饿更凶猛的疯狂在刺激他，两个月来一个一无所有的男子这回是喝醉酒了，他是个年轻力壮的男子汉，大自然在男性的坚强的皮肉里埋下的种种欲望都在燃烧，这种无法抵抗的疯狂和发作出来的酒力使他神智不清了。

那个女的吓得直往后退，他的脸、眼睛、半张着的嘴、伸着的双手都使她害怕。

他抱住她的双肩，一句话也不说，把她推翻在地。

两只奶桶离了手，滚了开去，发出巨大的声响，牛奶洒了一地。她大声叫喊，后来发现在这空旷地方叫喊是毫无用处的，又看出这个男子并非要害她的性命，她也就顺从了，并且也不太勉强，心里也不太恼怒，因为这个小伙子很强壮，不过也并不太粗暴。

等她重新站起来的时候，一想到倒翻了的牛奶桶，怒火可就忽然涌上心头。她脱下一只木鞋，这回却是她向那男的扑过去，如果他不赔偿她的牛奶，她就打碎他的脑壳。

他呢，没想到遭受这一顿狠打，酒也有点醒了，惊慌得不知如何是好，对刚才自己干的事也感到害怕，于是拼足力气，死命逃跑，她抓起石子就扔，有好几块都打中了他的脊梁。

他奔跑了很久，后来突然觉得一阵疲乏，从来还没有这样疲乏过。两条腿软得再也支持不住自己的身子，脑子里乱得一塌糊涂，什么也想不起来，什么也记不清楚。

他在一棵树根边坐下。

五分钟以后他睡着了。

他忽然被人狠狠地摇醒，睁眼一看，两顶漆皮的三角帽俯在他的身上，原来是早晨遇见的那两个宪兵正抓住他，绑缚他的双臂。

“我早知道你逃不出我的手心。”那个班长悻悻地说道。

朗台尔一声也不回答，站了起来。那两个人不住地推搡（sǎng）（推来推去）他，如果他有一点点反抗，就会挨一顿揍，因为他现在已经是他们的口中之食，已变成应该关在监牢里的猎物，这些专门猎取罪犯的猎人既已经把他抓到手，是再也不会放走他的了。

“走！”班长发了命令。

他们一齐走着。黄昏来到，秋天沉重凄凉的暮色笼罩着大地。

半个钟头以后，他们来到村里。家家户户都开着门，因为大家都知道出了事。男男女女都气愤填胸，就仿佛他们每个人都遭到了偷窃和奸污，他们要亲眼看着这个混账东西被抓回来，好痛骂他一顿。

从村口第一家起一直到村政府，一片叫骂的声音。村长也在村政府门口等着他，准备对这个流浪汉报仇。

一看见他，老远他就喊了起来：

“啊！小伙子，这回行了！”

他搓着手表示十分满意，他是很少有满意的时候的。

随后他又说道：“在大路上一见他，我就看出来了，我就看出来了。”

然后，露出一种更愉快的神情说：

“啊！混账东西，龌龊（wò chuò，不干净，脏。比喻人品质恶劣或气量狭小）的无赖，二十年徒刑，你是跑不掉的，小伙子！”

导 读

西蒙从出生就没有父亲，入学第一天，同学们都嘲笑他、打他，他想不通便想去投河，就在他最伤心的时候他认识了铁匠菲利普，并让他做自己的新爸爸。菲利普很乐意成为西蒙爸爸，在同事们的劝说下不再计较西蒙的妈妈过去的失足，而且像对待亲儿子一样对待西蒙，不让同学再欺负他。

西蒙的爸爸

正午的钟声响了，学校的大门开了，那些淘气的孩子拥挤着冲了出来，都想早点出去。但他们并没有像以前那样马上就散伙回家吃午饭，而是走几步就停下来，三五成群窃窃私语，好像在议论着什么事。

原来是布朗肖特的儿子西蒙今天要来上学。

所有的同学都从他们的家人那里听说过布朗肖特的事情，尽管她在公共场合是个受欢迎的人，但那些母亲们对她却有一种蔑视的同情，这种同情使她们的孩子受到感染，尽管他们一点也不知道其中的原因。

他们并不认识西蒙，因为他从不出门，也没有和他们到街上或河边玩耍过。因此他们都不喜欢他。他们迎接这个新生时带着喜悦，喜悦中掺（chān）杂（夹杂）有非同小可的吃惊，还传着一个大一点的孩子说过的话，这个大孩子说这话时神秘地眨着眼睛，仿佛他知道这件事情由来已久。

“你们知道……西蒙……没有爸爸。”

布朗肖特的儿子这时也来到学校的门口。

他大概有七八岁。他的脸有一点儿苍白，衣服很整洁，样子有些害羞和拘谨。

他朝他妈妈家走去，其余的孩子都在悄悄地议论，不怀好意地看着他，然后慢慢地围上来，最后终于把他围在中间。他站在那里，像根木头一样，既吃惊又局促，不明白他们干什么。但那个传播消息的孩子为自己取得的成功得意起来，他首先发问：

“你叫什么名字，你?”

他回答：“西蒙。”

“西蒙什么？”那个孩子继续追问。

他局促不安地回答：“西蒙。”

那大孩子朝他叫了起来：“一个人应该叫西蒙什么什么的……光西蒙两个字是不对的。”

西蒙快要哭了，他第三次回答：

“我叫西蒙。”

那些淘气的孩子笑了起来。那个大孩子威风地抬高了嗓门：“你们都听清楚了，他没有爸爸。”

一阵沉寂。孩子们目瞪（dèng）口呆（形容受惊而愣住的样子），他们觉得奇怪和可怕，他们把他看成是一个怪物，一个自然以外的东西，他们那轻蔑的感觉越来越强烈，那是他们的母亲对布朗肖特的轻蔑，其实他们并不明白那是为什么。

西蒙靠在一棵树上，害怕倒下去。他呆呆地，像被一场无法补救的灾难吓懵了一样。他试着做解释。但他找不到一句适合的话去否认他没有爸爸这件可怕的事情。最后，他面色苍白地大声喊道：“不，我有一个爸爸。”

“他在哪里？”那个孩子问道。

西蒙答不上来了。他不知道他在哪里。孩子们哄笑起来，异常兴奋。这些孩子的做法体现出一种残酷的需要，如同鸡棚里有一只鸡受伤了，其他鸡都会群起而攻之一样。西蒙突然看见邻家一个寡妇的儿子也在那里，他总看见那小孩和自己一样独自和母亲在一起。

“你也一样，”他说道，“你也没有爸爸。”

“不，”那个孩子回答道，“我有爸爸。”

“他在哪里？”西蒙迅速地反驳。

“他死了，”那孩子自豪地说，“他在墓地里。”

一阵轻轻的赞许声从这些孩子中间传过，好像有一个葬在墓地里的爸爸这个事实使那些孩子们强大到足以打垮这另一个什么爸爸都没有的西蒙。这些调皮捣蛋的孩子，他们的父亲多半是恶棍或者小偷什么的，现在他们一起拥过来，包围圈越来越小，仿佛他们这些合法的婚生子一定要压倒那个非婚生的孩子一样。

突然，西蒙身边的一个男孩阴阳怪气地向他吐着舌头，并且大声叫喊起来：

“他没有爸爸！他没有爸爸！”

西蒙揪住了他的头发，并用脚去踢他的双腿，那一个孩子咬住了他的脸。两个推推搡（sǎng）搡（推来推去），十分激烈。这两名战士被其他人拉开了，然后西蒙在这群淘气鬼的包围圈里被人打了，他的衣服被撕破了，身上也受伤了，在地上打滚。当他重新站起来，用手机械地拍身上的泥土时，有个孩子朝他叫：

“到你爸爸那里去告状吧！”

他的心里有一种毁灭的感觉。他们把他打败了，而且他们提的问题没有办法回答，因为他真真切切地感觉到自己是真的没有爸爸。他试着同那些让他透不过气来的眼泪作斗争。他喘不过气来，接着开始大声抽泣起来，全身猛烈地抽动。

于是他的敌人那边爆发出欢声笑语，他们自然而然地像那些粗野的人一样，开始手拉手围着他跳起舞来，一边反复地嚷着：“没有爸爸！没有爸爸！”

可西蒙突然停止哭嚎了。他满腔怒火。他的脚下有许多石块，他把石块捡起来，使劲朝他们扔过去。有人被打中了，大叫着逃走了。他的样子那么可怕，使那些孩子无比恐慌。他们像面对一个被激怒的人群一样胆怯了，纷纷四散逃走。

只剩他一个人了，他开始朝田里奔跑，因为一件往事使他下定了决心。他想到河里去淹死自己。

他想起一个礼拜以前，一个可怜的乞丐因为身无分文（身上没有一分钱，比喻人非常贫穷）跳到河里去了。打捞他的时候，西蒙就在旁边。那个平时在他看来悲苦而肮脏的穷人，却以他安详的神态——苍白的脸、湿漉漉的长胡子和未闭上的非常平静的眼睛——使他震惊。有人说：“他已经死了。”有人补充说：“他现在很幸福了。”西蒙也想像他一样跳到河里去，因为他没有父亲，就像这个可怜的人没有钱一样。

他走到河边，看着水流淌。鱼儿在激流中飞快地游动，时不时地还跳起来逮住水面上飞来飞去的虫子。他看得出神，忘了哭泣，因为他对它们的表演产生了浓厚的兴趣。可是，就像暴风雨中出现暂时的平静后仍会突然刮过几阵大风使树木劈啪作响一样，“我要淹死自己，因为我没有爸爸”的这个念头不停地带着剧烈的痛苦从他的心头闪过。

那天天气晴朗而温暖，阳光把青草晒得暖暖的，河水像镜子一样明亮而闪光。西蒙在流过泪后的疲惫中享受到了片刻的幸福时光，这时他想在温暖的阳光下躺在草地上睡一觉。

一只小青蛙跳过来。他很想捉住它，它却跳走了。他紧追不舍。最后，他终于抓住了它，当他看见青蛙拼命挣扎想逃走时，他笑了起来。它缩起后腿，然后用力伸开，硬得像两根杆子。它睁着圆圆的眼睛，两条前腿像两只手一样在空中乱划。这教他想起一种用许多小木片做成的玩具，它们被钉成之字形，通过青蛙那样的伸缩，就能使钉在上面的士兵操练。这时，他想到了家，想到了他的母亲，他又伤心地哭泣。他哭得四肢都在抽动。他跪在地上，念念有词地祈祷着，就像睡觉前一样。可他没能祈祷完，又哭了起来，哭得很厉害，已经不由自主了。他什么也不想了，什么也不顾了，只是不停地哭。

突然，一只沉重的手落在了他的肩上，一个粗重的声音问他："为什么这么伤心呀，小家伙?"

西蒙回过头。一个长着大胡子、头发又黑又鬈（quán，头发弯曲）、身材高大的工人友好地看着他。他眼泪汪汪，后来哽咽得都说不出话来：

"他们打我……因为……我……我没有……爸爸……没有爸爸……"。

"怎么?"那人微笑着说，"可是每人都有一个爸爸的。"

这孩子在伤心地抽噎着："我……我……我没有爸爸。"

这时，那工人神情严肃起来。他认出这是布朗肖特的儿子，虽然他在本地是初来乍（zhà，刚刚）到，但她的事情他多少知道一些。

"好了，"他说道，"别难过了，我的孩子，我送你回家，你将会有一个……爸爸的。"

他们上路了，他牵着他的手。那人又笑了，因为去见见那个布朗肖特他不会不高兴，有人告诉他，那布朗肖特是本地最漂亮的女子之一。他心里在想，一个曾经失足的女子可能会再犯错误。

他们俩走到一栋干净的白房子面前。

"就是这儿，"那孩子说道，接着他喊了起来，"妈妈!"

一个女人走出来，这个工人立即收起了笑容，他很快就明白跟这个面色苍白的高个子女人是不能开玩笑的，她表情严肃地站在门口。仿佛在禁止男人踏入这间屋子，因为在这间屋子里另一个男人辜负了她。他胆怯了，把鸭舌帽捏在手上，吞吞吐吐地说：

"我把您的孩子送回来了，太太，他在河边迷了路。"

可西蒙搂住他母亲的脖子，一边哭一边说：

"妈妈，我想把自己淹死，那些孩子都打我……打我……因为我没有爸爸。"

她的脸颊一下子涨红。她紧紧地抱住自己的儿子，眼泪流了出来。那个男子站在那里非常激动，不知道该怎么办。可西蒙突然朝他跑过来，对他说道：

"你愿意做我的爸爸吗?"

一阵沉寂。布朗肖特无言以对，羞愧难当，靠在墙上，不知该怎么办。那孩子见他没有回答，又问道：

"您要是不答应，我就回去淹死。"

那名工人把这事当作开玩笑，笑嘻嘻地回答道：

"好的，我答应你。"

"那您叫什么名字?"那孩子问，"如果别的孩子问的话，我好回答。"

"我叫菲力普。"他回答说。

西蒙静了片刻好记住这个名字，然后他张开双臂，快慰地说：

“太好了！菲力普，你是我爸爸了。”

那名工人把他举起来，猛地亲了亲他的脸，然后他大步流星地逃走了。

第二天，当这个西蒙走进学校时，仍有人恶意地嘲笑他。在放学的时候，当那个大孩子仍想欺负他时，西蒙像丢出一块石头一样，抛出了藏在脑子里的那些话：“我的爸爸，他叫菲力普。”

兴奋的呼叫声从四面八方响起：

“菲力普什么？……菲力普……菲力普是什么玩意儿？……你从哪弄出那个菲力普的?”

西蒙并不回答。他怀着不可动摇的信念，藐（miǎo）视（轻视，小看）他们，宁可受伤也不逃走。最后是小学老师救了他，于是回到母亲家。

一连三个月，菲力普经常从布朗肖特的门前经过，有时看见她在窗前缝东西的时候，他便鼓起勇气同她说话。她一直彬彬有礼地回答他的话，而且一直那么严肃，从来也不跟他笑，也不让他进她的屋子。然而，他和别的男人一样有些自命不凡（自以为很了不起），觉得她每次同他说话时脸比平时要红。

但是一个女人的名声要是坏了，要想恢复却是那么艰难，而且经不住一点点风吹草动，所以，尽管布朗肖特做事敏感而又谨慎，还是有许多风言风语。

而西蒙非常喜欢他的新爸爸，傍晚经常跟他去散步。

有一天，那个首先向他动手的孩子对他说：

“你胡说，你没有一个叫菲力普的爸爸。”

“为什么这么说?”西蒙非常激动地问。

那孩子搓着手说：

“假如有，他一定是你妈妈的丈夫。”

西蒙面对这个正确的推论有些窘迫，但他还是说：“他怎么都是我的爸爸。”

“这是不可能的，”那孩子嘲笑到，“他不完全是你的爸爸。”

西蒙低下了头，他懵（měng）懵懂懂（糊涂，不明道理）地朝罗瓦荣老爹的铁匠铺走去，菲力普就在这里干活。

这个铺子像是被埋在树下面一样。里面的光线非常暗，只有一座巨大的炼铁炉，火光照着五个光着臂膀的铁匠在那里打铁。他们都站在那里，身上映着红红的火光，他们的眼睛紧盯着那块烧红了的铁，他们迟钝的思想也跟着手中的铁锤抡起来落下去。

西蒙悄悄地走了进来，轻轻地拉了拉菲力普的衣角。他回过头。突然，他们停下了手中的活，所有的人都在聚精会神地看着。寂静中响起了西蒙清脆的声音。

“你说说看，菲力普，米肖德家的孩子刚才告诉我说你不完全是我的爸爸。”

“他为什么这么说?”菲力普回答道。

西蒙一脸天真地回答：

“因为你不是我妈妈的丈夫。”

谁也没说话。菲力普的锤子撑在铁砧上，两只粗大的双手放在锤柄上，前额则靠在手背上。他在沉思。他的四个伙伴都瞧着他，西蒙焦急地等待着，站在这些巨人中间他显得非常小。突然，其中一个铁匠对菲力普说出了大家的心里话：

“布朗肖特无论怎样说也是一个善良的、正直的姑娘，即使她遭遇不幸，可仍很坚强很守规矩，她会成为一个有教养男人的品德高尚的妻子的。”

“他说的确实是这样。”另外三人附和（hè）（言语、行动追随别人）道。

那名工人接着说：

“倘若说她失过足，那能怪她吗？这能怪那姑娘吗？那人可是答应过要跟她结婚的，并且，过去也有过同样经历如今却备受尊敬的女人，我认识的就不止一个。”

“他说的不错。”另外三人齐声答道。

他继续说道：“这个可怜的女人，一个人拉扯这个孩子吃了多少苦头，还有她除了上教堂外足不出户以来又淌过多少眼泪，唯有老天爷才知道。”

“这也是大实话。”其他几个人说道。

这时，只有使炉火更旺的拉风箱的声音在响。菲力普突然俯身对西蒙说：

“回去转告你妈妈说我今天晚上有话要对她说。”

然后他搂住西蒙的肩膀把他带到外面。

他又回来干活。五把锤子又立刻落到铁砧上。他们就这样打铁一直打到晚上，精力充沛，也很快乐，就像满足的锤子一样。不过，就像节假日教堂大钟的钟声会盖过其他所有钟声一样，菲力普的锤子一锤一锤地落下去，震耳欲聋的声音盖过了其他人的。他眼睛红红的，站在火光中打铁，浑身充满热情。

当他去敲布朗肖特的门时天上已经满是星斗。他穿着过节时才穿的衣服，非常干净，胡子也刮了。那位少妇站在门口，有些为难地说：

“菲力普先生，晚上到我家里不合适。”

他想回答她，却结结巴巴说不出来，满脸羞愧地站在她前面。

她接着说：

“您一定非常明白不该再有人来说我的不是了。”

此时，他突然说：

“倘若您愿意做我的妻子的话，就没太大关系！”

他没有听到回答，可他觉得听到黑暗的房间里有身体倒在床上的声音。她快步走进自己的房间。睡在床上的西蒙听到一个接吻的声音以及和他母亲低声说的几句话。然后，他突然感到自己被一双手举起来，菲力普用大力士般的手臂举着他，对他大声说道：

“你告诉他们，你的同学们，你的爸爸是铁匠菲力普·雷米，倘若他们再欺负你，他就去揪他们的耳朵。”

第二天，到了学校，快要上课时，小西蒙站起来，面色苍白，双唇发抖，用清脆的声音说：“我的爸爸是铁匠菲力普·雷米，他说过谁要是欺负我，他就去揪谁的耳朵。”

这一回，没人笑了，因为大家都知道菲力普·雷米，他是一个无论谁拥有都会感到自豪的爸爸。

导 读

维尔布瓦神父本是一个贵族子弟，父母的去世给他留下了很大的家产，不幸的是，他爱上了一个对爱情并不专一的女演员，他怀着痛恨之情离开了这个用情不专的女人，并做了一名令人尊敬的神父。二十年后，他的亲生儿子找上门来。为了处罚这个做尽坏事的儿子，他怀着一颗忏悔的心把儿子灌醉后自杀而亡，使人们相信那是他的儿子醉酒后把自己杀死的。

橄榄园

一

马赛和土伦之间，在皮斯卡湾里有一个普罗旺斯省的小海港，叫加朗杜。海港上的人望见维尔布瓦长老从海上打鱼回来，急忙走下海滩去帮着把船拉上来。

船里只有长老一个人，尽管他已经是五十八岁的人了，精力却充沛得少见，跟一个真正的水手一样划着桨。他袖子卷得老高，露出肌肉发达的胳膊，道袍的下摆挽起来夹在两膝之间，胸前的扣子有几个解开，三角帽放在身边的长凳上，头上戴的是一顶白帆布面的软木铜盆帽。从外表上看，他真像是一个热带地方的结实而古怪的传教士，这种传教士天生是为了寻奇探险而不是为念经说教的。

他不时地向身后望一眼，辨认靠岸的地点，然后有节奏地、有步骤地，有力地向岸边划去，再一次让那些蹩（bié）脚（质量不好，本领不强）的南方水手看看北方人是怎样划船的。

小船猛冲过来，碰到了沙，在沙上滑行，仿佛是用龙骨在整个沙滩上爬行似的。接着它突然一下子停住，那一直在望着本堂神父划过来的五个男人走拢来，他们一个个都和颜悦色（形容态度和蔼可亲）、高高兴兴，对神父怀有好感。

“怎么样，鱼打得不少吧，神父先生？”其中一个人带着很重的普罗旺斯省的口音这样问。

维尔布瓦长老把桨抽回船里，摘下铜盆帽，换上三角帽，捋（luō，用手握住条状物向一端滑去）下袖管，扣好道袍的纽扣，恢复了乡村神父的仪表和威严，然后得意洋洋地回答：

"是啊，是啊，打得可不少，三条狼鲈，两条海鳝和几条纪鱼。"

这五个渔夫已经走到小船旁边，在船边上俯下身子，以一种内行的神气仔细端详那些死鱼：肥而多肉的是狼鲈，扁平脑袋的是海鳝，这是一种极其难看的海蛇，还有紫色的，带橘皮那样金黄色的之字形条纹的是纪鱼。

他们中间有一个人说：

"我们把这些鱼给您送到您的小别墅去吧，神父先生。"

"谢谢，我的朋友。"

神父跟他们握了手就走了，有一个人跟了他去，其余的都留下来替他收拾小船。

他迈着大步缓缓走着，显得精力充沛而且神态威严。因为刚才划桨用了那么大的力气，身上还觉得热，在走到油橄榄树的稀疏的树阴下时，不时摘下帽子，让他那个满头又直又短的白发的方额头，那个不像教士而更像军官的额头透透气，傍晚的空气虽然还是热烘烘的，但是已经被海上的微风吹得稍稍清新爽快了。村子出现在山谷中间的一个山冈上，山谷很宽阔，像片平原似的向下通到大海。

这是七月的一个黄昏。耀眼的大太阳眼看着要在远处锯齿形的群山顶上落下去。教士的影子变得非常长，斜着投在蒙着一层灰土的白茫茫的大路上，硕大无比的三角帽在旁边的野地里形成一大块黑影，这块黑影好像在做游戏，遇见每一棵油橄榄树，都要急忙爬上树干，跟着立刻跳下来，在树与树之间的地上爬行。

普罗旺斯省的道路到了夏天总是蒙着一层不可捉摸（不能猜测、预料）的细灰土，维尔布瓦长老的脚下，扬起的这种细灰土，像烟雾似的围着他的道袍，使道袍的下摆蒙上一种越来越淡的灰颜色。现在他感到凉爽了，双手插在衣袋里往前走着，那种缓慢而矫健的步伐，完全像一个爬山的山里人。他用的平静的眼睛望着村子，他在这个村子里已经当了二十年本堂神父，这个村子是他自己选中，经上级特别通融派给他的，他指望在这里终其天年。教堂，他的教堂有两个棕色石头砌的、大小不等的方形钟楼，高耸在山冈顶上，四周围是沿着山坡盖的民房。在这个美丽的南方幽谷中，钟楼的古老的侧影巍然矗立，看上去不像教堂的钟楼，倒像是古代城堡的塔楼。

长老很高兴，因为他打到了三条狼鲈、两条海鳝和几条纪鱼。

他之所以受人敬重，主要是因为他尽管上了年纪，也还是当地最强健的人。这一次他在教民们面前，又可以夸耀一番这个小小的战果了。满足这种于人无损的小小的虚荣心是他最大的乐趣。他擅长放手枪，能打断花梗儿。他有时候还跟他的邻居，当年在军队里当过剑术教官的烟店老板比剑，他的游泳本领在这一带海岸上也是没人能赶得上的。

他曾经是德·维尔布瓦男爵，赫（hè）赫有名（显著盛大的样子）的上流社会中的人物，而且十分风雅。他在三十二岁上因为情场失意，出家当了神父。

他出身于庇卡底省的一个拥护王室、笃信宗教的古老家族。几百年来，这个家族曾经把自己的子弟贡献给军队、司法界和教会。他最初想依照母亲的意思舍身教会，后来在父亲的敦促下，才决定来到巴黎学习法律，以便将来在法院里担任一个主要职务。

可是就在他完成学业的时候，他的父亲在沼泽里打猎，得了肺炎死了，他的母亲伤心过度，不久也去世了。因此，他突然一下子继承了一大笔财产，于是就不再考虑什么职业，而满足于安度阔人的生活。

他是个漂亮的小伙子，也很聪明，不过他的见识有限，因为受到了信仰、传统和原则的束缚，这些东西正如他那一身庇卡底乡绅的肌肉一样是祖宗遗传下来的，但是尽管如此，他还是很讨人喜欢，一些严肃的正经人很器重他，他以严谨、富裕、为人所尊敬的青年人的身份享受着生活的乐趣。

可是在一个朋友家里，经过几次会面之后，他爱上了一个年轻的女演员，她是音乐戏剧学院的一个十分年轻的学生，在奥台翁剧院初次登台就红极一时。

他对她的爱情是十分强烈的，像任何一个天生对一切都抱绝对观念的人那么强烈。她第一次和观众见面，就非常成功，而他呢，看了她那次扮演的角色就爱上了她。

她长得好看，天性邪恶，但是外表上带着一种他称作安琪儿神气的天真烂漫的孩子气。她一下子就把他完全征服过来，使他变得若痴若狂，成了那种五体投地（是指佛教最恭敬的礼节，比喻敬佩到了极点）的疯狂膜拜者，一个女人的眼光或是裙子就能把他们烧死在致人死命的爱欲的火堆里。于是他就跟她姘居，让她离开舞台，四年工夫，用一种日益增长的热情爱着她。毫无疑问，最后他会不顾门第，不顾家庭的传统荣誉观点正式娶她为妻的，如果不是有一天，他发觉她和介绍他们认识的那个朋友久已勾勾搭搭有了私情。

事情更严重的是她已经怀了孕，而他呢，只等着孩子一生出来就决定结婚。

他手里拿到了证据，也就是在一个抽屉里发现的那些信件，他本是个野性未尽的人，粗暴的脾气可就全部发作了，他责备她不守妇道、阴险奸诈、寡廉鲜耻（不廉洁，不知羞耻）。

可是她呢，本来就是个巴黎街头的堕落孩子，既不知什么叫羞耻，也不知什么叫贞节，对那个男人和对这个男人一样，自己觉得都蛮有把握，此外她还和那些什么都不怕，能够爬上街垒去打仗的老百姓家的女儿一样胆子大，因此就和他顶撞起来，而且口出恶言侮辱了他。他刚举手要打，她却指着自己的肚子让他看。

他停住手，脸色一下子变了，想到在这个被玷污了的肉体里，在这个下贱的躯体里，在这个龌龊不堪（不干净，脏）的人身子里，有着他的后代，他的一个孩子！他于是向她扑了过去，准备把两个一齐打死，把这种双重羞耻一扫而光。她害怕了，因为她觉得自己要完蛋了。她在他的拳头下面滚来滚去，看到他的脚正要朝已经怀着一个的胚胎的大肚子踩下来，她连忙伸着两手挡着，大声向他喊道：

“别弄死我。不是你的，是他的！”

他猛地向后一跳，他是那样的惊讶和慌张，以致他的怒气和他的脚跟一样都悬在那里不动了，他结结巴巴地说：

“你……你说什么？”

她呢，从这个人的眼睛和他那吓人的姿势里看到自己已死在眼前，突然害怕得发了狂，又说一遍：

“不是你的，是他的。”

他一下子感到气力全无，从牙缝里挤出了这几个字：

“你是说孩子？”

“是的。”

“你撒谎！”

他于是重新提起脚来仿佛又要踩下去，这时候他的情妇已经爬起来跪着，一面试着往后躲闪，一面结结巴巴地说：

“我不是已经对你说过是他的了吗？如果是你的，为什么我早不怀孕呢？”

这个理由竟像真情实况一样打动了他的心。一个人在恍然大悟（忽然醒悟）的刹那间，会觉得一切理由都同时带着亮堂堂的光辉，显得精确无误、无可辩驳，有凭有据、无法抗拒，就是在这种恍然大悟的刹那间，他信服了，深信她肚子里怀着的那个下贱的倒霉孩子不是自己的儿子，于是如释重负、浑身轻松，几乎恢复了平静，不再想杀掉这个无耻的妇人了。

他用比较平静的声音对她说：

“站起来，滚吧，从此别让我再见到你。”

她自认失败，服从他的命令，走了。

他从此再也没看见她。

他也动身走了。他朝南走了下去，朝着太阳走去，走到一个村子才停住，这个村子矗立在地中海边一个小山谷中间。他看中了一家临海的小旅店，要了一间房就住下了。他在那儿待了一年半，伤心绝望、孤孤单单。他带着痛苦的回忆在那里度日，回忆那个欺骗了他的女人，回忆她的丰采，回忆她的笼络手段，回忆她那不堪对外人道的蛊惑媚态，一面还惋惜着不能再得到她的陪伴和爱抚。

他在普罗旺斯省的那些山谷间荡来荡去，阳光透过灰白色的油橄榄树叶洒下来，照着他那颗被一个念头苦苦纠缠着的可怜的脑袋。

不过，在这痛苦的孤寂生活中，他昔日的宗教观念，多少减弱了的早年的信仰热忱又慢慢涌回到他的心里。当初他把宗教看作是对付未知生活的避难所，现在他把它看作是对付欺骗人、折磨人的生活的避难所。做祷告的习惯他原本没有丢掉，在悲痛中他更热心做祷告了。黄昏时候，他常常跪在昏暗的教堂里做祷告，只有圣坛尽头点着一盏灯，那是天主存在的象征，祭坛的神圣守护者。

他把他的苦痛完全倾诉给这位天主，也就是他的天主听。他请求天主指点他，怜悯他，帮助他，保护他，安慰他，在他一天比一天虔诚的祷词里，他的激情也越来越强烈。

他那颗受过一个女人爱情折磨、创伤严重的心并未关闭，依然在悸动着，渴望着爱，现在祈祷的次数一多，带着越来越虔诚的、习惯过隐士生活的时间一长，又是一心一意沉浸在虔诚信徒跟那位安慰苦难者、吸引苦难者的救世主之间的精神联系之中，于是渐渐地对天主的神秘的爱进入他的心房，战胜了另外的那一种爱。

他于是重新回到他最初的计划上，决定把他破碎的生命贡献给教会，而他本来也是应该把纯洁的生命献给它的。

他当了神父。靠了家庭和朋友的关系，他得到委任，派在他无意中碰到的这个村里当本堂神父。他把家产的一大部分捐出来办慈善事业，只留下一小部分，以便一直到死都能够救济和帮助穷人，他躲进了一种侍奉天主和关心他人的平静生活里。

他是一个眼光狭窄、但是心地善良的神父，他是一个具有军人气质的宗教上的导师。在生活这个森林中，我们的本能、爱好、欲念就是使人迷失方向的小径，他这个宗教上的导师用强迫的方法把迷失在森林中的人引到康庄大道上来。不过旧日的他还有好大一部分在他身上活着。他照旧喜爱剧烈的运动、高尚的娱乐和种种武器，但是他憎恶女人，一切女人，并且像孩子面对一种不可知的危险似的怀着恐惧。

二

跟在神父后面的那个水手完全是南方人的脾气，舌头痒痒的只想聊天。他不敢，因为长老在他的教民心目中，有很大的威望。最后，他冒险试了一下。

"那么，"他说，"您待在您那所小别墅里挺舒服吧，神父先生？"

所谓小别墅其实就是普罗旺斯城市或者乡村的居民到了夏天为了乘凉搬去住的那种小而又小的房屋。神父的住宅紧贴着教堂，挤在教区的中央，实在太小，他因此租下了这所坐落在田野里的小房子，离他的住宅有五分钟的路。

即使是在夏天，他也不常住在这乡下，他只是过个一阵子来住几天，过一过万绿丛中的生活，放放手枪。

"是的，我的朋友，"神父说，"我住得挺舒服。"

这所矮房子出现了，它盖在树丛中，漆成玫瑰色，从油橄榄树的枝叶间望过去，房子好像被划成长条，被剁成碎末，被切成小块；在这片没有围墙的橄榄园里，它仿佛是从地下长出来的一个普罗旺斯的蘑菇。

远远的还可以看见一个高个子女人在门前走来走去，她正在布置一张小饭桌，每次慢吞吞地走回来时，只在桌上摆一份刀叉，一个盘子，一块餐巾，一块面包，一只酒杯。她头上戴着阿尔地方的女人戴的那种小软帽，绸子的或黑绒的，尖顶上缀着一个白球。

长老走到她听得见声音的地方，向她喊道：

"喂！玛格丽特！"

她停住脚步仔细一看，认出是她的主人，便叫道：

"是您吗，神父先生？"

"是我。我给你打来了好多鱼，你马上给我煎一条狼鲈，用黄油煎，完全用黄油煎，明白吗？"

那个女仆迎着走来，睁着内行的眼睛端详水手带来的那些鱼。

"不过咱们已经有一只米烧母鸡，"她说。

"那有什么法子呀？隔夜的鱼不如新出水的鱼好吃。我要好好地美餐一顿，这种事我是不经常碰到的，而且说到罪过，也不算大。"

那个妇人挑好狼鲈带走后，忽然又转身说道：

"啊！神父先生，有一个男的来找过您三趟。"

他随随便便地问道：

"一个男的？什么样的人？"

"看上去不像个靠得住的人。"

"什么？是个叫花子？"

"也许是的，我不敢断定。我看多半是个'马乌法唐'。"

这个词儿是普罗旺斯土话，意思是坏人、流浪汉，维尔布瓦长老听了哈哈大笑，因为他知道玛格丽特胆子小，她住在这所小别墅里，从早到晚，特别是夜里总想到他们会被人杀害。

他拿了几个铜子给水手，水手走了。当年过上流社会生活养成的爱整洁和卫生的习惯，他都还保持着，他说："我先去洗脸洗手。"这时候，玛格丽特正拿着刀刮狼鲈的背脊，带着一点儿血的鱼鳞像银屑似的纷纷落下来，她忽然从厨房里喊了起来：

"看，他来了！"

长老转身朝大路观望，果然看见有一个人迈着小步向房子这边走过来，远远望去衣帽很不像样子。他站着等他过来，面上露着微笑，笑的是他的女仆的惊慌，心里不免暗暗想道："说真的，她说得不错，他的确像个'马乌法唐'。"

那个陌生人双手插在衣袋里，眼睛盯着神父，不慌不忙地走过来。他还年轻，蓄着蜷曲的金黄色的胡子，从一顶软毡帽底下露出几绺打卷儿的头发，那顶帽子又脏又硬，谁也猜不出当初是什么颜色，什么形状。他穿着一件栗色的长外套，一条裤脚磨得跟狗牙似的裤子，脚下蹬着一双绳底帆布鞋，走起路来软绵绵的，没有声响，叫人不放心，他的步法也是流浪汉那种鬼鬼祟祟的步法。

等他走到离神父只有几步远的时候，他摘下他那顶遮着前额的破帽子，有点像演戏似的脱帽行礼，露出了一个憔悴的、放荡的但并不难看的脑袋，头顶心上已经脱了发，这是过度疲劳或者是纵欲过早的标志，因为这个人的年龄决不会超过二十五岁。

神父立刻也脱帽行礼，他猜到也觉出来这不是普通的流浪汉，不是没有活儿干的工人或者经常出入监狱、只晓得用囚犯黑话讲话的惯犯。

"早安！神父先生！"那个人说。

神父只说了声："您好！"不愿意对这个形迹可疑、衣衫褴褛的过路人称呼先生。他们互相仔细地打量着，这个流浪汉的眼光使得维尔布瓦长老感到慌乱和激动，就像遇到了一个不知底细的敌人似的，他的心里充满了让你浑身上下直打冷战的惊慌不安。

最后那个流浪汉终于说：

"怎么样，您认出我来了？"

神父大吃一惊，回答：

"没有，没有，我不认识您。"

"啊！您不认识我。再仔细看看我！"

"看也没用，我从来没见过您。"

"这倒是真的，"那个人带着嘲弄的神气说，"不过我这就让您看一个您更熟悉的人。"

他重新戴上帽子，解开外衣的纽扣。外衣里面就是赤裸的胸膛。瘦肚子上束着一条红色裤腰带，在胯骨以上系住裤子。

他从衣袋里掏出一个信封，这个信封看上去简直不像个信封了，脏得要命，上面有各种各样的污迹，这种信封经常掖在流浪乞丐的衣服夹层里，不管什么文件，真的或假的，偷来的或合法的，凡是在碰到宪兵时能够用来保护自己的自由的文件都收藏在里面。他从信封里抽出一张照片，这种照片当初颇为流行，跟一封信那么大小的一块硬纸板，上面粘着照片。因为长期丢来丢去，又被这个人贴肉的热气熏蒸，现在已经变得又黄又破烂，并且暗淡无光。

他把这照片举在自己的脸旁，问道：

“这个人，您认识吗？”

长老向前走了两步，仔细一看，不禁大惊失色。原来是他自己的小照，还是在他遥远的爱情时期为“她”拍摄的。

他没有回答，因为不明白究竟怎么回事。

那个流浪汉又说了一遍：

“这一个您认出来了吗？”

神父结结巴巴地说：

“认出来了。”

“是谁？”

“是我。”

“真的是您?”

“当然。”

“好！现在请看看我们两个，您的小照和我。”

这个可怜的人，他已经看出了，他看出这两个人，照片上的人和在旁边笑的人，就跟两弟兄似的相像，但是他还是不明白，于是结结巴巴问道：

“您究竟想干什么?”

这时候那个无赖凶狠地说：

“我想干什么？我要您先承认我。”

“您到底是谁?”

“我是谁？您到大路上去问问随便哪一个人，不妨先问问您的女佣人。您要是愿意的话，咱们一起去问问本地的村长，把这个东西给他看看，我敢担保，他就会立刻笑出来。啊！您不愿意承认我是您的儿子，我的神父爸爸?”

老人于是举起了双手，做出在绝望中哀求天主的姿势，发出悲鸣：

“这是没有的事。”

年轻人走上前，面对面地紧挨着他：

“啊！这是没有的事！啊！长老，别再继续撒谎了，听见没有?”

他的脸上露出威胁的神情，两手紧紧握住拳头，说话时是那样满怀信心，使得神父一面不住往后退，一面心里思忖（cǔn）（思量），他们两人之中究竟是谁搞错了。

不过，他又一次肯定地说：

“我从来没有过孩子。”

那个人马上反驳：

“连情妇也没有，是吗?”

老人断然地回答，倨傲地直认不讳（huì）（无所避讳）：

“有过。”

“这个情妇被您赶走的时候，没有怀着孕?”

二十五年前硬压下来的怒火，并未压灭，只是封闭在这个痴情男子的心底里，被信仰、听命于天的虔诚和看破红尘的心境筑起的拱顶覆盖着，如今突然一下子冲破了这个拱顶，只见他暴跳如雷，大声叫道：

“我赶走她是因为她欺骗了我，是因为她怀着的孩子是别人的孩子，不然的话，我早就把她打死了，先生，连她带您一起都打死了。”

那年轻人有点踌躇，神父这种出于真诚的愤怒倒使他感到了意外，于是他比较温和地回问道：

“谁告诉您那是别人的孩子？”

“是她，是她跟我吵架时候亲口对我说的。”

那个流浪汉并不反驳这句话，却用流氓无赖评断别人的是非时用的那种随便的口气说：

“那么，就是妈妈跟您吵架的时候，她自己也弄错了。就是这么回事。”

长老在这一阵狂怒过去之后，比较能够控制住自己，他询问起对方来：

“可又是什么人告诉您，说您是我的儿子呢？”

“是她，临死的时候，神父先生……还给了我这个东西。”

他把那张小照片一直送到神父的眼前。

老人把照片接了过来，忧心忡忡，慢慢地、久久地把这个陌生的行路人跟自己当年的照片作了比较，他不再怀疑了，的确是他的儿子。

他心里感到一阵强烈的苦痛，感到一种说不出的激动，非常难受，好像是对一桩往日罪恶的良心责备。他多少明白了一点，其余的情况也能猜到，分手时的那个粗暴场面又出现在眼前。在受侮辱的男人的威胁下，那个女人，那个不忠实的坏女人，为了救自己的性命，对他撒了这个谎。谎言成功了。他的亲骨肉的孩子生下来，长大成人，变成了这个肮脏的流浪汉，跟山羊满身膻味一样，他满身都是堕落腐朽的臭气。

他低声说道：

“跟我一块儿走几步，让我们仔细谈谈，好不好？”

那一个冷笑了一声。

“敢情好！我就是为这个才到这儿来的。”

他们并肩在橄榄园里走着，太阳已经落下去，南方黄昏时的凉气给田野罩上了一件看不见的寒冷的外衣。长老打着冷战，出于当主祭的习惯，他不知不觉地突然抬起眼睛，看见在他的四周到处都有圣树的淡灰色的小叶子在天空下面簌（sù）簌（风吹叶子的声音）抖动，这圣树曾经用它稀疏的树阴笼罩过基督一生中最大的痛苦，他一生中仅有的一次软弱。①

他不由自主地祷告起来，那是心中暗想、说不出口的一种短促的、绝望中的祷告，信徒哀求天主时就用这种祷告：“我的主啊，救救我吧！”

然后转脸对着他的儿子：

---

① 根据《新约全书》的记载，耶稣到耶路撒冷，白天在神殿传教，晚上回橄榄园，后被捕送交罗马驻犹太总督彼拉多，钉死在十字架上。在被捕前夕，他在橄榄园内对门徒彼得等说：“我心里甚是忧伤，几乎要死。”并一再向上天祈祷。

“这么说，您的母亲死了？”

在说“您的母亲死了”这句话的时候，他感觉到一阵新的悲伤一下子揪紧了他的心。他感觉到的是一个从来没有把往事完全忘却人肉体上的一种不可思议的痛苦，是他所受折磨的一种残酷的回响。也许还不止于此，因为她已经死了。他感觉到的还是青年时代那种令人发狂的短暂的幸福悸动。而如今那个青年时代除了回忆的创伤以外，什么也没有留下。

年轻人回答：

“是的，神父先生，我的母亲已经死了。”

“已经有很久了吗？”

“是的，已经有三年了。”

神父又起了疑心。

“那您为什么不早来找我呢？”

那个人有点踌躇。

“办不到。我遇到了别的麻烦……不过，请原谅我暂时不谈，以后我再把这些秘密讲给您听，您要怎么详细都可以，现在我得告诉您，从昨天早晨到现在我还什么都没有吃过呢。”

一阵怜悯心震动了老人的全身，他突然伸出两手。

“啊！我可怜的孩子。”他说。

年轻人握住那双伸过来的大手，他的比较细长的、潮湿的、发热的手指头被大手包住了。

然后他带着他那种经常表现出来的打哈哈的神气说道：

“好得很！说真的，我开始相信咱们会谈得拢的。”

神父迈步走了。

“去吃晚饭吧。”他说。

他忽然带着一种本能的、模糊的、古怪的愉快心情想到他刚打来的鱼，再加上米烧母鸡，在这一天对这个可怜的孩子来说，算得上是一顿丰盛的晚餐了。

那个阿尔女人很不放心，嘴里已经在咕哝。她在门口等着。

“玛格丽特！”长老喊着说，“把桌子搬进去，放到屋里，快点，快点，摆两份餐具，可得快点。”

女仆一想到主人要跟这个坏人一起用餐，吓得愣在那里。

维尔布瓦长老于是亲自动手，把给他预备的那份餐具撤下来，带到楼下仅有的那间客厅里去。

五分钟以后，他已经和那个流浪汉面对面地坐下来，面前放着满满的一盆白菜浓汤，在他们两人之间升起一片热气。

三

等到各人的盘子里盛满了菜汤之后，那个流浪汉就贪婪地一调羹紧跟着一调羹地吃起来。长老已经不感到饿了，只是慢吞吞一小口一小口喝着香喷喷的浓汤，让面包留在盘底里。

忽然他问道：

“您叫什么？”

那个人肚子已经不饿，感到很满意，听了这话笑了起来。

“不知道父亲是谁，”他说，“不能姓别的，只好姓我母亲的姓，这个姓您也许还没有忘记。可是我有两个名字，顺便告诉您，对我很不合适，我叫菲利普·奥古斯特。”

长老脸色煞白，嗓子发哽，问道：

“为什么给您起这么两个名字？”

那流浪汉耸了耸肩膀。

“您猜也可以猜到。妈妈离开您之后，曾经设法让您的情敌相信我是他亲生的，一直到我十五岁以前，他还差不多有点相信。可是后来我的相貌实在太像您了。这个混账东西就不再承认我是他的儿子。但是他的两个名字菲利普·奥古斯特是已经给我了。如果我的运气好，谁也不像，或者我是第三个没有露面的混蛋所生，那么今天我就可以叫做菲利普·奥古斯特·德·普拉瓦隆子爵，是同名同姓的伯爵和参议员追认的儿子了。因此我自己给我起了个名字叫‘不走运’。”

“这些事，您是怎么知道的？”

“因为他们当着我的面争吵来着，并且吵得真凶。唉！也就是这个让我明白了什么是生活。”

有种东西压得神父透不出气来，这种东西比半点钟来他所感受的和忍受的一切更使他难受，更使他痛苦。他开始感到憋闷，而且越来越厉害！最后会把他憋死。之所以会这样，倒不是全因为刚才所听到的事情，而主要是由于事情的叙述方式和讲述事情的那个无赖汉那副流里流气的下贱面孔。他开始觉察在这个人和他之间，在他的儿子和他之间，有一道精神上的污秽的臭坑，而这对某些心灵来说就是致命的毒药。这个家伙真是他的儿子吗？他还不能相信。他需要所有的证据，他需要知道一切，了解一切，什么都听一听，什么都耐心忍受一下。他再一次想到环绕着他的小别墅的那些油橄榄树，他再一次喃喃地祷告：“啊！我的主呀，救救我吧。”

菲利普·奥古斯特把汤喝完了。他问道："没别的吃啦，长老?"

厨房盖在正房外面，玛格丽特听不见神父的叫声，他有什么需要的时候，就在挂在背后墙上的一面中国铜锣上敲几下。

他于是拿起皮包头的锤子在那圆形铜片上敲了几下。锣声立刻发出来，开始很弱，随后响亮起来，清楚起来，变成了颤巍巍的、尖锐的、异常尖锐的、刺耳的、可怕的声音，仿佛是挨了打的铜器的怨诉声。

女仆出现了。她紧皱着眉头，怒气冲冲地看着这个"马乌法唐"，就好像出自她那忠心的狗一般的本能，已经预感到降在主人身上的那个惨剧。她手里端着的煎好的狼鲈，发出一股喷鼻的熟黄油的香味儿。长老用调羹把鱼从头到尾划成两半，把鱼背那一半给了他青年时代生下的儿子。

"这是我刚才亲自打来的。"他说，在痛苦之中流露出剩下的一点儿得意的情绪。

玛格丽特没有走开。

神父又说：

"拿酒来，要好的，要科西嘉海角的白葡萄酒。"

她几乎做出反抗的手势，他只好板起面孔再说一遍："去吧，拿两瓶来。"请人喝酒，这在他是不常有的乐趣，因此他总也要请自己喝一瓶。

菲利普·奥古斯特这一下高兴了，喃喃说道：

"妙啊！好主意。我好久没有这么吃过了。"

女仆两分钟之后回来了。长老觉得这两分钟简直长得没有尽头，因为他需要知道一切，这种需要跟地狱中的烈火一样在凶猛地烧着他。

酒瓶打开了，可是女仆待着不走开，两眼直勾勾地盯着那个人。

"你去吧。"神父说。

她假装没听见。

他几乎用斥责的口气说：

"我已经吩咐过你，让你走开。"

她这才走出去。

菲利普·奥古斯特狼吞虎咽地吃着鱼，他的父亲看着他，在这张和自己如此相像的面孔上，竟发现了这么多下流的东西，真是越来越惊奇，越来越伤心。维尔布瓦长老送到唇边的那些小鱼块停留在嘴里，嗓子眼发紧咽不下去。他久久地咀嚼着，一面寻思，在那一堆涌到脑海里的问题里面，哪是他希望尽先得到答案的一个。最后他低声问道：

"她是什么病死的?"

“肺病。”

“病了很久吗?”

“差不多一年半。”

“怎么得的病?”

“不知道。”

两人都不再说话。长老在思索。有这么多的事压在他心头。他急于知道，他自从破裂的那天起，自从差点儿把她打死的那天起，就一直没有听到她的任何消息。当然他也并没想去知道，因为他曾经断然地把她和自己的幸福日子都扔进了忘却的深沟里。可是她现在已经死啦，突然之间他觉得在自己的心里产生了一种想知道一下的强烈愿望，一种含着妒意的愿望，几乎是一个情人才有的愿望。

他继续问道:

“她不是单独一个人，对不对?”

“对，她一直是跟他在一起。”

老人不由得打了个哆嗦。

“跟他！跟普拉瓦隆吗?”

“当然。”

这个当年受了欺骗的人计算了一下，欺骗他的这个女人跟他的情敌过了三十多年。

他几乎情不自禁，结结巴巴地问道:

“他们在一起快活吗?”

年轻人冷笑着回道:

“快活的，有时候很快活，有时候差一点。如果没有我那就好啦。什么事都是因为我变糟了。”

“怎么会呢?为什么呢?”神父说。

“我已经跟您讲过啦。在我十五岁以前，他一直以为我是他的儿子。不过这个老头儿，他并不傻，他发现了我像谁以后，就常常发生争吵。我呢，常在门外偷听。他责备妈妈不该让他上这个圈套。妈妈就反驳:‘那怪我吗?你要我的时候，明明知道我是别人的情妇。’那个别人，就是您。”

“啊！他们有时候也谈起我?”

“是的，不过当着我的面，他们从没有说出您的姓名，只是到了后来，到了最后，妈妈知道自己不行啦，在临死的那几天才说出来。不管怎么样，他们是存着戒心的。”

“那么您……您老早就知道您母亲所处的地位是不正当的吗?”

“当然！我，我又不傻，我从来就不傻。一个人开始懂得世事以后，这种事情是一目了然的。”

菲利普·奥古斯特一杯接着一杯地自斟自饮。两眼闪着亮光，饿得时间太久，因此醉得也快。

神父看出他醉了，他差点要拦阻他，后来忽然闪过一个念头，想到喝醉后会不顾后果，欢喜讲话，于是拿起酒瓶，又给年轻人把酒杯斟满。

玛格丽特端来了米烧母鸡。她把菜放在桌上以后，又瞪着眼睛看着那个流浪汉，然后气哼哼地对主人说：

“您倒是看看啊，他已经醉了，神父先生。”

“别管我们，”神父回说，“你走开吧。”

她使劲把门一甩走了。

他问道：

“您母亲都说我什么来着？”

“还不是一个寻常女人说她甩掉的男人那套话，什么您脾气难对付啦，叫女人感到讨厌啦，要全听您的话，女人就没法过日子啦等等……”

“她经常这么说吗？”

“是的，有时候为了不叫我听懂，故意不说明白，但我全都猜出来了。”

“您呢，在这个家庭里他们怎样待您？”

“待我吗？最初很好，到后来很坏。等妈妈看出我在坏她的事以后，她就把我撵走了。”

“怎么会这样呢？”

“怎么会这样！很简单。在十六岁那年，我干了荒唐事，这些坏蛋为了拔去我这个眼中钉，就把我送到教养所里。”

他双肘往桌上一支，双手捧着脸蛋儿。他完全醉了，神智已经被酒弄得迷糊不清，忽然感到一种不可抵抗的愿望，想谈谈自己，而正是这种想谈谈自己的愿望使得醉鬼们胡乱地吹捧自己。

他和悦地微笑着，唇上带着一种女性的媚气，这种邪恶的媚气，神父一看就认得。这种当年曾经征服他并且使他堕落的媚气，他不但认得而且还感到它既可恨又令人舒服。这个孩子现在最像的还是他的母亲，不是相貌上像她，而是那副迷人的虚伪的眼神像她，特别是骗人的微笑所具有的魅力像她，唇上的微笑就像是打开了嘴上这道门要把一肚子坏水都放出来。

菲利普·奥古斯特讲起来了：

“啊！啊！啊！自从我进过教养所以后，我过的那种生活啊，真可以说是稀奇

古怪的生活，一个伟大小说家一定肯出大价钱来买的。大仲马在他的《基督山伯爵》里，也没有写出比我所遇见的更古怪的事情。”

他说到此处住了口，显出喝醉酒的人思考时的那种哲学家般的严肃态度，然后又慢慢地说了起来：

“要是打算让一个孩子变好，不管他干了什么事，千万别把他送到教养所去，因为他在那里可以学会好多坏事。我呀，我开了一个挺妙的玩笑，可是结局太坏了。有一天晚上，九点左右，我跟三个同学在大路上靠近福拉克渡口闲逛，四个人都有点醉意了，忽然遇见一辆马车，执鞭赶车的和坐在车里的那一家人都睡着了，他们是玛蒂农地方的人，在城里吃完晚饭以后回家。我抓住马的缰绳，把它引到渡船上，把渡船往河心里一推。赶车的那个家伙听见响声，惊醒了，他什么都没有看见，就举起鞭子一挥。马迈步一跑，带着车跳进了激流里，全淹死了。同学们告发了我。当初他们在我开玩笑的时候曾经大笑过。说真的，我们真没想到事情会搞得这么糟。我们原来只希望他们洗个澡，开个玩笑。”

“从那以后，我干了不少更厉害的事，为的是替第一桩事报仇，因为那件事实在犯不着就把我送进教养所。不过这些都不值得讲给您听了。我只把最后一件给您说一说，因为这一件您听了一定会高兴。我替您报了仇啦，爸爸。”

长老十分紧张地望着他的儿子，他什么也不吃了。

菲利普·奥古斯特正准备说下去，神父说：

“不，现在先别说，等会儿再说。”

他转身敲了一下铜锣，响起了尖锐刺耳的锣声。

玛格丽特马上就来了。

她的主人声音是那么严厉，把她吓得乖乖地低下了头，他命令她：

“把灯还有你预备好的吃的东西都拿来，以后我不打锣，你就不要再进来。”

她走了出去，然后回来把一盏蓝罩的白瓷灯，一大块干酪，还有水果放在桌布上，走了。

长老毅然地说道：

“现在，讲给我听吧！”

菲利普·奥古斯特从容不迫地在自己的盘里装满水果，把酒杯斟满。第二瓶几乎已经空了，虽然神父一点也没碰。

年轻人嘴里含着吃的，再加上酒喝多了，舌头已经不听使唤，结结巴巴地接着讲下去：

“最后一件事是这样的。那可是一件非同小可的事。我回到家里…，我就赖在家里不走，他们尽管不愿意，也无可奈何，因为他们怕我……怕我。啊！我这个人，可别把我惹翻了，要是把我惹翻，我是什么都干得出来的……您知道……他们可以说在一起过日子，但也可以说不在一起过日子。他有两个家，一个是参议员的家，一个是情妇的家。不过他在妈妈这个家待的日子多而回自己家的日子少，因为他离不开她。啊！妈妈……她真精明，真能干……她呀，她懂得怎样笼络一个男人！她把他整个身心都拴住了，一直到死都是如此。男人们，有多么傻啊！总之，我回到家里来了，他们怕我，对我服服贴贴。我这个人到了必要的时候是足智多谋、善于应付的，讲耍坏，讲使计，还有讲到动拳头，我全行，我谁也不怕。可是妈妈病倒了，他把她安置到默朗附近的他的一所房子里，周围的花园有森林那么大。她病了一年半……这个我已对您说过了。后来我们就觉得她的死期已经不远了。他每天都从巴黎来看她，他很悲痛，真正很悲痛。

有一天早晨，他们在一起叽叽喳喳地谈论了差不多有一个钟头，我正在寻思他们有什么可谈的，竟谈了这么长久的时候，他们把我叫了进去。妈妈对我说：

‘我快死啦，有一件事，虽然伯爵不愿意，我还是要告诉你。’她提到他的时候总是称呼他伯爵。‘这就是你的生身父亲的名字，他现在还活着。’

我曾经问过她不下一百次……不下一百次……我的父亲叫什么名字……不下一百次……她总是不肯告诉我。我好像记得有一天为了叫她开口，还打了她几个耳光，可是没有一点用处。后来为了避免我啰嗦，就对我说您已经死了，一个子儿也没留下，说您是个没出息的人，又说什么少年时候一时荒唐啦，未经世故的少女一时大意啦等等。她说得那么天花乱坠，我也就信啦，完全相信您是死啦。

她对我说道：

‘我要告诉你的就是你父亲的姓名。’

那一位坐在一把扶手椅上，一连这样说了三遍：

‘不应该说的，不应该说的，不应该说的，罗塞特。’

妈妈在床上坐着，颧骨通红，眼睛发亮，那副神气到现在好像还在我眼前，因为不管怎么样，她还是很爱我的，她对他说：

‘那么您来帮他点忙吧，菲利普。’

直接和他说话的时候，她叫他菲利普，我呢，她就叫我奥古斯特。

他跟疯子似的喊了起来：

‘帮这个下贱东西的忙，休想，帮这个下流胚子，这个惯犯，这个……这个……这个……’

他说出了一大堆名称来称呼我，倒好像他一辈子没有做别的事，光在搜寻这些名称似的。

我正要发脾气，妈妈拦住了我，她对他说：

‘那么您是想叫他饿死，我，我是一个钱也没有呀。’

他一点也不慌张，沉着地回道：

‘罗塞特，三十年来，我每年给您三万五千法郎，这就是一百多万了。您靠了我过的是有钱的女人、被人爱恋的女人、恐怕还是幸福女人的生活。这个恶棍毁了我们最后这几年，我没有什么对不起他的地方，他休想我给他什么。用不着再多争辩。您愿意把那个人的姓名告诉他，那就随您的便。我表示遗憾，但是我不再管了。’

妈妈于是朝我转过脸来。我心想：‘好……这回我可找到我真正的父亲了……他如果是个有钱的人，我就得救了。’

她接着说：

‘你的父亲，德·维尔布瓦男爵，现在叫维尔布瓦长老，他是离土伦不远，加朗杜的本堂神父。在我为了这个人而离开他以前，他是我的情夫。’

她接着就把一切都告诉了我，只是没提在怀孕这件事上怎样哄骗您。可见，女人是从来不说实话的。”

他一面冷笑着，一面不知不觉地把他那一肚子肮脏东西都倒了出来。他还继续喝酒，脸上老是那么笑眯眯的，接着讲下去：

“妈妈过了两天……两天就死了。我和他，我们两人跟在棺材后面把她送到坟地……奇怪不奇怪，您说，我和他两个人……还有三个仆人……再没别人了。他哭得跟泪人一般……我们并排走着……活像是爸爸带着他的宝贝儿子。

随后我们回到家里。只剩了我们两个人。我心里说：‘不走不行了，可是一个子儿也没有。’我那时身上的钱刚够五十法郎。我想个什么法子报这个仇呢？

他碰了碰我的胳膊，对我说：

‘我有话要跟您说。’

我跟他进了书房。他在桌前坐下，然后眼泪汪汪地对我说，他并不想像他对妈妈说过的那样狠心地对待我。他劝我不要来打扰您……这是您跟我，咱们两人之间的事……他给了我一张一千法郎的钞票……一千法郎……一千法郎……我……像我这样一个人……一千法郎有什么用处。我看见抽屉里还有钞票，一大堆钞票。一见钞票，我可就起了杀心。我伸手去接他给我的那张，可是我没有接他这个布施，却一步蹿过去，把他摔倒在地上，掐住他的脖子，一直掐到他翻了白眼，后来我看他要死过去了，才松了手，然后拿东西塞住他的嘴，把他捆上，剥掉衣裳，翻过来背朝着天，然后……哈，哈，哈！……我可替您报了仇了……"

菲利普·奥古斯特说到这里，高兴得透不过气来，直咳嗽。嘴角依然带着残忍而得意的神情，微微向上翘着，维尔布瓦长老在这片嘴唇上又看见了当初使他神魂颠倒（精神、神志不正常）的那个妇人的微笑。

"后来呢？"他问。

"后来呀……哈，哈，哈！……壁炉里生着挺旺的火……妈妈死的时候……是十二月间……天气非常冷……生的是炭火……我拿起了火钩子……我把它烧得通红……然后我给他在背上烫了几个十字，是八个，还是十个，我现在说不上了，然后我把他翻过来，在肚子上也烫了一般多的十字。您说，这有多妙啊，爸爸！从前就是这样给苦役犯烫印记的。他的身子像一条鳗鱼似的扭来扭去……但是我把他的嘴塞得非常严实，他嚷不出来。然后我拿起了钞票，一共是十二张，加上我原有的一张，十三张……这数目没给我带来好运气。我临逃走的时候吩咐那些当差的，晚饭以前别打扰伯爵老爷，他在睡觉。"

"我原以为他是参议员，怕丢脸，不会声张出去。我的这个想法错了。四天之后我在巴黎的一家饭馆里叫人逮住了。在监狱里蹲了三年。我没能早来找您，就是因为这个缘故。"

他又喝酒，然后嘟嘟囔囔，含糊不清地说下去：

"现在……爸爸啊……神父爸爸！……有一个神父做爸爸，这有多么滑稽（jī）（形容言语、动作使人发笑）！……哈，哈！可得好生对待小乖乖啊，因为小乖乖可不寻常啊……他已经干过一桩非同小可的事……不对吗？……一桩非同小可的事……对付那老头子……"

当年在那个不忠实的情妇面前，维尔布瓦长老感到的那股使他几乎发疯的怒火，现在在这个万恶不赦的人面前又涌了上来。

过去在听忏悔时，他曾经对那么多低声讲给他听的卑鄙可耻的秘密，都以天主的名义加以宽恕了，如今临到自己头上，却感到没有丝毫的怜悯心和仁慈心，他也不再去求助于那位有求必应、慈悲为怀的天主，因为他明白在这个世上遭到如此不幸的人，无论上天或人间的庇护都无法拯救了。

他的心胸原是热情的，他的血性原是狂暴的，在他的心胸和血性中存在着的那股力量原已被神父的职务磨炼得熄灭了，现在又猛烈地燃烧起来，变成一股不可抗拒的憎恨，他憎恨这个是他儿子的万恶之徒，憎恨他像自己，而且又像他的那个不配为人母的母亲，她把他孕育成和她自己一样坏，憎恨命运把这个无赖跟囚犯脚镣上拖着的铁球一样牢牢地钉在他这个做父亲的脚上。

二十五年来他一直处在虔诚敬神的酣睡中和心地平静中，在这个打击之下，他醒过来了，于是异常敏锐地看清楚了，并且预见到了一切。

他忽然间想到对这个恶人说话是必须高声大叫才能叫他害怕，必须一开始就把他吓住，他于是不再管他是不是已经烂醉，愤怒得咬牙切齿地对他说：

“现在您把一切都讲给我听了，该听我的了。明天早上您就走。您以后就住到我指定的地方去，没有我的命令不许离开。我可以给您一笔生活费，够您用的，不过数目很少，因为我并没有钱。只要有一次您违背我的命令，那就一切全完，而且我决不会饶您。”

菲利普·奥古斯特虽然已经醉得糊里糊涂，但是对这个威胁却听得懂；他身上潜伏着的那个杀人凶犯突然一下子又冒出头来了。他一边打着酒嗝一边嚷出了下面这番话：

“啊！爸爸，别跟我来这一套……你是本堂神父……你掌握在我的手心里……你跟别人一样会老老实实的！”

长老猛地一惊，在这个年老的大力士的肌肉里感到一种无法克制的需要，恨不得把这个怪物抓过来，像折筷子似的把他一下子折断，叫他知道不让步是不行的。

他一边将饭桌向那个人的胸口推过去，一边大声叫道：

“啊！当心，当心……我，我谁也不怕……”

那个醉鬼失去了重心，在椅子上摇晃。他觉得自己快要倒下去了，并且已经在神父的控制之下，于是眼中露出了杀人犯的凶光，手朝桌布上撂（liào）着（放着、搁着）的一把刀子伸过去。维尔布瓦长老看见了这个动作，使劲一推桌子，他的儿子便朝天翻倒在地上。灯滚下去熄了。

有几秒钟的工夫，黑暗中响起了一阵轻微的玻璃杯碰撞声，然后好像有柔软的身躯在石板地上爬动的声音，以后就什么声音也没有了。

灯打碎以后，突然来临的黑暗就笼罩了他们俩，黑暗来得那么快，那么出人意外，而且是那么浓厚，他们两人都仿佛遇到了一桩可怕的事情，一下子吓傻了。醉鬼蜷缩在墙边，不再动弹了。神父依然坐在椅子上，沉浸在黑暗里，黑暗淹没了他的怒火。罩在他身上的黑幕打断了他的狂怒，使他心灵中那一股邪火停在那里不动了。他心里产生了别的念头，跟黑夜一般黑、一般凄凉的念头。

一片沉寂，像坟墓里一样沉寂，在这沉寂中好像没有任何东西还活着，还在呼吸。外面也没有任何声息传进来，没有远处的辚辚的车声，没有狗吠声，甚至没有穿过树枝或者掠过墙头的微微的风声。

这种情形延续了很久很久，也许有一个小时。然后铜锣突然响了。铜锣仅仅敲了一下，又重，又猛，又响，紧跟着有什么东西摔倒和椅子翻倒，发出很古怪的巨大响声。

玛格丽特时刻在注意着动静，一听见锣声就奔了来，可是打开门，眼前一片漆黑，吓得她直往后退。后来她浑身战栗，心怦怦跳，上气不接下气，低声叫道：

"神父先生，神父先生！"

没有人回答，也没有任何动静。

"老天爷啊，老天爷啊，"她心里念叨，"他们怎么啦？出了什么事啦？"

她不敢再往前走，也不敢回去拿灯，她一心只想逃命，想逃走，想喊叫，虽然她感到自己的两条腿发软，眼看着就要倒下去。她一遍又一遍地叫：

"神父先生，神父先生，是我，玛格丽特。"

她尽管害怕，可是忽然间出于本能想要援救她的主人，这种愿望，还有使得女人们有时会变成英雄的那种勇气，使得她在惊恐中一下子胆子大了起来，她跑到厨房，端回一盏油灯。

她在门口站住。她先看见了那个流浪汉，挨着墙直挺挺躺着，他睡着了或者说看上去好像睡着了，接着她看见那盏打碎的灯，桌子下面维尔布瓦长老的两只黑脚和两条穿着黑袜子的腿，他大概是仰面倒下来的，头碰到了铜锣。

她吓得心怦怦跳，两只手哆嗦着，一遍遍说：

"我的天啊！我的天啊！这是怎么啦？"

她迈着小步慢慢地向前走，忽然踏在一种滑腻腻的东西上，险些儿摔倒。

她弯下腰一看，只见红石板地上，是红色的液体在流动，在她的两只脚周围蔓延，向门口迅速流去。她猜到这是血。

她发了疯，撒腿就逃，把灯一扔什么也不想再看，她越过田野朝村子奔去。她两眼盯着远处的灯光，喊叫着朝前跑，不时地撞在树上。

她那尖锐的叫声好像猫头鹰的凄厉叫声，在黑夜中散开，接连不断地喊着：

“马乌法唐……马乌法唐……马乌法唐……”

当她到了头几所房子跟前，一些男人慌慌张张走了出来围住了她，可是她拼命挣扎，并不回答，因为她的神志已经不清楚了。

最后大家才弄清楚在神父住的地方出了事，于是有一群人带了武器跑去援助他。

橄榄园中间的那所漆成玫瑰色的小别墅在深沉而宁静的夜里变得黑魆（bá）魆（黑幽幽的）的，看不出来了。自从窗口射出的那唯一的一盏灯光像一只眼睛闭上似的熄灭以后，这所房子就淹没在黑暗中，迷失在一片漆黑之中，不是本地生长的人休想找到它。

过了一会儿，有一些灯火擦着地皮，穿过树丛朝这所房子来了。干枯的草地上照出一长条一长条的黄色亮光，在这些游移不定的亮光照耀下，那些油橄榄树弯曲的树身有时像怪物，有时像纠集在一起的、弯弯曲曲的地狱中的蛇。照到远处的灯光忽然在黑暗里照出了一样模模糊糊的白东西，接着小房子的矮矮的方墙很快地在许多灯笼的前面又恢复了它的玫瑰色。几个乡下人手中拿着灯笼簇拥着两个手握手枪的宪兵、森林看守人、村长和玛格丽特，玛格丽特由人架着，因为她已经支持不住了。

在开着的令人害怕的屋门前，他们不免犹豫了一会儿。可是宪兵班长一手抓过一个灯笼，走进去，其他的人跟在后面。

女仆没有撒谎。血现在凝住了，跟地毯似的盖在石板地上。血曾经流到那个流浪汉身旁，他的一条腿和一只手都泡在血里。

父亲和儿子都睡着了。父亲是喉咙割断，长眠不醒了，儿子是酩酊大醉，睡着了。两个宪兵向他猛扑过去，没等他醒过来，手铐已经套在他的手腕上。他大吃一惊，揉了揉眼睛，还醉得糊里糊涂呢，可是等他看见了神父的尸首，他好像害怕了，而且好像困惑不解，什么都不明白了。

“他怎么没逃跑呢？”村长说。

“他醉得太厉害了。”班长回答。

大家都同意他的意见，因为谁也没有想到维尔布瓦长老会自杀。

导 读

一个出身贵族的年轻美丽的姑娘苏珊娜爱上了一个出身农家的轻骑兵士官，怀着对美好自由生活的向往，他们来到了荒凉、贫瘠的科西嘉岛上。在那里，他们一起生活了几十年，任青丝变成了白发，始终不离不弃、长相厮守，过着一种简单而快乐的生活，这就是幸福。

幸 福（精读）

作者用优美的、富于诗意的语言给我们营造了一种朦胧而遥远的意蕴美。

这是在上灯前喝茶的时刻。别墅俯瞰着大海，太阳已经落山，留下满天的红霞，好像在上面撒上了一层金粉。地中海上风平浪静，那平坦的海面在即将逝去的日光下闪闪发亮，看上去如同一块其大无比的、光滑的金属板。

远远的，在右边，那些锯齿形的山峰在淡红色的晚霞里显露出它们黑魆魆的身影。

大家谈到了爱情，议论这个老题目，谈的都是那些老生常谈（原指老书生的平凡言论，今指很平常的老话）的事情。黄昏的淡淡的忧郁气氛使谈话变得很温和，使一个个人心情都很激动。“爱情”这个词儿不断地重复出现，时而由一个洪亮的男嗓音说出来，时而由一个轻快的女嗓音说出来，仿佛充满在这间小客厅里，像鸟儿似的飞翔，像幽灵似的盘旋。

一个人能够持续不断地爱许多年吗？

引出关于爱情的问题。

“是的。”有人这么肯定。

“不。”也有人这么断言。

他们区别一些不同情况，划清一些界限，举出一些例子。每一个人，不论男女，都充满了回忆，那些使人烦乱的回忆纷至沓来（连续不断地到来），尽管到了嘴边，却不能说出口，加以引用，因而弄得他们看上去好像十分激动，带着深刻的情绪和强烈的兴趣谈论这件既平凡而又高尚的事——两个人之间的神秘的感情结合。

但是突然有一个人，他眼睛望远处，嚷了起来：

“啊！瞧，那边，那是什么？”

在远在天边的海面上浮现出一团灰色的东西，体积庞大，模糊不清。

设置悬念，这是什么呢？

女人们站起来，困惑不解地望着她们从没见过的这样惊人的东西。

有人说：

“这是科西嘉岛！每年在某些特殊的气候条件下，空气清澈透明，如果没有经常笼罩着远处的那种水蒸气形成的雾霭，就可以看到它两三次。”

科西嘉岛的出现，引出了下文老先生的讲述。

山脊隐隐约约可以辨认出来，甚至还有人认为看到了山峰上的积雪。这次意外地出现了一个世界，这个从海里钻出来的幽灵使所有的人都感到惊讶，感到不安，几乎还感到了恐惧。那些像哥伦布一样到未经勘探过的海洋去旅行的人，说不定会见到这样的奇景。

这时候有一位还没有开过口的老先生说：

瞧，这个岛出现在我们面前，好像是为了用它自身来回答我们谈论的问题，使我想起了一件离奇的往事。我曾经在这个岛上看到过一个忠贞不渝（忠诚而坚定不移）的爱情例子，令人难以置信的幸福的爱情例子。这是个非常了不起的例子。

请各位听听吧：

五年以前我到科西嘉去旅行。这个蛮荒的岛屿对我们来说，比美洲还要陌生，还要遥远，虽然在法国的海岸有时候能像今天这样看见它。

科西嘉岛荒凉的环境为下面幸福的爱情设置了一个背景，从而展现了一个离奇而简单的故事，令人难以置信的幸福爱情。

请你们想像一个还处在混沌状态中的世界吧！除了山就是山，山与山之间是狭窄的沟壑，里面淌着湍急的流水，没有一片平原，只有像巨大的波涛似的花岗岩，和起伏很大的土地，土地上覆盖着灌木林或者栗树林和松树林。这是一块没有耕种过的、荒凉的处女地，虽然有时候也可以看到一个村庄，看上去就像山顶上的一堆岩石。没有农业，没有工业，没有艺术。你永远不会遇到一块加工过的木头、一片雕刻过的石头，永远不会遇到一样纪念品，说明祖先们对优雅美丽的事物的幼稚或

科西嘉岛是一个原生态的岛屿，幼稚而美丽！

者是高雅爱好。对迷人形式的追求，我们称之为艺术。在这块景色壮丽而又严峻的地方，最使人感到惊讶的，正是世代相传的对这种追求的冷漠态度。

在意大利，每一座充满杰作的宫殿本身就是一件杰作：大理石、木头、铜、铁、金属和石头都证明了人类的才华。在老房子里放着的那些古老的东西，哪怕是最小的，都显示出这种对美的无比崇高的企求。意大利对我们每个人来说都是神圣的祖国，我们爱它，是因为它向我们展示并证明了具有创造性的智慧和其伟大威力所带来的胜利。

直接描写了科西嘉岛的落后，但同时那里又是一个民风淳朴的地方，为下文二人逃婚到此作铺垫。

在它的对面正是蛮荒的科西嘉，简直就像还停留在当初刚降生的时代。那儿的人住着粗糙简陋的房子，凡是与自己的生活或者与自己家庭的纠纷无关的事，都不关心。他们继续保留着缺少教养的民族的缺点和优点，他们暴躁，好记恨，无意识地残忍凶暴，但是他们也好客、慷慨、忠诚、单纯。他们打开门欢迎每一个过路的人，哪怕是一丁点儿同情他们的表示，他们都愿意用真诚的友谊来报答。

连用三个排比表现了此地的荒凉。

唔，我在这个景色壮丽的岛上漫游了一个月，感到好像是到了世界的尽头。没有旅店，没有酒馆，没有公路。你沿着骡子走的小道来到那些挂在半山腰、面临弯弯曲曲的深渊的村庄，到了晚上可以听见从深渊里传上来的连续不断的响声，那是急流的低沉、深长的响声。你敲敲那些房子的大门，你要求让你留宿一夜或供你吃到第二天，你坐下来吃那简单的饭菜，你睡在简陋的房子里。到了早上，你握住主人伸出的手告别，他一直把你送到村边。

景物的描写突出了老夫妻拮据的生活状况，和下文形成对比。就是在这样的生活条件下，夫妻俩依然生活的那么安逸，"幸福"的含义不言而喻。

后来，有一天在走了十个钟头的路程以后，傍晚来到了一所孤零零的小房子跟前。这所房子在一条狭窄的山谷里，山谷在一法里以外通到大海。两道陡峭的山坡上覆满丛林、坍落的岩石和大树，像两堵阴暗的墙锁住这凄凉悲惨的沟壑。

茅屋的周围有几株葡萄，一片小园子，再远些有几株高大的栗树，总而言之，吃的有了，对这个穷地方来说这算是一笔财产了。

女人的与众不同暗示了她不是当地人。

接待我的那个女人已经上了年纪，态度庄严，衣衫整洁，这在当地是少见的。男的坐在一把草椅子上，立起来向我行礼，然后又坐下来，没有说一句话。他的老伴对我说：

“请您原谅他，他的耳朵现在聋了。他今年82岁。”

她说的是纯正的法语。我感到惊奇。

我问她：

“您不是科西嘉人？”

她回答：

“不是，我们是大陆上的人。不过我们住在这儿已经有五十年了。”

想到在这个远离热闹的城市、凄凄凉凉的角落里度过的这五十个年头，我不由得感到了不安和恐惧。一个老牧羊人回来了，大家开始吃只有一道菜的晚饭，是用土豆、肥肉和白菜放在一起熬的浓汤。

心理描写，在这里过五十年是多么可怕的事啊！

这顿简单的饭很快吃完以后，我来到门外坐下，望着阴郁的景色，我的心由于景色的凄凉而揪紧了，出门人在愁闷的傍晚，在荒凉的地方，往往会感到忧伤，我的心里这时也感到了忧伤。就好像生活、世界，一切一切都快要结束了。你突然一下子看见了可怕的人生苦难，离群独居，一无所有，难以忍受的内心孤独，一直到死都靠着梦想来自我安慰和自我欺骗。

离家在外，夜幕降临，一种孤单感缠绕在心时，他们是靠什么排遣离乡之苦的？

老妇人来到我跟前。即使是最听天由命的人，心灵深处也还有着好奇心，她正是在这种好奇心的折磨下，问道：

“您是从法国来的吗？”

“是的，我出来游山玩水。”

“您也许是从巴黎来的吧？”

“我是从南锡来的。”

我觉着她好像非常激动。这一点我是怎样看出或者不如说是怎样感觉出来的，可就说不上来了。

她慢吞吞地跟着说了一遍：

“您是从南锡来的？”

那个男的出现在门口，像所有聋子一样，脸上毫无表情。

她接着说：

“没关系。他听不见。”

过了几秒钟以后她又说：

“这么说，您认识南锡的人了？”

急切地打听家乡的亲人，表现了她内心割不断的对亲人的牵挂。

“当然，差不多所有的人我都认识。”

“圣阿莱兹家的人认识吗？”

“认识，而且很熟，他们是家父的朋友。”

“请问您贵姓？”

我说了我姓什么，她聚精会神地望着我，然后用回忆起往事时的那种低低的声音说：

对话描写生动、细致，为下文讲述二人的故事做铺垫。

“对，对，我记起来了。布里瑟玛尔一家子，他们现在怎么样了？”

“全都死了。”

“啊！西尔蒙一家子，您认识吗？”

“认识，最小的一个现在当将军了。”

这时候她激动、她苦恼，她有了我也说不清是怎样的一种强烈、神圣的混乱感情，她有了我也说不清是怎样的一种需要：需要承认出来，需要说出一切，需要谈谈她一直闷在心底里的那些事，还有那些提起名字就会扰乱她内心平静的人。因此她浑身哆嗦着说：

心理、神情描写细致，传神地体现出她对家乡的思念。

“是的，亨利·德·西尔蒙，我知道他。他是我的弟弟。”

我大吃一惊，抬起头来望着她，猛然间我想起了一件事。

从前发生过一件轰动整个洛林贵族阶层的大事，一个年轻姑娘，又美丽，又有钱，叫苏姗娜·德·西尔蒙，被她父亲指挥的那个团里的一个轻骑兵士官拐走了。

老妇人另一身份的表露，点明了她为了爱所付出的一切，包括富足的世界、关爱她的那些人，与现在的艰苦、孤寂生活形成强烈的反差。

这个引诱团长女儿的士官，是个英俊的小伙子，虽然是农家子弟，但是穿起骑兵的蓝色短军服显得非常神气。大概是骑兵队伍经过时，她看见了他，注意了他，并且爱上了他。但是她怎么跟他说话，他们又怎么能够见面，互相约定呢？她怎么敢让他明白她爱他呢？这个就从来没有人知道了。

没有引起丝毫猜测，也没有引起丝毫怀疑。一天晚上，那个当兵的刚服役期满，就跟她一起不见了。到处寻找他们，但是没有能够找到。从此以后再也没有得到他们的消息，大家都以为她已经死了。

没想到我却在这个阴森可怕的山谷里遇到了她。

于是轮到我说了：

“是的，我记起来了。您是苏姗娜小姐。”

她点了点头。泪珠从她的眼睛里滚下来。接着她朝呆坐在茅屋门口的那个老人望望，对我说：

“就是他。”

我明白了她仍旧爱着他，她仍旧用迷恋的眼光望着他。

“迷恋”一时容易，“迷恋”一生却需要对爱的忠诚与执着。

我问：

“至少您过去幸福吧？”

她用发自内心深处的声音回答：

“啊！是的，很幸福。他曾经使我很幸福。我从来没有后悔过。”

我凝视着她，既感到悲哀和意外，也对爱情威力之大感到惊异！这个富贵人家的姑娘跟随了这个男人，这个农民。她自己也变成了一个农民。她接受了他的那种没有魅力、没有奢华、没有任何一种雅致、没有考究的生活，她适应了他的简朴的习惯。她仍旧爱他。她变成了一个戴着便帽、穿着布裙子的乡下女人。她在白木桌子前，坐在草椅子上，用一只瓦盆子吃白菜、土豆加肥猪肉熬的汤，她挨着他睡在一条草垫上。

爱情可以改变一个人的生活，改变一个人的信仰。

她除了他从来没有想过别的！她并不惋惜首饰、丝绸、优雅而柔软的坐椅、四面张着帷（wéi）幔（màn）（帷幕）的香暖的房间，以及身子钻进去后可以得到舒适的休息的鸭绒被。她除了他什么也不需要，只要有他在身边，她什么也不求了。

平凡的生活中表现了她对他的信赖感，以及由此而滋生的爱和幸福。

她年纪轻轻就放弃了生活，放弃了世界和曾经养育过她、爱过她的那些人。她单独一个人跟他来到这个蛮荒的山谷里。对她来说，他就是一切，就是一个人所能要求的一切，所能梦想的一切，所能无限希望的一切。他使得她的一生从开始到结束都充满了幸福。

她不可能更幸福了。

这一整夜我听着那个老兵的嘶哑鼾（hān）声（打呼噜的声音），他躺在简陋的床上身边是跟着他来到这个如此遥远地方的女人。我一边听一边想着这段离奇而简单的故事，想着这段幸福爱情，它如此充实完美而它的要求又如此之少。

太阳出来了，我握过这一对老夫妻的手以后就动身了。

说故事的人闭上了嘴。有一个女人说：

结尾以对话的形式表明不同人对幸福的不同看法。

“不管怎么说，她的理想太渺小，她的需要太粗俗，她的要求太简单。这只可能是个傻子。”

另外一个女人慢吞吞地说：

“有什么关系，只要她幸福。”

与开头人物对话相照应，首尾呼应。

那边，在远远的天边，科西嘉消失在黑夜中，慢慢地回到大海里，抹去了它那巨大的身影，好像刚才是为了亲自来叙述在它岸上居住着的一对谦卑的情人的故事，才特地显露出来的。

名师鉴赏

“幸福”是每个人都追求的，但每个人对幸福的理解不同，追求幸福的方式也千差万别。小说中老先生讲述的关于一对恋人追求幸福的故事，让我们对“幸福”的内涵有了新的解读。男女主人公虽身份地位悬殊，但一见倾心，为了生活在一起，他们来到荒凉的小岛，过着一种淳朴、简陋、自然的生活，而且一住就是五十年。在别人看来，他们可能不幸福，女主人公失去的太多，得到的太少。但他们心中有爱，而且是一种单纯的、不夹杂任何世俗情感的爱。这种简单的爱、没有奢求的爱难道不是一种幸福吗？

导读

在普法战争中，一群驻扎在迪维尔城堡的普鲁士军官为了排遣烦闷无聊的心情，派“勤务”到卢昂找了几个妓女。晚宴上，其中一个叫“菲菲小姐”的军官口出狂言，肆无忌惮地蔑视法国人民，为了维护法国人民、法国妇女的名誉，犹太族女孩拉歇尔怒不可遏，用刀刺死了“菲菲小姐”，她的这一举动是对普鲁士侵略者的有力反击，最后她在神父的帮助下，顺利逃过普鲁士军队的追捕，并成为一位值得敬重的夫人。

菲菲小姐

普鲁士军队的指挥官，少校冯·法尔斯贝格伯爵，刚看完他的邮件。他仰坐在绒绣的大扶手椅上，两只穿着靴子的脚搁在精致的大理石壁炉台上。他占据迪维尔城堡已经三个月，三个月来壁炉台已经被他的马刺磨出两条凹坑，而且一天比一天深。

一杯咖啡放在独脚小圆桌上，冒着热气。细木镶嵌的桌面上有利口酒的酒迹、雪茄烟烧过的焦痕、还有小折刀的刻痕。这位打了胜仗的少校削着削着铅笔，有时候会停下来，随心所欲地用小折刀在这件珍贵的家具上刻出一些数字或者图形。

他看完信件，又翻阅了军邮上士刚送来的德国报纸。他立起身，朝炉火里扔了三四块大青木柴，这些老爷们为了取暖，正一点一点地砍伐大花园里的树木，随后他走到窗子跟前。

大雨滂沱。这是一场诺曼底的大雨，简直就像有一只手在发疯般地往下泼。一场密密麻麻的斜雨，形成了一道斜条纹的厚墙，一场冲洗大地、溅起泥浆、淹没一切的暴雨，一场地地道道的卢昂四郊这只法国尿盆的大雨。

军官长久地望着被水淹没的草坪；望着远处的昂台勒河，河水暴涨，溢出了两岸。他用手指敲打玻璃窗，敲的是一支莱茵河的华尔兹舞曲，忽然听到一个声音，回过头去，原来是他的副手冯·克尔魏因格斯坦男爵，军衔是上尉。

少校是个巨人，肩膀宽阔，长胡子像扇子似的铺在胸前。他个儿高大魁梧，使人想到一只全副武装的孔雀，只不过把展开的尾巴挂在下巴上了。一双蓝眼睛，冷淡而又镇静，脸颊上有一道伤疤，那还是在奥地利战争中被马刀砍的。据说他是个正直的人，也是一个英勇的军官。

上尉个儿矮小，赤红脸，大肚子，腰带束得紧紧的，红胡子齐根剪短，在一定的光线照射下，闪着亮光，教人还以为是他脸上涂了一层磷。两只门牙糊里糊涂说不清是怎样在一个纵酒的夜晚掉落的，说起话来含糊不清，常常教人听不懂。像受过剃发礼的修道士一样，只有头顶心上秃了一块，围着这块圆圆的秃顶，长着浓密蜷曲的短头发，金黄色，闪闪发亮。

指挥官和他握握手，把那杯咖啡（从早上起已经是第六杯了）一口气喝光，听着部下逐件报告在执勤中发生的事。随后他们两人又走到窗前，嘴里说着日子过得真不快活。少校是个好静的人，在国内已经成家，对什么都能将就。但是男爵上尉贪酒好色，过惯了放荡生活，三个月来在这个边远的驻防地点，迫不得已地过着清心寡欲（心境恬静，没有欲望）的日子，心里十分恼恨。

有人轻轻敲门，指挥官喊了一声进来，于是他们手下那些机器人似的士兵中有一个出现在门口，他不开口，仅仅用他的出现来报告中饭已经准备好了。

他们在饭厅里遇见三个级别比较低的军官：一个中尉，奥托·冯·格罗斯林，两个少尉，弗里茨·朔伊瑙堡格和威廉·冯·艾里克侯爵，后者是一个金黄头发的小矮个儿，对士兵傲慢粗暴，对战败者冷酷无情，他性子像火药一样，十分暴躁。

自从他进入法国以后，他的同事们一直叫他菲菲小姐。给他起这么一个绰号，一是因为他身段漂亮，腰身纤细，看上去好像用了女人的紧身褡；二是因为他刚刚长胡子，脸色苍白；三是因为他对人对事表示极端蔑视时，养成了一个习惯，经常使用法国短语“菲，菲”①，说的时候还带着一点儿嘘嘘的哨音。

迪维尔城堡的饭厅是一间富丽堂皇的长形房间，古老的玻璃砖镜子被子弹打出一个个星状的窟窿眼儿，高高的弗兰德勒挂毯被马刀划出一道道口子，有些地方还一条条挂了下来，这都是菲菲小姐在空闲时候干的好事。

墙上有三幅家传的肖像：一个是披盔带甲的军人，一个是红衣主教，一个是法院院长，他们都抽上了长长的瓷烟斗，另外还有一个胸脯束得紧紧的贵夫人，在年深日久褪了色的镀金画框里，傲慢地翘着两大撇用木炭画的胡子。

在这间被糟蹋得不像样子的屋子里，军官们几乎是默不作声地吃着他们的午餐。外面下着大雨，屋里很暗，吃了败仗的外表使人看了伤心。古老的橡木地板脏得像小酒馆的烂泥地。

他们吃完饭，在抽烟的时候，开始喝酒，像每天一样谈到他们的烦闷无聊。一瓶又一瓶的白兰地和利口酒传来传去，他们仰着身子坐在椅子上，一小口一小口不

① 法国短语“fi，fi donc，”的音译，意思是“呸，呸”。

停地喝，同时嘴角上始终叼着烟斗，烟斗柄又长又弯，下面是一个卵形的粗瓷斗，颜色花里胡哨，好像是为了引诱霍屯督人①上标似的。

他们杯子一空，就立刻无可奈何地用一个疲乏的手势把它斟满。但是菲菲小姐一连几次不断地把酒杯掼碎，他一掼碎，马上就有一个士兵替他送上另外一只杯子。

呛人的烟雾笼罩住他们，他们好像都陷入一种没精打采、愁眉不展、百无聊赖（精神无所依托，感到非常无聊）人的那种闷闷不乐的酩（mǐng）酊（dǐng）（形容大醉）大醉里。

但是男爵一下子突然发作，立起身来大声嚷道："他妈的，再不能这样下去了，应该想个主意才成。"

中尉奥托和少尉弗里茨具有德国人的典型相貌，迟钝、严肃，他们回答："什么，上尉?"

他思索了几秒钟，然后说："什么？应该举行一次酒宴，如果指挥官允许的话。"

少校取下烟斗，问："什么酒宴，上尉?"

男爵走过去，说，"我的指挥官，由我负责一切。我把'勤务'派到卢昂去，让他带几个姑娘回来。我知道上哪儿去找。我们在这儿准备一顿晚餐，况且什么也不缺。至少我们可以痛痛快快地过一个晚上。"

冯·法尔斯贝格伯爵耸耸肩膀，笑着说："您疯了，我的朋友。"

但是所有的军官都立起来，围着他们的指挥官要求："让上尉去办吧，指挥官，这儿太闷啦。"

最后少校让了步。"好吧。"他说，男爵立刻派人去叫"勤务"。这是一个上了年纪的老军士，从来没有人见他笑过，但是长官们的命令，不管是什么命令，他都盲目地执行。

他站着，脸上毫无表情，听完男爵吩咐，走了出去。五分钟以后，一辆很大的辎（zī）重（行军时由运输部队携带的军械、粮草、被服等物资）车，罩着油布篷子，在倾盆大雨中，由四匹马拉着急驶而去。

一眨眼他们精神振作起来了，疲惫的身子挺直，脸上露出喜色。他们开始交谈。

虽然暴雨仍旧哗哗下着，少校却断言天色不像刚才那么暗，奥托中尉也肯定地说天就要晴了。菲菲小姐也好像坐立不安，一会儿站起来，一会儿又坐下去。他那

① 霍屯督人，西南非洲的民族名。

双明亮而冷酷的眼睛在寻找一样好打碎的东西。突然这个金黄头发的年轻人盯住长了八字胡的那位夫人，掏出了手枪。

“你看不见那个了。”他说。他没有离开座位，举枪瞄准，砰砰两枪把肖像的两只眼睛打穿了。

接着他嚷道：“咱们来放地雷！”谈话一下子都停住了，仿佛有什么新奇有趣的事把大家吸引住似的。

放地雷是他的新发明，是他的破坏方法，是他最喜爱的消遣。

合法的业主，费尔朗·达莫阿·迪维尔伯爵，离开城堡时太仓促，除了把一些银器埋在墙洞里，什么也来不及带走，什么也来不及藏起来。他非常富有，花钱又大手大脚，因此他那间和饭厅有一扇门相通的大客厅，在主人仓促逃走以前，看上去简直就像是博物馆的一间陈列大厅。

墙壁上挂的是名贵的油画、素描和水彩画，台子上、架子上和精致的玻璃橱里有数不清的摆设：彩瓷花瓶，小塑像，萨克森瓷人，中国瓷人，古代的象牙雕刻和威尼斯玻璃制品，这些珍贵稀罕的东西充满了这间大厅，真是琳琅满目，美不胜收。

现在剩下的已经不多了，并不是遭到过抢劫，那是少校冯·法尔斯贝格伯爵绝对不会允许的。但是菲菲小姐不时要放一次地雷，遇到那个日子，所有军官也确实可以得到五分钟的乐趣。

年轻的侯爵到客厅里去找他需要的东西，他带回来一只浅红釉的中国小茶壶，在里面装满火药，再从壶嘴里慢慢塞进一根很长的火绒，他把火绒点燃以后，连忙带着这个爆炸装置奔进隔壁屋子。

接着他又很快回来，把门关上。所有的德国人都站着等待，像孩子似的露出好奇的笑容，轰的一声震得整座城堡都晃动，爆炸刚一过去，他们就一起冲过去。

菲菲小姐头一个进去，在一座赤陶维纳斯像前发疯般地拍手，维纳斯的头终于在这一次炸掉了。每个人都拾起一些碎瓷片，欣赏缺口的奇怪形状；他们检查这一次造成的破坏，有人说有一些是上次爆炸造成的，于是发生了争论。少校用慈父般的眼光望着这间遭到尼禄式的霰（xiàn，空中降落的白色不透明的小冰粒，常呈球形或圆锥形）弹破坏、遍地都是艺术品碎片的大厅。他头一个出来，一边走一边亲切地说：“这一次很成功。”

但是滚滚的浓烟进来，和饭厅里烟草的烟雾混在一起，使人无法呼吸。指挥官打开窗子，军官们回来喝最后一杯白兰地，都走到了窗前。

潮湿的空气涌进屋里，挟来粉末般的水花粘在胡子上，还带进一股河水泛滥的气味。他们望着被大雨淋得耷拉着脑袋的大树，望着从低垂的乌云里降下的雨水笼

罩着宽广的山谷，望着远处高耸在倾盆大雨之中的教堂钟楼的灰色尖顶。

自从他们来到以后，钟楼就没有打过钟。这还是侵略者在附近一带遇到的仅有反抗，钟楼的反抗。本堂神父在供应普鲁士士兵吃住上，有求必应，从来没有拒绝过，甚至有几次还接受敌人指挥官的邀请在一起喝一瓶啤酒或者波尔多葡萄酒。敌人的这位指挥官也常常找他出面做友好的居间人。但是要他打一下钟，那是绝对办不到的，他宁可让人枪毙。这是他对侵略者的抗议方式，和平的抗议，沉默的抗议，他说，这是适合传教士这种温和的人，而不是杀人成性的人唯一的一种抗议方式。在十法里方圆之内，人人都赞扬商塔瓦纳神父的坚定和英勇，他敢于让他的教堂保持顽强的沉默态度，来宣告举国一致的哀悼。

全村人都受到这种反抗的鼓舞，准备对他们的神父支持到底，准备冒一切危险，因为他们认为这种沉默的抗议是维护国家的荣誉。在乡亲们看来，他们这样做对祖国的贡献比贝尔福和斯特拉斯堡①还要大，他们做出的榜样具有同等价值，他们这个小村子将因此而名垂千古。除了这一点以外，不论战胜的普鲁士人提出什么要求，他们都不拒绝。

对这种无害的勇敢态度指挥官和其手下的军官们都付之一笑，况且当地人又都对他们很殷勤、很顺从，因此他们也就很乐意地容忍了当地人的沉默的爱国行为。

只有那个年轻的廉·冯·艾里克侯爵主张下命令强迫打钟。他的上司对教士采取圆滑的迁就态度，使他感到气愤，每一天他都请求指挥官让他去当当地打一次钟，哪怕只是为了让大伙乐乐，也得让他去打一次。他请求的时候，像猫一般亲热，像女人一般阿谀，像想要什么想得发了疯的情妇那样娇声娇气，但是指挥官寸步不让，菲菲小姐为了寻找安慰，只好在迪维尔城堡里放“地雷”。

这五个男人聚在那儿，呼吸着潮湿的空气，待了几分钟。最后少尉弗里茨嘿嘿笑了两声，说：“这些肖（小）姐楚（出）门艮（肯）定不会有喝（好）天气了。”

接着他们就分手，各人去干各人的公事，上尉为了准备晚餐，有许多事要做。

天黑，他们又聚在一起，看见一个个都像在检阅的日子里一样，打扮得漂漂亮亮，都笑起来了。他们头上擦了油，身上洒了香水，容光焕发。指挥官的头发似乎没有上午那么灰白了，上尉刮了脸，只在鼻子底下留了一小撮胡子，像火苗一样。

尽管下雨，他们还是让窗子开着，不时有人跑过去听听。六点十分，男爵说他听到远处有隆隆的车声。大家都奔过去，不久以后那辆大车急驶而来，四匹马路上不停地飞奔，泥浆一直溅到背上，浑身冒着热气，呼呼直喘。

五个女的在台阶边上下来。“勤务”曾经拿了上尉的名片去找他的一个朋友，这是经过这个人仔细挑选出来的五个漂亮妓女。

她们一口就答应了，一方面她们相信会付给她们很多钱，另一方面她们跟普鲁士人打了三个月交道，深知他们的为人，而她们对人对事又都是逆来顺受（对别人的欺负或无理的待遇采取忍受的态度）惯了。“干了这一行，有什么办法!”她们在路上对自己说，毫无疑问这是为了暗中回答还剩下的那一点良心的谴责。

她们立刻走进饭厅。饭厅遭到破坏，一副惨相，在灯光照耀下更显得阴森森的。桌子上摆着肉食，贵重的餐具和从墙洞里找到的银器，使得这个地方看上去仿佛是一伙强盗抢劫归来吃饭的小酒馆。上尉兴高采烈，像用熟了的日常用品似的，

① 普法战争中法国人曾在这两个地方抵抗普鲁士军队。

毫不客气地把女人都揽到自己身边，他欣赏她们，吻她们，闻她们，从对妓女所要求的角度来估量她们。那三个年轻人每人都想挑一个，他断然反对。他主张由他按照级别公正地分配，丝毫不打乱等级制度。

为了避免发生争执，和疑心有偏袒（tǎn）（袒护双方中的一方），他叫她们按高矮排列，用命令的口气对最高的一个说："你叫什么？"

她提高嗓音回答："帕梅拉。"

于是他宣布："第一号，名叫帕梅拉，归指挥官。"

接下来他拥抱第二号布隆迪娜，表示归他所有。他把肥胖的阿芒达分给中尉奥托，把"西红柿"夏娃分给少尉弗里茨。他把最矮的一个拉歇尔，分给了最年轻的军官，瘦弱的威廉·冯·艾里克侯爵。拉歇尔非常年轻，棕色头发，眼睛黑得像两点墨水迹，是一个长着狮子鼻的犹太女人，对凡是犹太人都长着一个鹰钩鼻这条规律来说，倒是个例外。

再说，她们都很漂亮，都很丰满，相貌上没有什么明显的差别，由于每天操皮肉生涯和在妓院里过着共同生活，她们的身段和肤色都完全相同。

三个年轻人想立刻把他们分到的女人带走，借口是给她们找把刷子，找块肥皂，好好让她们洗洗脸，刷刷身上的衣服。但是上尉有先见之明，坚决反对。他说她们挺干净，完全可以上桌吃饭，而且上楼的人下楼以后一定希望交换，那就会把原来的分配打乱了。他的经验占了上风。在等待期间仅仅是接吻，接许多吻。

突然间，拉歇尔透不过气来，她咳得直淌眼泪，从鼻孔里冒出一些烟。侯爵趁着和她接吻的时候，喷了一口烟在她嘴里。她没有生气，也没有吭声，但是她盯着她的占有者，黑眼睛里已经有一股怒火点燃了。

大家坐下来，指挥官好像也非常高兴，他让帕梅拉坐在他的右边，布隆迪娜坐在他的左边。他打开折好的餐巾，说："你的主意真妙，上尉。"

中尉奥托和少尉弗里茨像跟上流社会妇女在一起似的，彬彬有礼，反倒使得坐在他们身边的女人有点难为情。可是冯·克尔魏因格斯坦男爵贪酒好色，真是如鱼得水，他喜笑颜开，说了许多轻薄话，他头上的那一圈红头发使他看上去就跟着了火一样。他用莱茵河的法语献着殷勤，他的那些下等酒馆里的恭维话，从缺了两个门牙的窟窿里冒出来，随着四溅的唾沫，送到姑娘们的耳朵里。

不过她们一句也听不懂。只有在他说猥（wěi）亵（xiè）（淫乱、下流的）话，说粗话的时候，她们好像开了窍，尽管他发音不准，她们也能够领会。于是她们一个个都发疯似的笑起来，倒在身边男人的肚子上，学着男爵说的话。到后来男爵为了引她们说淫秽话，故意把话说得走了腔。她们不住口地学着说，刚喝头几瓶葡萄酒就已经醉了。她们积习难改（长期养成的坏习惯难以改掉），恢复了本来面目，一会儿吻右边男人的唇髭，一会儿又吻左边男人的唇髭；她们拧他们的胳膊，发出狂叫，喝所有杯子里的酒，唱法国歌，也唱从每天跟敌人交往中学来的几段德国歌。

女人的肉体陈列在鼻子底下、手跟前，男人们也很快地为这些女人的肉体所陶醉。他们发疯，大喊大叫，打碎餐具；在他们背后呢，立着几个毫无表情的士兵伺候他们。

只有指挥官一个人还能够克制自己。

菲菲小姐抱着拉歇尔坐在他的膝上，他十分兴奋，可是外表冷静，他时而发疯般地吻着她颈子上乌木一般颜色的鬈发，鼻子伸进衣服和皮肤之间去嗅她暖烘烘的体温和身上发出来的气味；时而受到残暴的兽性支配，受到破坏的欲念左右，狠狠地隔着衣服拧她，拧得她直嚷嚷。他还常常把她拉到怀里，紧紧搂住不放，好像要让她跟自己合成一个人似的；他把嘴唇长久地压在犹太女人的娇嫩的嘴上，吻得她透不过气来；但是他又突然使劲地咬她，咬得那么深，只见一缕血顺着她的下巴淌下来，滴到胸口上。

她又一次瞪着眼睛，盯住他。她把血揩（kāi，擦，抹）干净，低声说："哼，这笔账是要还的。"他笑了，一种冷酷无情的笑。"我会还的。"他说。

吃餐后点心时，开始斟香槟酒。指挥官立起来，用他举杯敬祝奥古斯塔皇后①健康时相同的声调说：

"为在座的夫人们干杯！"大家纷纷祝酒，是无赖、醉汉向女人献殷勤时的那种祝酒，其中夹杂着淫猥的玩笑话，由于对语言的无知，这些玩笑话更加显得粗鲁。

他们一个接着一个地站起来，在脑海里搜寻俏皮话，尽力想显得滑稽有趣。女人们每一次都疯狂地鼓掌，她们眼神发呆，嘴里发黏，已经醉得要躺倒了。

上尉大概是想为这次狂饮增添一些风流多情的气氛，他再次举起酒杯，说："为我们征服女人的心干杯！"

奥托中尉简直像一头黑森林②里的狗熊，他喝得醉醺（xūn）醺，这时候十分激动地立起来。他在醉后的一阵爱国心的激发下，高声喊道："为我们征服法国而干杯！"几个女的尽管喝醉了，但都保持沉默。拉歇尔浑身哆嗦，转过身来说："得啦，我见过许多法国人，在他们面前你就不敢这么说。"

但是年轻的侯爵笑了，他一直抱着她坐在他的膝头上，喝了酒以后他变得快活起来。"哈！哈！哈！我还从来没有见到过。我们一到，他们就溜了！"

---

① 奥古斯塔皇后是普法战争期间德意志帝国威廉第一的皇后。

② 黑森林，德意志联邦共和国境内的大森林，在莱茵河上游的右岸。

那个姑娘勃然大怒，冲着他的脸嚷道："你胡说，坏蛋！"

有一秒钟的时间，正像他盯住他用手枪打穿的那些画像一样，他的浅色眼睛盯住她，然后他笑开了："哈哈！好吧，让我们来谈谈那些人，美人儿！他们如果勇敢，我们怎么会来到这里！"他越说越兴奋，"我们是他们的主人！法国属于我们！"

她猛地一挣，从他的膝头上滑下来，坐在椅子上。他立起来，把酒杯一直伸到桌子当中，继续说："法国和法国人，法国的树林、田野和房舍都属于我们！"

其余的男人都已经喝得酩酊大醉。他们突然在一股军人的热情的鼓舞下，兽性大发，抓起酒杯，大声狂叫："普鲁士万岁！然后一口把杯子里的酒喝干。"

姑娘们没有提出抗议，她们心里害怕，只能保持沉默。拉歇尔也一声不响，因为她没有办法回答。

这时候，年轻的侯爵把重新斟满的一杯香槟酒，搁在犹太姑娘的头上，嚷道："所有的法国女人也属于我们！"

她猛地站起来，晶质玻璃酒杯翻倒，像施洗礼一样，黄澄澄的香槟酒全部倒在她的黑头发里，接着酒杯掉到地上，摔得粉碎。她双唇发抖，瞪圆眼睛望着仍在笑着的军官，怒不可遏，连喉咙都哽得发不出声音，她结结巴巴地说："这，这，这，不是真的，哼，你们得不到法国女人。"

他为了能够笑个痛快，坐了下来，他模仿巴黎口音说："她说得倒好，她说得倒好，那么，小乖乖，你怎么会到这儿来的？"

她心情激动，一时之间没有听懂，所以愣住没有回答，等到她明白他说的是什么意思以后，顿时怒火中烧，声色俱厉地冲着他嚷道："我！我！我不是一个女人，我是一个妓女；普鲁士人需要的正是这个！"

没等她说完，他就抡起胳膊打了她一个耳光。但是当他再一次举起手来的时候，她已经气得发了疯，从桌上抓起一把吃餐后点心用的银刀，谁也没有注意就一下子笔直地刺进了他的脖子，正好在胸口以上的那个凹陷部分。

他正说着的一句话卡在嗓子里，没能说完。他张着嘴发愣，眼睛里露出可怕的神色。

所有的军官都大声叫喊，乱纷纷地站起来，于是她把椅子朝奥托中尉腿上扔过去，奥托中尉扑通一声绊倒在地上。她乘机朝窗口跑去，在被人抓住以前，已经打开窗子，跳进仍然下着雨的茫茫黑夜。

两分钟以后，菲菲小姐死了。弗里茨和奥托拔出刀想杀死跪在他们面前苦苦哀求的女人。少校好不容易才阻止了这场屠杀，叫人把那四个吓傻了的姑娘关在一间卧室里，由两个士兵看守。然后如同部署一次战斗，他下命令追捕逃跑的女人，他相信一定能够把她抓回来。

五十名士兵在威胁恫（dòng）吓（hè）（恐吓）之下，被派到大花园里去。还有两百人搜索树林和山谷里的人家。

顷（qǐng）刻（时间短，一下子）之间餐具撤掉，饭桌变成了灵床。四个军官态度威严，酒已经醒了，脸上露出军人在执行作战任务时的那种冷酷表情。他们一直站在窗口，探测着黑夜。

倾盆大雨继续下着。黑暗中充斥着连续不断的哗哗声，由降落的水、流动的水、滴下的水和溅起的水合成的一片飘忽不定的轻微响声。

突然间传来一下枪声，接着从很远的地方又传来一声。在四个小时之内就这样断断续续地有枪声传来，忽而远，忽而近，还有集合的喊声，用喉音发出的怪里怪气的嚷声，听上去像是在互相打招呼。

早上所有的人都回来了。在打猎的热情中，在这次夜间追捕的慌乱中，有两名士兵被自己人打死，还有三名被自己人打伤。

拉歇尔却没有找到。

于是居民们处在恐怖统治之下，住宅被翻得乱七八糟，整个地区都被踏遍，寻遍，搜遍。那个犹太姑娘仿佛没有留下一点踪迹。

将军接到报告后，为了避免在军队里树立坏榜样，他命令把这件事包起来暗中了结。他给予少校纪律处分，少校也处分了他的下级。将军曾经说："我们打仗可不是为的找乐子、玩姑娘。"冯·法尔斯贝格伯爵恼羞成怒，决心要向当地人报仇。

他需要找一个借口，好随心所欲地进行严厉惩罚，他把本堂神父找来，命令他在冯·艾里克侯爵举行葬礼时打钟。

完全出乎意料之外，教士态度很温顺，很谦恭，而且满怀敬意。菲菲小姐的尸体由几名士兵抬着，离开迪维尔城堡到公墓去，尸体的前后左右都布满了士兵，他们荷枪实弹朝前走。这时候那口钟第一次敲响了丧钟，节奏轻松愉快，真像有一只亲切友爱的手在轻轻抚摸它似的。

晚上钟又响了，第二天也响，以后每天都响，而且丁丁当当你要它怎么打，它就怎么打。有时候甚至在夜间不知什么缘故它突然醒来，怀着令人惊奇的欢乐心情，自己晃动起来，轻轻地把两三下丁当声送进黑暗之中。当地的乡亲们都说它中了邪魔。除了本堂神父和圣器室管理人，没有人再走近钟楼。

原来有一个可怜的姑娘住在钟楼上面，过着忧愁和孤独的生活，由这两个人偷偷给她送饭吃。

她在上面一直待到德国军队离开。后来，有一天晚上，本堂神父向面包师傅借来了敞篷马车，亲自赶车，把她这个关在钟楼上的女囚徒送到卢昂城门口。到了那里，神父拥抱她，她下车以后，匆匆走回妓院，妓院的老板娘还以为她已经死了呢。

不久以后，一个爱国者帮助她离开了妓院。这个爱国者没有偏见，爱她的英勇行为，后来进一步爱上了她本人，娶她做了妻子，使她变成一个和别的许多夫人一样值得敬重的夫人。

读后感

生命的微光

摄影师星野道夫说：“人的一生，总是为了追寻生命中的光，而走在漫长的道路上。”莫泊桑的那些漫漫长路上的充满着对真善美期待的微光，散发出独一无二的光辉，照亮了生命梦幻的天空，也为我们指引着未来的方向。

牡蛎的眼泪

海上传来响亮的汽笛声，浪花在柔风吹拂下慢慢拍打着岸边的岩石，一群群穿戴整齐的人在海边焦急地等待着“哎，要是于勒在这只船上，该叫人多么惊喜啊！”一句充满热切渴望的话语，道满菲利普夫妇对于勒的想念，有了那份福音书，他们成功地将女儿嫁了出去，并去了那个出发前用快乐的心情装饰满的哲尔赛岛。然而这一切，却在他们骄傲地享受牡蛎看见又老又脏又穷的于勒时破灭了，在那一刻，于勒再度成为了贼。“母亲”的虚伪自私被表现的淋漓尽致，他们只因金钱丢弃自己的亲人，而单纯善良的孩子只因为他是自己的亲人而伸出援手，多么讽刺的对比啊！

牡蛎留下的眼泪，不仅仅是流落船头的悲哀与无助，更是因为亲人的自私无情和对金钱的看重而感到的悲凉和痛心啊！

项链的光芒

一张邀请函，一次宴会，一串项链，却造就了两重人生。一次的隐瞒，让玛蒂尔德的生活由俭朴到清贫，而她也由一名漂亮的女子成为了精明干练的妇人。虚荣将她的人生送入了黑暗，因为对宴会服装的在意，不顾感冒的危险和家庭的经济状况；因为不敢诚实面对自己的错误，而用真品去偿还赝品，使自己受尽了苦难。

其实诚实、勇敢地去做自己，虽然可能会受到生活的打击，但却可以避免黑暗的痛苦，拥有高尚的灵魂。

表现主义大师卡夫卡曾说：“人只有经历自己的渺小，才能达到高尚。”只有这样，人才能品味从卑微到伟大的华丽转身，而人只要内心富足、幸福快乐，就已经到达了高尚的台阶。

我在莫泊桑的天空中，看到了菲利普孩子的善良纯真；看到了羊脂球伟大的爱国情怀和民族自尊；看到了图瓦老爹的坚强乐观；看到了他自身散发的最纯真，最善良的光芒，那是为美好的纯真世界拼搏和追寻的光芒，那是人性深处最纯洁伟大的光芒！

为美好世界拼搏的人们，你们一定可以看见脚下延伸的路，找到最纯洁的微光。那些沉睡的人们，你们何时才能唤醒心中的善良、高尚，醒来去拥抱生命的微光？

一个高度，一种人生

——读《图瓦》有感

易中天曾说过：“人生就像登山，不一定每个人都能爬到山顶，但爬了就好；不一定每个人都要登到山顶，但一定要一步一个脚印。”人生如山，崖壁陡峻，谁能保证一定能登上山顶？爬了就好，享受爬山的过程，可以找个山坡，躺下听风歌云唱，看树舞水蹈，找对了人生的高度，就行了。

图瓦老爹本是莫泊桑笔下快活的法国诺曼底农夫，开一个小酒馆，每天和进来喝酒的渔民说说笑话，然后与顾客们一起喝醉，好让他家爱唠叨的老太婆每天都有骂他的机会。但是，不管老婆如何如何嘲讽他、看他每天乐呵呵的如何不顺眼，他都快乐依旧，自称为“纯酒图瓦老爹”，一直那么开心。

后来，图瓦老爹瘫痪了，一直怀恨在心的老婆听从一个顾客的建议，为了不让图瓦老爹整天躺在床上白吃白喝，就让他参与孵小鸡仔的劳动，开始的一天，由于图瓦老爹感觉不适，老是翻身，压坏了几个饱满的鸡蛋，遭到老伴的怒斥与谩骂。后来，图瓦老爹安下心来，平躺在床上一动不动，但他依旧开心着，创造出一次孵出 20 个鸡蛋的好成绩，赢得了老伴的夸奖，也成了别人眼里的一道风景。

我们看得出来，他的老婆是心胸狭窄的，内心贪婪到让自己已经中风的丈夫孵鸡蛋，但图瓦老爹依旧能以体温孵化雏鸡为乐。莫泊桑写道：“‘我的纯酒图瓦老爹’还是那么快乐。”因为他不知道以泪眼看世界，哪怕总有凶悍的妻子在身后吵骂，哪怕再也听不到酒桶酿酒的声音，哪怕再也无法站在酒台后对客人说“我的纯酒全法国数第一”，可他依旧快乐。

图瓦老爹已经爬不到人生的山顶了，看不了名胜古迹，成不了超级富豪，可这重要吗？在他心里，每天能和来酒馆的客人聊天，已经很快乐了。一个高度，一种人生，就算山顶风景再怎么壮阔，却不及山上的郁郁苍苍。

有人说，山的美，在于苍松怪石，砯崖转石，飞湍瀑流的山腰风景，在于九曲十弯，花草覆路的石路，而那强风烈日的山顶又有几人倾心？

一个高度，一种人生，只要自己快乐就行了，爬不爬到山顶有何重要？

谁的眼泪在飞

《羊脂球》是法国现实主义作家莫泊桑的短篇小说，小说主要描写了妓女羊脂球的悲惨遭遇。在1870年普法战争期间，一个妓女和一些贵族同乘一辆马车离开德军占领区，大家对这个绰号“羊脂球”的妓女侧目而视，但是在由于沿途耽搁而饿得发昏的时候，却又厚着脸皮吃光了她的一大篮美味食品。马车在路过一个小镇时被拦住了，占据该镇的普鲁士军官要求羊脂球陪他过夜，否则不予放行。车上的工业家、伯爵和商人等为了不影响自己的生意，千方百计地劝说羊脂球为他们作出牺牲，但事后又鄙视她，任凭她陷于孤独和挨饿的境地。

我们可以看到，小说的主要人物羊脂球，她不是高贵的公主，也不是什么国家元首，只是一个地位很卑微的妓女。这种人不会受到别人的尊重，更不会受到别人的重视。但她却在关键时刻牺牲了自己解救了全车人，她身上有法国人民敢于反抗普鲁士侵略者的凛然正气，更有为维护民族利益的爱国情操和为他人而牺牲自己的善良热情、乐于助人的高尚品德。最终她被全车人鄙视，当初，他们牺牲她，像利用工具一样利用她，之后又把她当作一件肮脏的废物，她却没有别的办法对付这些寡情寡义的人，只能一直哭泣，愤恨而无奈……

小说里没有硝烟弥漫的战场，也没有刀光剑影的搏斗，然而透过羊脂球被迫向敌人献身的遭遇，我们却看到羊脂球自尊自强、不甘屈服，表现了爱国主义的凛然正气，结果却被那些伪善的同胞推入火坑。他们是“尊贵”的上层人物，他们觉得自己的命比谁都重要，他们更是自私的、无耻的、虚伪的，他们的灵魂是肮脏的，双手是罪恶的，他们为了迫使羊脂球就范，个个巧舌如簧、软硬兼施，就连道貌岸然的修女也沆瀣一气。

多么的不公啊！看，她的眼泪在飞！

请善待身边的每一个人，即使是你不喜欢的人，如果你给别人一个微笑，她也会很开心。用心对待别人，成就自己，成就一个大写的人！

人性与人心

细细读完《羊脂球》后，我的内心无法平静。心里滋生许多感情——对羊脂球的同情、悲哀、肯定，对当时冷漠甚至残忍的社会的痛恨等种种情感纠结，很难用言语表达。

其实人的天性本就如此，每个人骨子里都有着一定的自恋情节，若是细细剖开来看，更多的是自私情节。人性中的真善美虽本是先天具备的，然而毕竟被更多不大见得了光的品质所掩盖。

初读《羊脂球》，我只是为其中“先生”、“夫人”们的矫揉做作感到可笑，现在长大了些，竟是感觉到了可悲。羊脂球这个女子，其实本是无罪的，作风上有问题，可至少她还有着自己的底线，她还是有着作为一个国民的尊严。然而那一车子的人，或是冷嘲或是热讽，故作高雅地“委婉”划清了自己与她的区别，时刻留心着。在接受她的帮助的那一刻，却要做出一副是“羊脂球小姐请我吃的”的样子，丝毫不肯放低姿态。然而一旦遇到威胁自己利益的问题，就推诿责任，认为别人为了自己牺牲一下也是应该的，其实这便是作者笔下人物中最值得我们深思的吧。

我本没有任何资格指责他们的，因为我无法不承认自己同样是一个自私的人，任何人也都是如此。生活中的自私，说实话，大多数人都是源于一种不肯吃亏的心理和自恋心理。我们总是相信自己有着比别人强的地方，我们总是忍不住地想要别人为自己付出更多。

读了《羊脂球》，没有什么被激发的豪情壮志，却读懂了人性与人心。零碎的感悟，确是这篇小小的传世名作给予我的最诚挚的教导。

作为中学生，我们应当用美好来覆盖自己心中的那些丑恶，用人性的真善美点亮前方路上最温柔却又最坚毅的那盏不熄明灯……

变　质

——读《我的叔叔于勒》有感

随着一声叹息，我放下了手中的书，开始为被生活被金钱所伤的于勒难过。他站在海风吹过的甲板上，心里也一定很难过。

于勒也许不知道曾在他谋生的船上发生的事，他曾是菲利普一家人的希望，却也曾是他们所厌恶和唾弃的对象。他还在颠簸的船上卖着牡蛎，心里正幻想着一家人团圆的画面，半晌，他摇摇头，已经不可能实现。

虽然菲利普夫妇对于勒的评价很差，也不否认他是个可怜的人。在外受尽了苦难和疼痛，却因为自己的诺言不能回归温暖的港湾，只能在漂泊的船上度过余生。这便是生活的残酷，在金钱和权势的调味下，亲情已经变了质。

文中的“我”是善良的，没有被父母的冷酷无情、爱势贪财传染。如果于勒叔叔真的回到了家，看见的笑脸也只有“我”的吧。因为受于勒叔叔的影响，“我”每次见到流浪者都会施给一百铜子儿，不为别的，只为让生活在这个世界上的人感觉到一点点仅存的温暖。

也许我们都在批评菲利普夫妇的所作所为，由“好心眼的于勒”、“一个很能干的人”到“那个叫花子”再到“这个扒手”，让大家觉得有些可笑，却又对此叹息；当他们被生活的重担快要压垮时，是那个遥远的于勒拯救了他们，让他们重燃希望。当他们的生活依然拮据时，却发现他们的希望同样过着清贫的生活，心里会是怎样的感受也就不言而喻了。

我的眼前又浮现出于勒那双满是皱纹的手和饱经沧桑的面容，他却不知道，原本带给他快乐的亲情早已变质早已不复从前，他只能在甲板上卖牡蛎谋生，夜晚住在臭气熏人的底舱里，一日复一日，没有结束的那一天。

读完全文，我心中满怀着对于勒的同情，以及对资产阶级金钱关系的厌恶。这个世界被表面的幸福和快乐所笼罩，已经很少有人去关注那些底层人们的喜怒哀乐，仿佛世界已经遗忘了他们。

我闭上眼，那个老水手的背影在风中慢慢消失。

中考真题

1. (2012·四川雅安) 下列文学常识表述正确的一项是 (　　)。

A.《香陵学诗》选自我国古代小说的巅峰之作《红楼梦》，作者曹雪芹，清代小说家

B.《核舟记》《口技》均选自《虞初新志》。作者魏学洢

C.《资治通鉴》—司马迁—编年体;《史记》—司马光—纪传体;《战国策》—刘向—国别体

D. 莫泊桑—法国作家；都德—德国作家；契诃夫—俄国作家；星新—中国作家

2. (2011·贵州贵阳) 下列文学常识表述有误的一项是 (　　)。

A.《战国策》由西汉末年刘向整理编辑,《唐雎不辱使命》选自其中

B.《故乡》《孔乙己》两篇作品都选自鲁迅先生的小说集《呐喊》

C.《变色龙》是英国著名作家莫泊桑的作品，他的代表作还有小说《装在套子里的人》等

D.《傅雷家书》的作者傅雷先生是我国著名的翻译家、文艺评论家

3. (2011·重庆市) 文学常识填空。

"十年期盼，天涯咫尺，同胞好似摇钱树；一朝相逢，咫尺天涯，骨肉恰如陌路人。"这副对联可以概括________国作家莫泊桑的小说《________》的内容。

4. (2009·湖北咸宁) 下列表述的内容不恰当的一项是 (　　)。

A. 到底哪里是安徒生写作的地方，哪里是他父亲的皮鞋作坊，已经无法弄清楚了。这个句子的标点使用是正确的

B. 法国作家莫泊桑，被称为短篇小说巨匠，其代表作有《项链》《羊脂球》等

C. 做好阅读提要，不仅可以帮助我们深入地理解文章内容，掌握提取信息、整合信息、积累信息的阅读方法，而且可以训练我们综合概括的能力

D. 单句是构成句子的基本单位，一般由短语或单词构成

5. (2009·贵州贵阳) 下列文学常识表述错误的一项是 (　　)。

A.《战国策》是西汉末年左丘明根据战国史书整理编辑的。我们所学的课文《唐雎不辱使命》《曹刿论战》就选自该书

B.《红楼梦》是我国古代小说的巅峰之作。小说以贾宝玉、林黛玉的爱情悲剧为线索，反映了封建社会晚期广阔的社会现实

C.《雨说》《乡愁》的作者分别是郑愁予、余光中。他们都是台湾诗人

D.《我的叔叔于勒》作者莫泊桑，是法国 19 世纪后半期著名的批判现实主义作家。代表作有《项链》等

新题预测

一、填空

1. 莫泊桑（1850—1893），法国批判现实主义作家。有“__________”之称，一生写了近300篇短篇小说和6部长篇小说。代表作有短篇小说__________、__________和长篇小说__________等。

2. 世界三大著名的短篇小说家分别是俄国的__________、法国的__________、美国的__________。

二、选择

1. “玛蒂尔德”是下列哪部法国小说中的人物（　　）。

A.《羊脂球》　B.《项链》　C.《包法利夫人》　D.《红与黑》

2. 下列作品中，不属于莫泊桑的是（　　）。

A.《橄榄园》　B.《羊脂球》　C.《月光》　D.《战争与和平》

三、简答

1. 试分析小说《羊脂球》中的对比手法。

2.《我的叔叔于勒》中的“我”在小说中起什么作用?

3. 小说《项链》中对于项链是赝品有多处伏笔，试找出。

4. 请谈一谈你对“玛蒂尔德”这一人物形象的看法。

5. 你喜欢《幸福》中的苏珊吗？你认为她幸福吗？

6. 你喜欢小说《月光》中的哪段景物描写，为什么？小说中的景物描写有什么用？

7. 小说《俘虏》中开头对雪景的描写有什么作用？

参考答案

中考真题

1. A
2. C （《变色龙》是俄国作家契诃夫的作品，莫泊桑是法国人，《装在套子里的人》是契诃夫的代表作）
3. 法 我的叔叔于勒
4. D 5. A

新题预测

一、1. 短篇小说巨匠 《羊脂球》《项链》《漂亮朋友》

2. 契诃夫 莫泊桑 欧·亨利

二、1. B 2. D

三、1. 在这个小说里，具讽刺性的对比手法在文中时时贯穿，如车中两次进食时各人言辞、行为上的对比、人群对羊脂球前后态度的转变对比、初上车时三位阔佬及他们的夫人的高高在上对其他人的蔑视和最后途中在高尼岱《马赛曲》中的狼狈不堪、恼怒的心情之间的对比。还有人物之间的对比。莫泊桑客观而又冷静地塑造了一组典型环境下典型的人物：卑劣下作的鸟先生，道貌岸然的伯爵，表面得体、内心淫贱的几位贵妇，与之对立的是身为妓女却深明大义、热爱祖国的羊脂球。

作者在美丽善良的羊脂球周围刻画了一群丑陋粗鄙的人。他们虽然有着较高的社会地位，却有着和他们的地位成反比的肮脏的灵魂。用天性作对比、用语言作对比、用身份地位作对比，使我们清晰地从他们身上看到了善与恶、美与丑。通过对比手法的运用，作者没有直接告诉我们羊脂球这个形象是美还是丑，可是我们对于她的美丽、善良却体会深刻。

2. 小说自始至终都有一个“我”存在。这也是小说构思的特点之一。明确：

①“我”是小说事情叙述者，但又不同于《竞选州长》中的“我”，这“我”不是主人公，是以“我”的见闻来展开情节，起着线索的作用。

②因为“我”是于勒的侄儿，由“我”来叙述“叔叔”的遭遇、父母的态度变化，使人感到更真切，意义更深刻。

③“我”是家中唯一同情于勒的人，设置这个对立面，可使菲利普夫妇的态度变化显得突出。

3. 关于项链是赝品，文中有多处伏笔。借项链时，女友毫不迟疑，慷慨应允，“当然可以”，多么爽快的语气，试想价值三万多法郎的珠宝，女友真会那么漫不经心吗？当夫妇二人去珠宝店寻找那项链时，老板看了许多账簿，说只卖出了盒子，这也是一个疑点，价格昂贵的珠宝怎会没有自己配套的手饰盒呢？当玛蒂尔德还项链时，女友竟没有打开盒子看看，直到在公园里再次遇到玛蒂尔德，整整十年盒子都未曾打开过，可以想象，那串项链在女友心目中并不十分重要，这又恰恰说明它的价格不会非常昂贵。然而这多处伏笔，不仅没有提醒当事人玛蒂尔德，连我们这些旁观者，如不仔细阅读认真思考，也很难领会，可见作家写作手法的高超。

4. 玛蒂尔德的典型艺术形象具有多样性和复杂性。可以说，莫泊桑塑造了一位虚荣与美德兼备、内涵丰富的人物形象。即漂亮聪明、活泼单纯、诚实守信、不满足现实。前期偏离了幸福观，沉湎于梦想，爱慕虚荣；后期坚强、诚实守信、维护尊严，勇敢地与命运抗争，通过诚实劳动找到真实自我。

5. 此题属开放型题目。认为她幸福：苏珊不追求浪漫、新奇，抛弃荣华富贵，与心爱的人在荒凉的山坳里，吃着甘蓝、土豆加肥肉的浓汤，睡在草褥上，一过就是五十年，过着一种平平淡淡的生活，不管生活条件怎么样，与相爱的人能够长相厮守，这本身就是幸福。

认为她的生活不幸福：①物质条件匮乏，仅能解决基本温饱问题。生活环境僻远荒凉、闭塞。②远离亲朋，抛弃亲人朋友之爱。一个人不仅需要爱情，同样也需要亲情，需要回报亲人的爱，一个缺少责任感的人是不会得到真正的幸福的。

6. 第一问略。《月光》中的景物描写的作用：

(1) 营造一种静谧、清幽的意境，渲染宁静、平和、朦胧、柔美的氛围，为人物活动提供典型的环境。

(2) 展示人物性格，烘托人物感情。主人公的心情随着景物的变化而发生着变化。一开始是“惊讶”而“充满了喜悦和惊奇”，到“心灵深处受到的感动越来越强烈，使他无法抵挡”，产生“怀疑”、“焦虑”的感情，再到最后终于理解了爱情。这一切都是随着景物描写的变换而逐步展开的，同时也看到男主人公的内心始终有一份深藏着的、压抑着的感情，他并非完全的禁欲主义者，最后他理解了爱情是非常自然的。

(3) 深化文章主题。月光是圣洁的，美好的感情也是不容亵渎的，值得赞美的，小说在批判禁欲主义的同时，也歌颂了美好的爱情。

7. (1) 交代人物活动的环境是在森林中，而且正在下着雪。

(2) 展开、推动故事情节发展，正因为下雪，德军士兵才迷了路到了贝蒂娜家，为下文贝蒂娜智擒鬼子提供了可能。

(3) 突出了“父亲”这一形象，在恶劣的天气下，往返两次搬救兵，体现了他的爱国精神。